KB268022

아버지와 아들

아버지와 아들

초판 1쇄 인쇄 2011년 04월 28일
초판 1쇄 발행 2011년 05월 05일

지은이 l 이성은
펴낸이 l 손형국
펴낸곳 l (주)에세이퍼블리싱
출판등록 l 2004. 12. 1(제315-2008-022호)
주소 l 서울특별시 강서구 방화3동 316-3번지 한국계량계측협동조합회관 102호
홈페이지 l www.book.co.kr
전화번호 l (02)3159-9638~40
팩스 l (02)3159-9637

ISBN 978-89-6023-587-8 03810

이 책의 판권은 지은이와 (주)에세이퍼블리싱에 있습니다.
내용의 일부와 전부를 무단 전재하거나 복제를 금합니다.

아버지와 아들

이성은 지음

프·롤·로·그

슬프다. 너무너무 슬프다. 심장을 도려내는 듯한 고통이 이젠 지독스런 슬픔이 되었다. 사랑하는 사람을 영원히 떠나보내야 하는 일은 인간에게 너무 큰 고통인 것 같다. 아들로서 아버지를 떠나보내는 일은 정말 천붕지통(天崩之痛)이다. 하늘이 무너지는 듯한 고통이다. 그러나 세월이 흐르면 흐를수록 고통이 슬픔으로 변해 삶의 한 부분으로 자리 잡았다. 아버지가 너무 보고 싶다. 길을 걸어가다가도, 차를 타고가다가도, 창밖을 바라보다가도, 멍하니 하늘을 올려다보다가도, 어머니를 바라보다가도 아버지가 생각날 때면 어느새 눈가에 나도 모르게 눈물이 맺힌다. 다시는 볼 수 없는 아버지를 나는 가슴에 묻었다. 부모가 죽으면 산 속에 묻고, 자식이 죽으면 가슴에 묻는다는 말이 있다. 그러나 나는 세상을 떠나신 아버지를 험난한 산 속이 아닌 내 가슴에 묻어드렸다. 내 가슴 속 가장 깨끗하고 소중한 곳에 아버지를 묻어드렸다. 세월은 끊임없이 흐르고 흐른다. 세월의 흐름이 두렵기까지 한다. 아버지가 떠나셨던 것처럼 사랑하는 어머니도 언젠간 우리 곁을 떠날 것이다. 사람이 살고 죽는 것이 하늘의 뜻에 달려있다지만, 사람이 살고 죽는 것이 너무너무 사람을 슬프게 하는 것 같다.

기쁘다. 너무너무 기쁘다. 살아오면서 단 한 번도 느껴보지 못한 커다란 기쁨이 내 영혼과 육신을 감쌌다. 너무너무 기뻐 나도 모르게 기쁨의 눈물을 흘렸다. 흐르는 눈물이 또 하나의 인생으로 다가온다. 어쯤 그토록 기다려왔던 기쁨인지도 모르겠다. 아빠가 된다는 건, 남자에겐 아주 특별한 일이다. 아빠가 된다는 소식을 들었을 때에 제일 먼저 떠오르는 얼굴은 돌아가신 아버지의 얼굴이었다. 아버지도 무척이나 기뻐하실 것이다. 그토록 손자를 바라셨는데…. 어머니도 기뻐하셨다. 어머닌 '아버지를 떠나보낸 슬픔을 이겨내라고 하나님이 새 생명을 보내주신 모양이구나!' 라고 말씀하셨다. 아버지를 떠나보낸 슬픔이 새 생명을 얻은 기쁨과 하나가 되었다.

아버지도 오래전엔 아들이었다. 나 역시 아버지의 아들이다. 세월이 흘러 이제 나는 아들을 넘어 아버지가 된다. 또 세월이 흐르면 내 아들도 아버지가 될 것이다. 아들이 된다는 건 어떤 의미일까? 아버지가 된다는 건 또 어떤 의미일까? 참 오랫동안 생각해 보았다. 그러나 명확한 답을 얻진 못했다. 어쩌면 명확한 답을 얻기 위해 내가 이 글을 쓰게 되었는지도 모른다. 세상을 사는 건, 주어진 삶을 살아가는 건, 명확한 해답이 있을 순 없다. 그러나 느낄 순 있다. 마음으로 느낄 순 있다.

아버지를 그리워하는 아들의 마음을 기록하기 위해서, 머지않아 태어날 아들을 기다리는 아버지의 마음을 기록하기 위해 이 글을 쓰기로 마음먹었다. 글을 써 내려가는 동안 많이 울고 많이 웃을 것 같다. 시간이 흐르고 흘러 이 글을 마무리 짓게 되는 날, 내 자신이 과연 무슨 생각을 하게 될지 벌써부터 궁금해진다.

- 2009년 첫눈이 내리던 초겨울 날에 -

차 례

01

탄 생

눈이 내렸다. 소리 없이 소복소복 눈이 쌓였다. 소리 없이 내리는 눈 때문에 온 세상이 새하얗게 변하였다. 날이 어두워지면서 눈발이 더욱 거세게 흩날렸다. 날이 어두워지면서 바람도 몹시 거세게 불었다. 뒷마당에 우뚝 서 있던 감나무가 바람에 몹시 흔드렁거렸다. 대나무들도 바람에 몹시 흔드렁거렸다. 대나무들이 바람에 흔드렁거리며 만들어내는 소리가 사위스럽게 들려왔다. 어머닌 두려웠다. 밀려든 두려움을 이겨내기 위해 방안 아랫목에서 방문을 열어 잠시 마당을 내다보았다. 하얗게 변해버린 마당의 모습이 별천지 같았다. 차가운 바람이 어머니의 얼굴 위로 스쳐 지나갔다. 어머닌 쓴 웃음을 웃었다. 긴 한숨과 함께 쓴 웃음을 웃었다. 어느덧 어머니의 눈가에 눈물이 고이기 시작했다. 조금씩, 조금씩 온 몸으로 밀려드는 고통이 무섭게 느껴졌다. 온 몸으로 밀려드는 고통을 감당하기 힘들 것만 같았다. 그래서 너무도 두려웠다.

어머니의 산고 소식을 접한 집안 어른들이 찾아왔다. 열여덟의 나이에 감당하기 힘든 출산의 고통이 점점 시작되고 있었다. 어머니는 방안에 누워 긴 한숨과 함께 천장을 바라보았다. 천장에는 쥐들이 그려 놓은 오줌지도가 그려져 있었다. 어머닌 아버지를 찾았다. 그러나 아버지의 모습은 보이지 않았다. 어머닌 두 눈을 감고 간절한 마음으로 기도했다. 어머니의 기도는 너무도 간절했다. 어머니의 기도는 너무도 애절했다.

'하나님!! 당신의 딸이 새 생명을 세상에 내놓고자 합니다. 살리시는 분도 하나님이시오, 죽이시는 분도 하나님이십니다. 하나님의 뜻대로 당신의 딸을 인도하소서.'

시간은 유유히 흘러갔다. 저녁을 지나 밤이 되니 산고는 뼈를 깎는 고통으로 다가왔다. 살아오면서 한 번도 느껴보지 못한 고통이 어머니의 육신과 영혼을 엄습했다. 어머니는 이를 악물고 산고를 견디고 견디어 냈다. 어머니는 그 모진 고통 속에서도 정신을 잃지 않기 위해 애를 쓰며 살아온 날들을 회상했다. 많은 생각들과 많은 기억들이 머릿속에 주마등처럼 스쳐 지나갔다. 모든 생각과 기억이 얽히고설켜 오히려 정신을 혼미케 했다. 어머니는 오로지 하나님만을 생각하려 했다. 하나님을 생각하니 삶에 대한 설움의 눈물이 절로 흘러 내렸다.

어머니는 나이 열여덟에 배운 것 많지 않고 가진 것 많지 않은 가난한 아버지에게 시집을 왔다. 어머닌 아버지와 결혼을 하고 싶지 않았다. 결혼하지 않으려고 애를 쓰고 썼지만, 다가온 운명을 거부할 순 없었다. 어머닌 아버지와 어쩔 수 없이 결혼을 하게 되었다.

어머닌 절실한 크리스천이었다. 소싯적부터 외할머니를 따라 어머닌 교회를 다녔다. 사실 외할머니가 절실한 크리스천이셨다. 외할머니 때문에 어머니뿐만 아니라 외삼촌 그리고 이모들도 모두 크리스천이 되었다. 어머니는 외할머니가 개척하신 교회에 출석하며 주일학교 선생으로 임명되어 그 누구보다도 교회 일에 열심히 활동하였다. 어머닌 비록 집안이 가난하여 중학교를 중퇴할 수밖에 없었지만, 교회 일에 최선을 다할 수 있는 것에 큰 기쁨을 느꼈다. 그러던 중 아버지와 맞선을 보게 된 것이었다. 마지못해 아버지와 맞선을 보았지만, 어머닌 결혼할 마음이 전혀 없었다. 좀 더 교회를 위해 봉사하고 싶었다.

"어쩌겠냐? 그게 네 운명인 것을…. 모든 것 받아들이고 시집가거라. 네가 어디로 가든지 하나님이 널 도우실 것이다."

외할머니의 말씀이 어머니의 가슴에 와 닿았다. 어머니는 어린 나이에도 하나님의 뜻을 먼저 생각했다. 하나님의 뜻을 거부할 순 없었다. 아버지와 결혼하는 것이 하나님의 뜻이라면 모든 것을 받아들이겠다고 생각하며 다가온 운명을 받아들였다. 그러나 어머니에게 다가온 운명은 감당하기 힘든 운명이었다. 피할 수만 있으면 피하고 싶었다. 그러나 피할 수 없었다. 피할 수 없으니 더 이상 피하고 싶지 않았다.

자정을 넘기자 산고의 고통이 더욱 심해졌다. 견딜 수 없는 고통이 어머니의 육신과 영혼을 힘들게 하였다. 숨을 제대로 쉴 수조차 없을 정도로 고통스러웠다. 그러나 어머닌 뱃속의 아이만을 생각했다. 곧 태어날 아이만을 생각했다. 태어날 아이가 가져다 줄 행복과 기쁨만을 생각했다.

아버진 집에 없었다. 어머니가 산고를 느끼며 당신의 아이를 낳으려고 하는데도 아버진 집에 들어오지 않았다. 대체 어디서 무얼 하고 있단 말인가. 어머닌 아버지가 원망스러웠다. 그러나 어머닌 아버지를 미워하지 않았다. 고통 속에서 살아온 아버지를 이해하려고 노력했다.

새벽이 다가오기 시작했다. 새벽이 되자 고통은 더욱 심해졌다. 배우지 할머니가 홀로 어머니를 지키셨다. 어떻게든 집에서 아이를 낳으려고 노력했다. 그러나 집에서는 도저히 안 될 것만 같았다. 좀처럼 뱃속의 아이가 나오질 않았다. 새벽 4시에 어쩔 수 없이 어머니는 산부인과 병원으로 가기 위해 천근만근 무거운 몸을 일으켜 세웠다. 극심한 어지럼증이 어머니를 혼미케 했다.

택시를 붙잡으려 했지만, 시골인데다가 새벽인지라 택시를 붙잡을 수 없었다. 어쩔 수 없이 삼호아제가 눈길에 자전거를 타고 송정리까지 가 택시를 잡아왔다. 그리고 어머닌 택시를 타고 송정리 00산부인과 병원으로 갔다. 병원에 도착한 어머닌 이미 초주검이 되어 있었다. 병원에 도착하자마자 어머닌 수술실로 들어갔다. 그리고 다시 한 번 마지막 안간힘을 썼다. 하나님을 향해 마음으로 소리쳐 부르짖었다.

'하나님 제발 살려주십시오. 저와 아이를 살려 주십시오. 이대로 주저앉게 하시면 안 됩니다. 제발 살려주십시오.'

어느덧 고통이 잦아들기 시작했다. 오랫동안 지속됐던 고통이 점점 몸 밖으로 빠져나가는 기분이었다. 어머닌 깊은 숨을 몰아쉬었다. 어머닌 눈을 지그시 감고 깊은 숨을 계속 몰아쉬었다. 어디선가 아이의 울음소리가 들려왔다. 아이의 울음소리가 혼미한 어머니의 영혼을 깨웠다.

"아들입니다. 축하드립니다."

의사의 말이 어머니의 귓속을 파고들었다. 아들이라는 말에 어머닌 그 누구보다도 기뻤다. 어머니가 시집왔을 때에 집안 어른들이 교회를 다닌다는 이유로, 제사를 지내지 않는다는 이유로 어머니를 몹시도 괴롭혔다. 어느 동네 할머니는 어머니에게 이런 악담까지 했다고 했다.

"아마 저 집은 딸만 셋 날 것이다. 딸만 셋 날 것이야!!"

딸만 셋 날 것이라는 말에 어머닌 항상 기도를 했다. 어머니는 딸만 셋 낳아버리면 모든 사람들에게 비웃음거리가 될 것만 같았다. 어떻게

든 아들을 낳아야만 했다. 그래서 하나님께 아들을 달라고 기도했다. 늘 마음으로 아들을 달라고 기도했다. 하나님은 어머니의 기도를 외면하지 않으셨다. 하나님은 어머니의 기도를 들어주셨다. 어머닌 첫 아들을 얻은 것이었다.

날이 어슴푸레 밝아오고 있었다. 어머닌 새벽 4시에 택시를 타고 5시 30분경에 산부인과 병원에 도착하여 7시에 건강한 사네아이를 낳았다. 밤새도록 괴롭혔던 산고의 고통이 어머니에게서 물러간 것처럼 밤새도록 내리던 눈은 날이 밝으면서 더 이상 내리지 않았다.

"이제 눈이 그쳤네. 참 눈이 많이도 왔어. 이렇게 눈이 많이 오는 날, 아이가 태어난 걸 보니 아이가 보통은 아닌가 보네. 아마 큰 인물이 될 모양이야!!"

어머니가 위독하다는 말을 듣고 함께 병원까지 동행했던 남정 할아버지가 말씀하셨다. 그랬다. 1976년 11월 17일 오전 7시 경에 내가 세상에 태어났다. 내가 세상에 태어날 때까지 우여곡절이 참 많았겠지만, 나의 출생은 모든 사람들에게 행복이고 기쁨이었을 것이다. 특히 어머니에게 그 무엇과도 바꿀 수 없는 행복이요, 기쁨이었을 것이다. 아버지는 어떠하셨을까. 아들을 얻은 기분이 어떠하셨을까. 아버지도 아들을 얻은 기쁜 마음에 눈물을 흘렸을 것이다. 아버지의 눈물을 직접 보지 않았지만, 아버지의 눈물이 어렴풋이 보이는 것 같다.

02

인 생

　세상을 살아가다 보면 때론 인생의 무게가 느껴질 때도 있다. 인생의 무게가 느껴질 때면 인생에 대해 깊이 생각하고, 인생의 깊이 속에서 인생의 교훈을 찾기도 한다. 인생의 무게가 느껴질 때면 자신의 인생이 느껴지기도 하지만, 때론 자신이 아닌 타인의 인생이 느껴질 때도 있는 것 같다. 오히려 자신의 인생 속에서 삶의 큰 교훈을 찾기보단 타인의 인생 속에서 삶의 큰 교훈을 찾는 경우도 있는 것 같다. 세상엔 사람의 마음을 겸허하게 만드는 많은 말들이 있지만, 인생이란 말처럼 사람의 마음을 겸허하고 숙연하게 만드는 말도 없는 것 같다. 한 인간으로 태어나 한 인간으로 살아간다는 것 자체가 인생이라 말할 수 있지만, 타인의 삶이 보다 큰 의미의 인생이 아닐까, 생각된다. 여러 인생이 모여 세월이 되고, 여러 세월이 모여 역사가 된다. 영원히 기록되는 인생도 있겠지만, 기록되지 않는 인생도 있다. 비록 영원히 기록되지 않는 인생이라도 누군가에게는 깊은 감명과 교훈을 줄 수 있다는 것을 내 아버지의 인생과 어머니의 인생을 통해 깨닫게 되었다. 비록 한 개인의 인생이지만, 아버지의 인생과 어머니의 인생을 통해 인생의 깊이를 깨달았고, 인생을 바라보는 남다른 시선을 갖게 되었다.

아버지의 인생을 생각하면 눈물이 앞을 가린다. 아버지의 인생을 생각하고 있으면 눈에서 눈물이 주르륵 흘러내린다. 아버지의 인생을 생각하며 참 많은 시간 눈물을 흘리기도 했었다. 한없이 고달팠던 아버지의 인생이 자식들에게 삶의 큰 교훈으로 남게 되리라고는 아버지 본인도 미처 생각하지 못하셨을 것이다. 아들로서 아버지의 인생을 생각하며, 아버지가 느끼셨을 고통을 생각하는 것이 당연한 일이겠지만, 내 아버지의 인생이 그 어떤 위대한 인물의 인생보다도 더 값지고 더 큰 교훈으로 다가오는 이유가 무엇인지, 나조차도 궁금해질 때가 있다.

어머니의 인생을 생각하면 두 눈을 감고 하나님을 생각하게 된다. 외할머니의 신앙을 본받아 평생을 신실한 크리스천으로 살아오신 어머니의 인생 또한 삶의 큰 교훈으로 다가온다. 어머니가 보여주신 신실한 신앙의 모습은 어느덧 삶의 교훈을 넘어 결코 무너지지 않는 진리가 되어 다가오곤 한다. 유교사상이 짙은 종갓집에 시집을 오셔서 세 아들을 신앙 속에서 키워낸다는 것이 결코 쉬운 일이 아니라는 것을 알게 되었을 때에 어머니가 느끼고 당하셨을 신앙의 고통 앞에 절로 고개가 숙이게 되었다. 어머니의 인생은 세 아들에게 뿐만 아니라 많은 이들에게도 큰 감명을 주었다. 한 교회를 세우고, 그 교회를 위해서 평생토록 헌신하며 살아오신, 앞으로도 살아가실 어머니의 인생을 생각하니 인자한 모습으로 내 앞에 서 계신 예수님의 모습이 문득 보이는 것 같다.

소싯적의 기억을 샅샅이 더듬어 보아도 아버지에 대한 따뜻한 기억이 별로 없는 것 같다. 젊은 시절, 아버진 마음이 그리 따뜻한 분은 아니었다. 그렇다고 마음이 악한 분도 아니었다. 소싯적 기억을 반추시켜

보면 내 기억 속에 아버진 너무도 무서운 분이었다. 한번 화가 나면 주체하지 못하고 화를 내시는 그런 분이었다. 아버지가 화를 주체하지 못하고 버럭 화를 낼 때면 나도 모르게 온몸을 움츠리고 아버지의 눈치를 살피곤 했었다. 똑바로 아버지의 얼굴조차도 제대로 쳐다볼 수 없을 정도로 아버진 아들들을 주눅 들게 만드는 힘을 갖고 있었다. 소싯적부터 아버지로부터 주눅 들어서인지 아버지를 향한 소싯적의 기억이 모두 사라져버린 느낌이 든다. 머릿속을 샅샅이 뒤져 아버지에 대한 소싯적의 기억을 몇 가지 정리해본다.

　기억 하나 - 국민학교 1학년 때로 기억이 된다. 학교 방과 후 곧장 집으로 돌아와 보니 아버지가 마루에 걸터앉아 담배를 피우고 있었다. 아버지에게 학교 다녀왔습니다, 라고 인사를 건네고 책가방을 마루 위에 올려놓았다. 아버지가 내게 5천 원짜리 지폐를 건네면서 담배 한 보루 사오라고 하였다. 아버지가 건네준 5천원 권 지폐를 들고 동네 슈퍼로 달려갔다. 동네 슈퍼에 이르러 아버지가 건네준 5천원 권 지폐를 찾아보았지만, 내 손에도 호주머니에도 지폐가 없었다. 지폐를 잃어버린 것이었다. 동네 슈퍼에서 담배도 사지 못하고 울면서 집으로 돌아왔다. 대문 앞에 숨어 집안을 살펴보니 아버지가 마당에 서 있었다. 조심스럽게 대문을 열고 들어가 아버지에게 모든 사실을 털어놓았다. 내 얘기를 듣던 아버지가 버럭 화를 내면서 내 머리통만한 돌을 들어 나를 향해 던지는 것이었다. 순간 날아오는 돌을 반사적으로 피했다. 다행이 돌은 내 오른쪽 뺨을 지나쳐 날아갔다. 정말 아찔한 순간이었다. 나는 후다닥 집을 빠져 나왔다. 내 뒤에선 아버지가 퍼붓는 쌍욕들이 날아와 내 귓속에 박혔다. 나는 엉엉 울며 동네를 서성거렸다. 해거름 녘까지 집에 들어가지 못하고 동네 고샅길을 서성거렸다. 저녁 즈음에 어머니의 손에 이끌려 집에 들어왔다. 몇 번이고 아버지가 무서워 집에 들어가지 않겠다고 어머니에게 떼를 썼다. 막상 어머니의 손에 이끌려 집에 들어가니 아버진 내게 눈길 한번 주지 않고 아무 말도 하지 않았다.

기억 둘 - 어머니는 가난한 살림에 보탬이 되고자 화장품 방문판매를 시작했다. 당시 쥬단학이라는 화장품을 판매했다. 일주일에 두세 번씩 어여쁘게 생긴 마사지사가 집에 찾아와 어머니와 함께 화장품 방문판매를 했다. 하루는 마사지사가 집에 방문하여 집에서 점심을 먹고 있는 사이 둘째 동생이 마사지사 가방에서 5천원 권 지폐를 훔친 사건이 발생하고 말았다. 마사지사의 가방에서 5천원 권이 사라진 것을 알게 된 어머니는 노발대발 화를 냈다. 저녁에 집에 들어오신 아버지가 모든 사실을 알고 버럭 화를 냈다. 아버진 아들 셋 모두 옷을 전부 벗게 해 뒷산으로 데려가 소나무에다가 밧줄로 꽁꽁 세 아들을 묶어버렸다. 늦은 가을이라 밤공기가 무척이나 차가웠다. 밧줄로 소나무에 꽁꽁 묶인 세 아들은 어둠이 짙게 깔린 산 속에서 울부짖으며 두려움에 벌벌 떨었다. 특히 둘째 동생은 어린 시절부터 겁이 많아 조금만 무서워도 엉엉 소리를 내며 우는 특징이 있었다. 배고픔과 추위에 고통당하며 아버지가 화를 풀고 산 속에 갇힌 우리들을 풀어주기를 간절히 기다렸다. 소나무에 묶인 지 3시간 만에 아버진 산 속으로 다시 찾아왔고, 배고픔과 추위에 울부짖는 세 아들을 소나무에서 풀어주었다.

아버진 아들들 중에 하나가 큰 잘못을 하면 모두 알몸인 상태로 밖으로 데리고 나가 산속 소나무에, 고샅길 전봇대에, 집안 기둥에 오랫동안 밧줄로 묶어두곤 했다. 여름엔 견딜 만 했지만, 눈이 펄펄 내리는 겨울날 알몸인 상태에서 몇 시간 동안 묶여 있는 것은 말로 표현하기 힘든 고통이 아닐 수 없었다.

　기억 셋 - 어머니는 그 누구보다도 순하고 순한 분이었다. 외할머니는 어머니가 세상에 태어나셨을 때에 여느 아이들과는 다르게 너무도 순하여 이름을 순예라고 지으셨다. 그러나 어머니의 성격은 아버지에게 시집을 오면서부터 억척스런 성격으로 변하기 시작했다. 어머니가 시집 올 당시 아버지는 아무 것도 없는 빈털터리였다. 살 집도 없었고, 지어 먹을 땅 뙈기조차도 없었다. 어머닌 지독스런 가난 속에서 극심한 고통을 겪었다. 극심한 고통이 어머니의 성격을 바꾸어 놓은 것일까. 아버진 그리 살가운 분은 아니었다. 어머니의 고통을 이해하고, 어머니를 위로하고 배려조차도 하지 않았다. 순하고 순한 어머니의 성격이 억척스런 성격으로 변하면서부터 아버지와 어머니 사이에 부부싸움이 빈번하게 일어났다. 부부싸움이 일어나는 날이면 우리 삼형제는 초주검이 된 것처럼 아버지와 어머니의 눈치를 살폈다. 아버진 밀려드는 화를 주체할 수 없을 정도로 성격이 급한 분이었다.

　아버지와 어머니가 부부싸움을 벌이던 어느 날, 아버진 밀려드는 화를 주체하지 못하고 경운기에 넣으려고 구입해놓은 휘발유통을 들고 안방으로 들고 들어와 어머니를 협박하기 시작했다. 아버지가 휘발유통을 들고 들어온 것을 알고 우리 삼형제는 방안 구석에 쪼그리지 않아 아버지의 모습을 두려움에 떠는 얼굴로 지켜볼 수밖에 없었다. 아버지가 휘발유통을 들고 들어와 협박해도 어머니는 눈 하나 끔쩍 하지 않고 오히려 기세등등하게 아버지와 맞섰다. 결국 아버진 어머니를 향해 욕지거리를 쏟아내고는 휘발유통을 들고 다시 안방을 빠져 나가 밤새도록 돌아오지 않았다. 부부싸움이 일어나는 날이면 어머니는 우리 삼형제를 모아 놓고 소리 없이 기도하곤 했었다. 아버진 자주 휘발유통을 들고 어머니를 협박하곤 했다. 아직도 아버지가 휘발유통을 들고 어머니를 협박하던 모습이 머릿속에 아스라하게 기억된다.

　기억 넷 - 유년시절, 뻥튀기 장사가 마을 앞에 가끔 찾아오곤 했었다. 뻥튀기 장사가 마을 앞에 찾아오는 날이면 그동안 모아두었던 강냉이, 먹다 남은 떡 조각, 누룽지 등을 들고 나와 뻥튀기를 만들어 먹곤 했었다. 어머니도 뻥튀기 장사가 찾아오는 날이면 그동안 모아두었던 것들을 가지고 나와 뻥튀기를 만들어 삼형제들에게 간식거리로 만들어 주곤 했었다.
　그런데 어느 날, 어머니가 미처 뻥튀기 장사가 찾아오는 날에 맞추어 뻥튀기 만들어 먹을 만한 것들을 모아두지 못하는 바람에 뻥튀기를 맛볼 수 있는 기회가 사라질 상황이었다. 어쩔 수 없이 뻥튀기 장사 주변을 기웃거리며 남들이 뻥튀기 튀다가 흘린 것들을 주어먹으며 시간을 보내고 있었다. 한참 시간을 보내고 있는데, 평소 날 괴롭히던 동네 형이 다가와 그만 기웃거리고 돌아가라고 내 어깨를 심하게 밀치는 것이었다. 동네 형이 밀치는 바람에 나는 바닥에 꼬꾸라지고 말았다. 순간 화가 났다. 동네 형을 돼지게 두들겨 패주고 싶었다. 그러나 나에겐 힘이 없었다. 바닥에 굴러다니던 지푸라기 뭉치를 들어올렸다. 그리고 뻥튀기 화로에서 올라오는 불에 지푸라기 뭉치를 가져다 대니 순간 불길이 솟구쳤다. 불길이 솟구치는 지푸라기 뭉치를 추수가 끝나고 정돈하여 쌓아놓은 지푸라기 더미에 던져버렸다. 순간 지푸라기 더미는 거대한 불길에 휩싸여 활활 타올랐다. 지푸라기 더미가 거대한 불길에 휩싸여 활활 타오르는 모습을 본 나는 순간 온 몸이 얼어버리는 것 같았다. 곧장 집으로 줄행랑을 쳤다. 집으로 돌아오는 아버지와 어머니가 안방에서 구멍 난 포대를 꿰매고 있었다. 안방으로 들어가 이불을 둘러썼다. 이불을 둘러쓰자 그제야 마음이 놓이는 듯했다. 아버지와 어머니가 번갈아가면 무슨 일이냐고 물었다. 나는 아무런 대답을 하지 않고 이불을 둘러쓰고 있었다. 몇 분 지나자 동네 청년이 숨을 헐떡이며 집으로 찾아왔다. 그리곤 내가 동네 앞에 쌓아둔 지푸라기 더미에 불을 붙여 모두 타 버렸다고 아버지와 어머니에게 전했다. 아버진 곧장 동네 앞으로 달려갔다. 동네 앞으로 달려갔던 아버진 저녁 즈음에 상기된 얼굴로 돌아왔다. 집으로 돌아오자마자 몽둥이를 들고 인정사정없이 나를 두들겨 팼다. 얼마나 두들겨 맞았던지 며칠 동안 거동을 못 할 정도였다. 아버지에게 모질게 두들겨 맞은 후론 절대로 아버지 눈 밖에 나지 않으려고 애를 썼다. 그러나 나의 그런 노력도 다 소용없는 일이었다. 아버진 어머니에게도, 자식들에게도 결코 살가운 분은 아니었다.

소싯적의 기억 속에서 아버지를 생각하면 위에 예로 든 기억 외엔 뚜렷이 기억되는 기억이 없는 것 같다. 비록 오랜 시간이 흘러갔다손 치더라도 좋은 기억과 나쁜 기억은 오랫동안 기억되기 마련인데, 아버지에 대한 기억이 위에 네 가지 예외엔 별다른 기억이 머릿속에 남아 있지 않다.

아버진 세 아들에게 살가운 모습으로 대하지도 않았고, 세 아들과 함께 외식 한번 제대로 하지 않았고, 세 아들을 데리고 좋은 곳에 놀러 한번 제대로 데려가지 않았다. 소싯적 이런 아버지를 가끔은 마음으로 원망하기도 했었다. 아버지완 달리 어머니 세 아들에게 좋은 곳에도 데려가 주고, 좋은 음식도 먹게 하고, 살가운 모습도 많이 보여 주었다. 유년 시절 아버지를 향한 원망이 가슴 한 켠에 자리 잡고 있었지만, 아버지의 인생을 느끼게 되었을 때에, 아버지의 인생을 보게 되었을 때에 아버지를 향한 원망의 마음을 내려놓게 되었다. 아버지의 인생이 시간이 흐르면서 가슴 깊이 파고들었고, 아버지의 인생을 이해하게 되었을 때에 소싯적에 아버지가 보여주었던 모습들 또한 이해할 수 있었다. 아버지를 향한 원망을 지우고 아버지를 향한 안타까움을 가슴에 채워 넣었다.

중학교에 올라가면서부터 나는 아버지를 향한 새로운 시선을 갖게 되었다. 미움도 아닌, 원망도 아닌, 안타까움을 가슴 속에 담게 되었다. 아버지의 인생을 통해 나는 새로운 인생을 배우게 되었다.

03

아버지의 인생

'만약 제대로 된 부모를 만났더라면 아마 아버지의 인생은 달라졌을 것이다.'

중학교에 올라가면서부터 나는 아버지의 인생이 궁금해지기 시작했다. 대체 어떤 부모를 만났기에 제대로 된 부모를 만났더라면 아버지의 인생이 달라졌을 거란 말을 하신단 말인가. 나는 아버지의 인생을 달라지게 한 할아버지와 할머니의 인생이 궁금해지기 시작했다. 할아버지의 인생과 할머니의 인생을 알면 아버지의 인생도 자연스럽게 알게 될 거라는 생각을 갖게 되었다.

유년 시절, 나는 할아버지와 할머니가 계시는 친구들이 무척이나 부러웠었다. 할아버지와 할머니가 어떻게 생기신 분들인지 알고 싶었지만, 집 안에는 흔한 사진 한 장 없었다. 할아버지와 할머니의 얼굴이 어떻게 생기셨는지 알 길이 없었다. 어린 나이에도 할아버지와 할머니의 얼굴조차 알 수 없다는 것에 대해 굉장한 실망감을 갖게 되었다. 집안 어른들이 들려주는 이야기들을 모아 상상 속에서 할아버지와 할머니의 얼굴을 희미하게나마 볼 수 있었다.

한국전쟁 발발 당시까지 할아버지와 할머니는 장자울이라는 동네에 살았다. 집안 어른들의 말씀에 의하면 할아버진 성품이 인자한 분이었다. 할머니는 얼굴이 무척이나 고우셨고, 손이 빠르고 재주가 많으신 분이었다. 할아버지와 할머니가 장자울이라는 동네에 사시면서 아이를 셋 낳으셨는데, 낳은 아이들이 모두 얼마 되지 않아 죽고 말았다. 할아버지와 할머니는 낳은 아이마다 얼마 되지 않아 모두 죽어버리자 장자울을 떠나 군산으로 이사를 가셨다. 군산에 정착하자마자 남자 아이를 낳으셨는데, 그 남자 아이가 바로 아버지였다. 한국전쟁이 발발하여 한창 전쟁이 벌어지고 있던 1951년 5월에 아버진 세상에 태어나셨다. 그 후 3년 뒤에 고모님이 세상에 태어나셨고, 그 후 3년 후에 숙부님이 세상에 태어나셨다. 할머닌 숙부님을 낳으시곤 채 2년도 되지 않아 지병으로 세상을 떠나셨다. 할머니를 떠나보낸 후 홀로 되신 할아버지는 아버지와 고모님, 그리고 숙부님을 데리고 군산을 떠나 다시 장자울이란 동네로 돌아오셨다. 그리고 장자울이란 동네에서 터를 잡고 삼남매를 양육해 나가셨다. 할머니가 세상을 떠나시던 때에 아버지의 나이는 고작 7살이었다. 고모님의 나이는 4살이었고, 숙부님의 나이는 2살이었다. 할머니가 세상을 떠나 신 후 할아버지의 건강은 날이 갈수록 나빠지기 시작했다. 그러나 할아버진 어떻게든 삼남매를 키워내야 한다는 생각으로 당신의 건강도 제대로 돌보지 않으시고 오로지 삼남매를 위해 헌신하셨다.

그러나 할아버지의 운명도 오래가지 못했다. 아버지가 14살이 되던 해에 할아버지 역시 지병으로 운명을 달리하셨다. 할아버지가 지병으로 고생하시는 중에 집안은 급격히 기울어 버렸고, 할아버지는 삼남매에게 아무 것도 남기지 못하시고 운명을 달리하셨다. 할머니의 죽음은 아버지에게 큰 충격이었다. 그러나 할아버지의 죽음은 아버지에게 그리 큰 충격이 아니었다. 아버진 할아버지의 죽음을 미리 예견하였다. 아버진 할아버지 장례식에서도 결코 눈물을 보이지 않았다. 장자(長子)가 아비의 죽음을 보고도 눈물을 흘리지 않자 집안 어른들은 아버지를 두들겨 패서 눈물을 흘리게 했다고 했다. 그만큼 아버진 할아버지의 죽음을 무덤덤하게 받아들였던 것이었다.

할아버지의 죽음은 아버지의 운명과 고모님의 운명, 그리고 숙부님의 운명을 바꾸어 놓았다. 아버진 국민학교를 졸업하자마자 생활전선에 뛰어 들어 땀 흘려 일을 해야만 했다. 고모님은 국민학교를 졸업하고 얼마 있다 돈을 벌기 위해 서울로 올라갔다. 숙부님은 국민학교 2학년 때에 다니던 학교를 그만 두고 남의 집 놉 생활을 시작해야만 했다. 이처럼 할아버지의 죽음은 삼남매의 운명을 한순간에 바꾸어 놓았다. 지독스런 가난 속에서 삼남매가 겪어야했던 고통을 생각하면 가슴이 아프다. 할머니의 죽음과 할아버지의 죽음으로 인하여 제대로 된 교육조차 받지 못하고 남의 집 놉 생활을 하며 삶을 이어가야 했던 아버지의 인생을 생각하면 가슴이 아파온다.

'다른 아이들은 책가방 들고 학교에 갈 때 나는 네 작은아버지와 지게를 지고 들녘에 나가 일을 해야 했다.'

같은 또래에 동네아이들은 아침이면 책가방을 들고 학교에 가는 모습을 들녘에서 지켜봐야했던 아버지의 심정, 그리고 숙부님의 심정이 어떠했을지 궁금해진다. 아버진 그 누구보다도 공부를 하고 싶었다. 국민학교 시절 아버진 공부를 썩 잘하였다. 어떻게든 중학교에 진학하여 공부하고 싶었지만, 할아버지가 돌아가시자 동생들을 보살펴야한다는 생각 때문에 모든 학업을 포기해야만 했다. 만약 아버지가 공부를 더 하였더라면 아버지의 인생은 달라졌을 것이다. 그러나 아버지의 운명은 아버지가 공부를 더 하는 것을 허락하지 않았다.

할아버지가 돌아가신 후, 아버진 십 년 동안 오로지 돈을 벌기 위해 일을 했다. 그러나 돈은 쉽사리 벌리지 않았다. 늘 가난 속에서 허우적거려야만 했다. 죽도록 일을 해도 아버지 삶 속에서 가난은 물러가지 않았다. 가난과의 싸움 속에서 아버지가 겪어야만 했던 마음의 고통과 육신의 고통은 세상 그 어떤 고통보다도 쓰디쓴 고통이었을 것이다.

아버지가 24살이 되던 해에 동네 어른의 소개로 어머니와 결혼을 하게 되었다. 어머닌 아버지와 결혼할 마음이 전혀 없었다. 그러나 집안이 너무도 가난하여 어쩔 수 없이 어머닌 아버지와 결혼을 해야만 했다. 외할머니의 신앙을 이어받은 어머닌 절실한 크리스천이었다. 어머닌 종교가 기독교인 집안에 시집을 가고 싶어 했다. 그러나 어머니의 운명은 종교가 기독교인 집안에 시집가는 것을 허락하지 않았다. 철저한 무신론자인 아버지와 어머닌 결혼을 할 수 밖에 없었다. 아버지와 결혼하던 해에 어머니의 나이는 고작 18살이었다. 18살의 나이에 아무 것도 가진 것 없는 아버지에게 시집을 와 어머니가 겪었을 마음의 고통과 육신의 고통을 생각이 너무도 안타깝게 느껴지곤 한다. 신혼 초기 아버진 역마살에 낀 것처럼 집에 들어오지 않고 이리저리 돌아다녔다. 심지어 어머니가 산고를 느끼며 아이를 낳으려고 하는데도 아버진 집에 들어오지 않았다. 어머니가 세 아들을 세상에 내놓는 순간, 아버진 단 한 번도 어머니 옆을 지키지 않았다.

어머닌 세 아들을 철저하게 신앙 안에서 키웠다. 아버진 어머니가 세 아들을 신앙 안에서 키워내는 것을 그다지 반대하지 않았다. 그러나 함께 교회에 나가자는 어머니의 권유는 철저하게 외면했다. 나는 유년시절부터 아버지도 함께 교회에 나가 예배를 드렸으면 좋겠다는 생각을 자주했었다. 그러나 아버진 교회 애기만 나오면 버럭 화부터 내시곤 했다.

　중학교에 다니던 때에 아버지가 난생 처음으로 교회에 나갔던 적이 있었다. 마침 교회에선 심령대부흥회가 열리고 있었다. 아버진 저녁 식사를 마치고 오만상을 찌푸리며 마지못해 부흥회에 참석했다. 부흥회 밤 예배는 2시간 30분 동안 계속되었다. 아버진 단 한 번도 자리에서 일어나지 않고 온전히 예배를 드렸다. 예배를 마치고 아버진 집으로 돌아오신 후 내게 이렇게 말했다.

　"이상하게 교회에 갔더니 담배 생각이 안 들더라. 단 10분만 지나도 담배 생각에 무의식적으로 담배를 입에 물게 되는데… 참 묘 하더라."

　아버진 골초 중의 골초였다. 15살 때부터 담배를 피우기 시작했다. 담배를 입에 물지 않으면 일이 손에 잡히지 않을 정도로 담배에 중독이 되어 있었다. 애연가 수준을 넘어 담배에 중독이 되어 있었다. 그토록 담배에 중독이 되어 있었던 아버지가 부흥회 밤 예배 2시간 30분 동안 담배를 피우지 않고, 담배 생각 없이 시간을 보냈다는 것은 기적에 가까웠다. 평소 아버지가 담배를 끊기를 그 누구보다도 원했던 나는 어떻게든 아버지를 교회로 전도하려고 노력했지만, 그 후론 아버진 단 한 번도 교회 문턱에 발을 들여놓지 않았다.

　비록 아버진 교회에 나가진 않았지만, 자동차 키에 십자가를 매달고 다닐 정도로 기독교에 대한 남다른 관심을 갖고 있었다.

　'내가 네 엄마 같은 사람을 만나 결혼하여 세 아들을 낳고 여태까지 살아온 것이 어찌 보면 큰 행운이란 생각이 든다. 만약 내 방식대로 세 아들을 키워냈다면 올곧게 키워내지 못했을 것이다. 네 엄마가 신앙 안에서 철저하게 세 아들을 키워냈기 때문에 너희들이 올곧게 자랐다고 생각한다.'

할아버지와 할머니가 너무 일찍 세상을 떠나시는 바람에 아버진 제대로 된 가정교육도 공교육도 받지 못해 자식을 어떻게 키워내는 것이 올바른 길인가를 잘 알지 못했다. 자식을 향한 어머니의 교육방법이 옳았다는 것을 아버진 마음 깊이 인정했다.

아버지의 인생에서 어머니를 만난 것은 어쩜 큰 행운이었다고 생각한다. 그렇다면 어머니가 아버지를 만난 것은 어떤 의미였을까. 어머니 입장에서 아버지를 만난 것이 큰 행운이었을까. 어머니의 마음속에 들어가 보지 않아 잘 모르겠지만, 어머니가 아버지를 만나 결혼하게 된 것은 하나님의 뜻이 아니었을까, 생각된다. 부모를 일찍 여의고 홀로 세상에 남아 지독스런 가난 속에서, 고통 속에서 살아야만 했던 아버지에게 큰 축복과 희망을 안겨주는 것이 어머니의 운명이고 인생이었을지도 모르겠다. 아버지의 인생 위에 어머니의 인생이 있고, 어머니의 인생 위에 아버지의 인생이 있었음을 깨닫게 되었다. 또한 아버지의 인생과 어머니의 인생 위에 세 아들의 인생이 살아 숨 쉬고 있다는 사실을 깨닫게 되었을 때에 아버지와 어머니를 향한 따뜻한 사랑을 느낄 수가 있었다.

04

어머니의 인생

중학교에 입학하면서 아버지의 인생을 느끼게 되었던 것과는 달리 어머니의 인생은 군 제대 후에 느끼게 되었다. 물론 군 입대 전에도 어머니의 인생에 대해서 깊이 생각해 본 적이 없는 것은 아니지만, 군 제대 후에 어머니의 인생이 가슴 깊이 다가왔다. 어머니의 인생이 가슴 깊이 다가왔지만, 때론 가슴 속에 어머니의 인생에 대한 반감이 들 때면 신앙에 대한 회의적인 마음을 본의 아니게 품기도 하였다.

어머니의 인생은 한 마디로 표현하면 철저한 하나님 주의였다. 외할머니의 신앙을 본받아 어머닌 유년시절부터 철저하게 하나님 주의로 인생을 살아왔다. 아버지에게 시집을 오기 전까지 주일학교 선생님 직분을 맡아 그 누구보다도 교회를 위해 열심히 일하고 헌신하였다. 어머닌 국민학교를 졸업하고 중학교에 입학하였지만, 가정형편이 여의치 않아 중학교를 중퇴해야만 하였다. 아버지가 공부할 수 있는 운명이 아니었듯, 어머니도 공부할 수 있는 운명이 아니었다.

주일학교 선생으로 활동하던 시절, 어머닌 절대적으로 종교가 기독교인 집안에 시집을 가길 원했고, 목회자에게 시집을 가 사모로서의 삶을 살아가기를 간절히 마음으로 기도했다. 그러나 목회자 사모로서의 삶을 사는 것은 어머니의 운명이 아니었다. 하나님은 어머니가 목회자 사모가 되는 것을 원치 않으셨을까. 열여덟의 나이에 지독스럽게 가난한 아버지를 만나 결혼하게 된 것이 어머니의 운명이었을까. 어머니는 아버지와 절대적으로 결혼할 마음이 없었다. 아무도 찾을 수 없는 곳으로 도망치고 싶었다. 그러나 어머니가 출석하던 교회 목사님의 설득에 어머니는 결국 아버지와의 결혼을 마음으로 받아들였다. 열여덟의 나이에 아버지와 결혼한 어머닌 겨울에 회임하여 눈이 내리던 11월에 첫째 아이를 낳았다. 첫째 아이를 회임하던 당시, 집안 형편이 너무도 좋지 못하여 제대된 식사 한번 못할 정도였다. 임산부가 제대로 된 식사 한번 제대로 못하다보니 어머닌 뱃속의 아이가 잘못될 것 같은 불안감에 휩싸였다. 들녘에 묶어 둔 황소를 해거름 녘에 데리고 집으로 돌아오는 도중에 황소가 발작을 일으키는 바람에 어머니는 황소의 발길질에 채어 그대로 바닥에 나뒹굴고 말았다. 순간 어머닌 배를 움켜쥐며 뱃속의 아이를 생각했다. 어머니는 눈물을 뿌려 뱃속의 아이를 위해서 기도했다. 온전한 아이를 낳게 해달라고 기도했다.

눈이 소복소복 쌓여가던 11월의 겨울밤에 어머닌 집이 아닌 병원에서 첫째 아이를 출산하였다. 3일 동안 계속되던 진통은 첫째 아이가 세상에 태어나자마자 언제 그랬냐는 듯 어머니에게서 진통이 물러갔다. 아이는 온전했다. 온전한 모습으로 세상에 태어난 아이는 어머니에게 큰 기쁨이었다. 첫째 아이가 태어난 지 3년 후에 둘째 아이가 태어났고, 그 후 2년 후엔 셋째 아이가 세상에 태어났다. 아들만 셋 달라는 어머니의 기도가 완성된 것이었다.

유교사상이 짙게 깔린 종갓집에 시집을 온 어머니는 처녀시절처럼 자유롭게 신앙생활을 이어갈 수 없었다. 제삿날만 되면 종갓집 며느리가 되어 절을 하지 않는다는 이유로 시댁 어른들로부터 모진 구박을 받아야만 했다. 어머니는 그 모진 구박을 모두 견뎌내며 신앙인으로서의 지조를 지켰다. 신앙의 지조를 지킨 결과 더 이상 시댁 어른들은 어머니에게 절을 강요하지 않았다. 수년이 흘러 아버진 어머니의 뜻을 받아들여 할아버지의 제사와 할머니의 제사를 추도예배로 대신 지낼 수 있도록 허락해주었다. 그토록 완강했던 아버지의 마음이 녹아내린 것은 어머니가 절대적으로 지켜낸 신앙의 지조 때문이었다.

어머닌 비록 친정과는 제법 거리가 떨어진 곳에 시집을 가게 되었지만, 신앙을 꿋꿋이 지켜나가기 위해 주일이면 친정교회를 찾아가 예배를 드렸다. 어머니가 교회에 나가 예배를 드리는 것을 못마땅하게 생각하는 집안 어른들이 많았다. 어머니를 교회에 나가지 못하게 하려고 집안 어른들이 어머니를 못살게 괴롭혔지만, 어머니는 어떤 어려움이 다가온다고 하더라고 주일이면 교회에 나가 예배를 드렸다. 어머니의 절대적인 신앙을 본받은 동네 처녀총각들과 기독교에 대한 남다른 견해를 갖고 있던 동네 어른들이 함께 교회에 나가기 시작했다. 당시 동네에서 교회까진 걸어서 한 시간가량 걸렸다. 지금처럼 길이 잘 닦인 것이 아닌 고개를 넘고 산을 넘어야 교회에 다다를 수 있었다. 어머니의 손에 이끌려 교회에 나가던 기억이 머릿속에 아련하게 남아 있다. 교회 정문에 등나무가 무성하게 자라 있고 정원에는 나무들이 무척이나 많았다. 등나무가 무성하고 나무들이 많아 여름에는 교회의 모습이 시원한 한 폭에 그림처럼 느껴지곤 했었다. 어머니의 품에 안겨 예배시간에 예배드리던 기억도 머릿속에 남아 있다. 예배시간에 전도사님이 우렁찬 목소리로 설교하시던 모습이 어렴풋이 기억이 된다.

수년 동안 한 시간가량 걸어서 교회를 다니는 것이 안타깝게 느껴지던 어머니는 동네에 교회를 세우는 것을 고려하며 마음으로 기도하기 시작했다. 동네에 교회를 세우는 것은 쉬운 일이 아니었다. 동네 사람들의 반대도 거셌지만, 우선 어머니가 유년시절부터 다녔던 교회 전도사님 내외의 반대도 거셌다. 그러나 어머닌 기도의 응답을 받았고, 교회 설립에 박차를 가해 진행시켰다. 수없이 많은 어려움이 있었지만, 모든 어려움을 이겨내었고, 결국 동네에 교회를 설립할 수 있었다. 1983년 8월에 허름한 창고에서 한 교회의 역사가 시작되었다. 교회가 설립된 지 28년의 세월이 흘렀다. 28년 동안 교회는 하나님의 뜻을 받들어 많은 성도들에게 꿈과 희망이 되었고, 신앙을 살찌우는 하나님의 방주역할을 담당했다.

스물여섯의 나이에 교회를 세우고, 28년 동안 오로지 교회를 위해 헌신 봉사한 어머니의 신앙은 단순한 신앙이 아닌 당신의 목숨을 걸고 뛰어온 어머니의 피와 땀이 섞인 열정의 신앙이었음을 하나님은 알고 계실 것이다.

주어진 인생을 살다보면 우여곡절이 있듯이 신앙에도 우여곡절이 있기 마련이다. 철저한 하나님 주의로 인생을 살아온 어머니도 인생의 우여곡절이 많았다. 그러나 늘 다가온 인생의 우여곡절을 신앙의 힘으로 이겨냈다. 그러나 어머니도 감당할 수 없는 인생의 우여곡절도 있었다. 사면초가(四面楚歌)란 말처럼 앞뒤, 좌우가 꽉 막혀 숨을 제대로 쉴 수조차 없을 정도의 고통스런 나날들을 겪어야만 했다.

아마도 국민학교 5학년에 다니던 때의 일이었을 것이다. 당시 빙초산이라는 아주 독성이 짙은 푸른색 유리병에 든 식초제품이 있었다. 아침 설거지를 마친 어머닌 빙초산 유리병이 깨진 것을 발견하고 빙초산 내용물을 놋그릇에 담아 두어 찬장에 넣어 두었다. 그리고 어머닌 화장품 외판을 위해 집을 나섰다.

　학교 방과 후 오후에 동네 아이 몇이 우리 집을 찾아왔다. 그 중에 이쁜이라고 불리는 여자 아이가 부엌에 들어가 목이 마르다고 하면서 찬장에 넣어두었던 빙초산을 그대로 마셔버린 것이었다. 순간 아이의 내장기관이 모조리 오그라들어버렸다. 오후 늦게 어머니는 아이가 빙초산을 마신 것을 알고 서둘러 집으로 돌아왔다. 이미 아이는 자신의 부모들과 함께 병원으로 후송이 된 상태였다. 아버진 집으로 돌아와 모든 사실을 알고 버럭버럭 소리를 지르며 어머니를 향해 화를 냈다. 어머니는 샛노래진 얼굴로 아이가 입원해 있는 병원을 찾아갔다. 병원에 도착하자 아이의 부모들은 어머니에게 상스러운 욕지거리를 쏟아내며 어머니를 몰아세웠다. 어머니는 어찌할 바를 몰라 하며 아이의 부모에게 고개를 조아렸다.

　모든 검사를 끝낸 결과 병원에서 아이의 소화기 계통이 소생이 불가능할 정도로 망가져버렸다고 진단을 내렸다. 진단결과를 들은 어머니는 하늘이 무너지는 듯한 마음의 고통을 겪었으며, 결국 하나님을 원망하기 시작했다. 그러나 어머닌 하나님을 원망하면서도 하나님의 뜻을 찾아내기 위해 노력했다.

　아이는 코에 호스를 꽂았고, 오른쪽 옆구리로 호스를 꺼내어 호스를 통해 영양분을 섭취하였다. 반 식물인간이나 진배없는 상태에 이르고 말았다. 아이가 반 식물인간이나 진배없는 상태에 이르게 되었다는 사실이 온 동네에 퍼지면서부터 아버지와 어머니를 향해 지탄의 말들이 여과 없이 동네방네를 나돌았다. 아버지는 동네사람들로부터 받은 스트레스를 어머니에게 풀기라도 하듯 어머니를 몰아세웠다. 어머니는 아버지와 동네사람들의 욕지거리와 손가락질을 모두 묵묵히 받아들였다. 어머니는 인간의 힘으로 다가온 역경을 이겨낼 수 없다면 하나님의 힘을 빌릴 수밖에 없다는 생각으로 철야기도에 들어갔다. 밤마다 어머니는 교회를 찾아 반 식물인간이 되어버린 아이를 위해 기도하고 기도했다. 늦은 밤, 부뚜막에 앉아 눈물 뿌려 기도하던 어머니의 모습이 아직도 눈앞에 선하다. 결국 하나님은 어머니의 기도를 외면하지 않으셨다. 그 모진 심적 고통을 이겨내며 하나님께 매달려 기도했던 어머니의 기도는 죽은 기도가 아닌 살아 있는 기도가 되어 어머니에게 다가왔다. 빙초산을 마시고 반 식물인간이 되어 병원에서도 도저히 회생할 길이 없다고 했던 아이가 어느 날, 갑자기 잠에서 깨어 밥을 달라하며 여러 사람이 지켜보는 가운데 밥을 먹는 기적이 일어났다. 내장기관이 오그라들어버린 아이가 죽도 아닌, 밥을 먹는 것은 기적이었다. 어머니의 기도가 기적이 되어 많은 사람들 앞에 비추어진 것이었다. 아버지와 어머니를 향해 지탄의 말들을 쏟아냈던 동네 사람들은 기적적으로 아이가 건강을 회복하는 모습을 지켜보며 더 이상 지탄의 말이 아닌 감동의 말들을 쏟아냈다. 교회를 향해 노골적으로 반감을 드러내며 교회를 핍박했던 사람들도 더 이상 교회를 향해 반감을 들어내지 않았고, 교회를 향한 핍박도 멈추었다. 그리고 더 많은 이들이 교회를 찾아 몸과 마음으로 신앙을 받아들였다.

하나님의 뜻은 교회를 향해 있던 동네사람들의 반감과 핍박을 꺾어버리기 위해 여자 아이의 사건과 그리고 어머니의 기도를 통해 보여주신 것이었다. 비록 여자 아이가 회생한 것을 과학적으로 설명할 수 없지만, 하나님의 손길이 여자 아이에게 미쳤다는 것을 신앙적으로 밖에는 설명할 길이 없다. 그 누구도 하나님의 손길에 의해 여자 아이가 다시 건강을 회복하고 소생하였다는 것을 부인하지 않을 것이다.

항상 어머니의 신앙이 감동적으로 다가온 것은 아니었다. 어머니의 신앙을 지켜보면서 때론 회의적인 감정을 갖기도 했었다. 회의적인 감정이 들 때면 어머니 태중에서부터 지켜왔던 신앙을 팽개치고 싶은 생각이 들 때도 있었다. 하지만 신앙을 팽개치고 싶은 생각이 들 때마다 하나님은 내게 새로운 경험을 하게 하시며 몸과 마음에서 신앙을 내려놓지 못하게 만드셨다.

어머닌 불혹의 나이에 교회의 장로로 임직이 되었다. 중학교 중퇴의 학력으로 장로고시에 당당히 합격하여 교회의 장로로 임직을 받았다. 많은 사람들은 어머니가 장로로 임직된 것을 축하하며 하나님의 큰 축복이라고 말했다. 사실 나 역시 어머니가 장로로 임직된 것은 하나님의 큰 축복이고, 어머니의 신앙으로 보더라도 큰 성공이 아닐 수 없다고 생각했다. 교회에 나가지 않던 아버지 역시 어머니가 장로로 임직된 것을 기뻐했으며, 어머니가 장로로서의 역할을 감당해 낼 수 있도록 도움을 주고자 노력했다. 그러나 시간이 흐르면서 어머니가 장로의 임직된 것이 하나님의 축복이 아닌 것 같다는 생각이 들기 시작했다. 어머닌 장로로서의 막중한 책임을 감당해 내기 위해 그 누구보다도 노력했다. 물심양면으로 교회를 위해서라면 당신의 모든 것을 내던질 정도로 노력했다. 그러나 시간이 흘러가면서 어머니는 지쳐갔다. 작고 가난한 교회의 장로로서의 역할을 감당해내는 것을 어머니는 버거워했다. 그 무엇보다도 어머니가 힘들어 했던 것은 하나님과의 관계가 아닌, 사람과의 관계였다. 어머니는 장로로 임직을 받으면서 하나님과의 관계를 더 돈독하게 만들었다. 그러나 목회자와의 관계, 성도들과의 관계는 오히려 퇴색되어만 갔다. 어머닌 장로가 되면서 교회 문제에 대해 철저하게 하나님 중심으로 생각하고 일을 진행시키려 노력했다. 교회가 나아가야할 길이 잘못됐다고 판단되면 그 잘못된 부분을 바로잡기 위해 노력했다. 그러다보니 어머니의 행동이 목회자나 성도들에게 편견적인 시선을 안겨주게 되었다. 그러면서부터 어머니를 향한 반감을 노골적으로 드러내는 성도들이 나타나기 시작했다.

서리집사시절 어머니는 교회에 잘못된 부분이 있더라도 앞장서서 문제를 해결하려고 노력하지 않고 묵묵히 지켜보는 입장이었다. 그러나 장로의 역할은 교회의 문제를 묵묵히 지켜보는 입장이 아닌 협조와 적절한 견제였다. 목회자에 대한 협조와 견제, 교회에 대한 협조와 견제가 성도와 교우들에게 반감으로 다가오면서 교회는 시끄러워지기 시작했다. 교회가 시끄러워지면서 어머니는 극심한 마음의 고통을 겪기 시작했다. 어머니의 고통은 그 모습을 지켜보는 내게도 큰 고통으로 다가왔다. 단순한 고통이 아닌 영혼을 좀먹게 만드는 듯한 고통이었다. 신앙생활을 유지하면서도 비신앙인들보다도 더 비도덕적이고 비윤리적인 생각과 행동을 몸에 지니고 살아가면서, 거짓이 진리인양 말하고, 자신의 것이 아님에도 자신의 것이라고 주장하는 사람들에 비하면 어머니는 십 년 가까이 회사에 다니며 모아두었던 재산을 교회건축을 위해 헌납하고, 전세방 보증금을 아버지 몰래 빼내어 교회건축을 위해 헌납하고, 수년 동안 장로의 직분을 가지고도 매주 당신의 손으로 교회당 청소를 하고, 주일학교 차량운전에서부터 장년예배 차량운전까지, 교회 안에서 어머니가 해야 될 일은 막중함을 넘어 과중함이지만, 묵묵히 자신의 자리를 지키는 어머니의 신앙이야 말로 참된 신앙이 아니겠는가. 그렇게 교회를 위해 헌신하면서도 좋은 소리도 듣지 못하고 오히려 고통을 당하는 모습을 지켜보면서 아들로서 너무도 가슴이 아프고 아팠다. 가난한 교회 여자 장로의 큰 아들로 산다는 것이 심적으로 너무도 고통스러웠다.

그러나 어머니는 모든 것을 견디어 냈다. 모든 어려움과 고통을 어머니가 견디어 내는 모습을 지켜보면서 나 역시 마음을 다잡고 힘을 냈다.

가난한 교회 장로의 큰 아들로서 어머니에게 큰 힘이 되고자 노력하며 그 어떤 것보다도 귀한 신앙을 다잡고 어머니가 걸어가시는 발자취를 따라 하루하루 견디어 내고 있다.

비록 지금도 교회는 어려움이 많다. 많은 어려움이 있지만, 그 어려움을 견디고 견디어 내면 언제고 다가올 하나님의 축복과 은총을 생각하면 답답한 가슴은 어느덧 시원해지고, 가슴이 뭉클해지면서 눈시울이 붉어진다.

나이가 들면 들수록 어머니의 인생이 큰 감동으로 다가오는 이유는 어쩌면 어머니가 걸어오신 신앙의 길, 그리고 앞으로도 걸어가야 할 신앙의 길을 나 역시 걸어가야 한다는 운명이라는 생각 때문이 아닐까, 생각된다.

어머니의 인생, 그리고 내가 걸어가야 할 인생, 그 가운데 비추어질 하나님의 축복과 은총이 함께 한다는 걸, 마음 속 깊이 느끼고 있다.

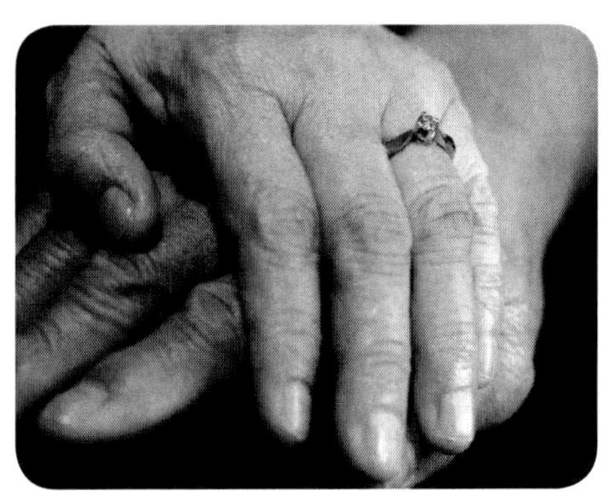

05

문 신

아버지의 몸엔 문신이 그려져 있다. 소싯적에 아버지의 몸에 그려진 문신을 보고 큰 충격을 받았었다. 단순한 문신이 아닌 엄청난 포스가 느껴지는 문신이었다. 소싯적부터 아버지 몸에 그려진 문신에 상당한 관심을 갖기는 했지만, 그렇다고 아버지 몸에 그려진 문신을 좋아하진 않았다. 때론 아버지 몸에 그려진 문신에 대한 상당한 반감을 갖고 웬만하면 문신을 보지 않으려고 했었다.

소싯적에 바라보았던 아버지의 문신은 내게 큰 충격이었다. 도대체 무엇 때문에 아버진 당신의 몸에 문신을 그려 넣은 것인지, 도무지 이해가 되지 않았다. 그러나 중학교에 입학하면서부터 아버지의 인생을 느끼게 되었고, 아버지의 인생을 느끼면서 자연스럽게 아버지 몸에 그려진 문신에 대해서도 이해하게 되었다.

아버지의 가슴에는 갈대밭에서 호랑이가 걸어 나오는 듯한 문신이 그려져 있다. 그리고 양어깨에는 칼과 총이 엇갈려 그려져 있고 그 밑에는 '복수'라는 단어가 쓰여 있다. 그리고 팔에는 도무지 알아먹을 수 없는 한자와, 스펠링이 잘못된 영어단어가 새겨져 있다. 스펠링이 잘못된 영어단어가 새겨진 아버지의 팔뚝이 눈에 들어올 때면 나도 모르게 어이없는 웃음을 웃곤 했었다. 스펠링이 잘못된 영어단어를 바라볼 때면 많이 배우지 못한 아버지의 인생이 느껴지곤 했었다.

고등학교 시절에 아버지의 문신을 보고 나 역시 몸에 문신을 그려보고 싶다는 강한 충동을 느꼈었다. 그러나 제대로 된 문신을 그려 넣는 데 상당한 돈이 필요했다. 결국 몸에 문신을 그려 넣는 것을 포기했다.

"대체 무엇 때문에 몸에 문신을 새겨 넣으신 겁니까?"

갑작스런 내 물음에 아버진 날 바라보고 피식 웃었다. 아버지의 웃음이 왠지 쓸쓸하게 느껴졌다. 괜한 질문을 했다는 생각이 머릿속을 스쳐 지나갔다.

"그냥 멋있을 것 같아 새겼다."

단순히 멋있을 것 같아 몸에 문신을 그려 넣었다는 아버지의 말이 진심이 아닌 것 같았다. 아버지의 가슴 속 내면에 숨어 있는 진심을 알고 싶었다. 몇 번이고 몸에 문신을 그려 넣은 것에 대해 이유를 물었지만, 아버진 더 이상 아무런 말을 하지 않았다. 아버진 몸에 문신을 그려 넣은 것에 대한 확실한 이유를 말해주지 않았다. 그러나 나름대로 아버지의 마음을 읽을 순 있었다. 아버지가 몸에 문신을 새긴 것은 약관의 나이 때였다. 불우했던 10대를 지나 20대에 들어서면서 아버진 그 누구보다도 세상을 향한 반감을 갖고 있었을 것이다. 부모를 일찍 여의고 두 동생들을 이끌며 지독스런 가난을 헤쳐 나가야 했던 운명이 세상을 향한 아버지의 시선을 바꿔놓기에 충분했을 것이다. 제대로 된 교육조차도 허용되지 않았던 아버지의 인생과 운명, 그 인생과 운명 속에서 타인에게 당신의 강인함을 표출하기 위한 하나의 수단으로 몸에 문신을 그려 넣었던 게 아닌가, 하는 생각이 들었다. 젊은 시절 몸에 그려진 문신은 아버지의 자랑이었다. 몸에 그려진 문신은 그 누구보다도 옹골차고 악지스러웠던 아버지의 강인함을 더욱 부각시켜 주었다. 그러나 세월이 흐르면서 몸에 그려진 문신은 아버지에게 강인함을 안겨준 것이 아닌, 불우했던 지난날에 대한 깊은 상처로 남기 시작했다. 지난날에 깊은 상처가 결코 회복될 수 없는 것처럼 아버지의 몸에 그려진 문신 역시 결코 회복될 수 없는 것이었다. 가난했던 시절, 빚을 내면서까지 몸에 문신을 그려 넣어야 했던 아버지의 마음을 나는 중학교를 넘어 고등학교 시절에 들어서면서 뼈저리게 느끼게 되었다. 고등학교에 입학하면서 부끄럽게만 느껴졌던 아버지의 몸에 그려진 문신이 더 이상 부끄러운 존재가 아닌, 아버지의 인생을 이해하는데 도움을 주었다.

소싯적부터 아버진 단 한 번도 다정하게 아들들을 데리고 목욕탕에 가지 않았다. 머리를 쥐어짜내어 소싯적의 기억, 유년시절의 기억, 학창시절의 기억을 반추시켜 보아도 아버지와 함께 다정하게 대중목욕탕에 가본 기억이 없는 것 같았다. 고등학교에 들어가면서 아버지와 함께 대중목욕탕에 가보고 싶었지만, 선뜻 아버지에게 함께 목욕탕에 가자고 말할 수 없었다. 또한 아버지 가슴에 그려진 갈대밭에 호랑이의 모습은 어떤 모습으로 변해 있을지 궁금하기도 했다. 늘 마음으로 아버지와 함께 대중목욕탕에 가고 싶었지만, 결국 해병대를 제대할 때까지 아버지와 함께 목욕탕에 가지 못했다.

어머니는 아버지의 문신을 죄악시 보았다. 몸에 문신을 그려 넣는 것은 자신의 몸에 죄를 짓는 것이라고 어머니는 말했다. 어머니는 결혼식을 올릴 때까지 아버지의 몸에 문신이 그려져 있는 것을 알지 못했다고 했다. 아버지의 몸에 문신이 그려져 있는 것을 안 어머니는 소스라쳤고, 아버지의 몸에 그려진 문신을 평생 마음의 짐으로 받아들였다. 어머니 역시 세월이 흐르면서 아버지 몸에 그려진 문신을 점점 이해하게 되었고, 아버지에게 문신을 제거할 것을 권하기까지 했었다. 아버지 역시 문신을 제거하려는 마음을 갖고 있었지만, 수십 년 전에 그려 넣은 문신이라 제대로 지울 수 없을뿐더러, 지우더라도 피부가 많이 손상되어 심하면 피부암까지 걸릴 수 있다는 의사의 말에 아버지 결국 문신을 제거하는 것을 포기했다. 만약 아버지가 문신을 제거 했더라면 아버지의 인생과 운명은 어떻게 달라졌을까, 라는 생각이 가끔 들곤 한다. 아버지의 인생과 운명은 문신과 떼려야 뗄 수 없는 깊은 관계를 갖고 있는데, 그런 문신을 제거해버리면 아버지의 인생과 운명은 좋은 방향이 되었든, 나쁜 방향이 되었든, 일말의 변하는 분명히 있었을 거라는 생각이 들기도 한다.

어머니는 기독교적인 사고로 몸에 문신을 그려 넣는 것은 자신의 몸에 죄를 짓는 것이고, 더 나아가 하나님에게 죄를 짓는 것이라고 성경 구절을 인용하면서 말했다.

'죽은 자를 위하여 너희는 살을 배지 말며 몸에 무늬를 놓지 말라. 나는 여호와니라.' - 레위기 19장 28절 -

위 성경구절처럼 때로는 종교적인 이유로 해서 문신을 금지했다. 그런데 앞 구절을 보면 '죽은 자를 위하여' 라고 적혀 있다. 산자를 위해서가 아닌 죽은 자를 위해서라고 했으니, 그렇다면 성경전체와 레위기의 문맥과 배경을 무시했을 때에, 즉 위 성경구절만을 인용했을 때 몸에 문신을 그려 넣는 것 자체를 금기시 않는다는 해석이 나올 수도 있다.

'평강의 하나님이 친히 너희를 거룩하게 하시고 또 너희의 온 영과 혼과 몸이 우리 주 예수 그리스도께서 강림하실 때에 흠 없게 보전되기를 원하노라.' - 데살로니가전서 5장 23절 -

하나님께서 예수 그리스도가 강림하실 때까지 우리 몸과 영혼을 흠 없이 보전하라는 말씀하셨다. 몸과 영혼을 흠 없이 보전하라는 말씀에 빗대어 보면 몸에 문신을 그려 넣는 것은 몸과 영혼을 흠 없이 보전하라는 하나님의 명령에 순종하지 않는 것이라 해석될 수 있다. 또한 창세기 1장 26절에서 27절 말씀에도 분명하게 기록되어 있다.

'하나님이 이르시되 우리의 형상을 따라 우리의 모양대로 우리가 사람을 만들고 그들로 바다의 물고기와 하늘의 새와 가축과 온 땅과 땅에 기는 모든 것을 다스리게 하시고 하나님이 자기 형상 곧 하나님의 형상대로 사람을 창조하시고 남자와 여자를 창조하시고' - 창세기 1장 26절 ~ 27절 -

하나님이 자기 형상, 곧 하나님의 형상대로 사람을 창조하셨으니 하나님의 형상으로 창조된 우리의 몸에 바늘로 잉크를 묻혀 문신을 새기는 것은 하나님의 형상을 모독하는 것이라는 결론에 이르게 된다. 결국 몸에 문신을 새기는 것은 하나님 앞에 죄를 짓는 것이라고 말할 수 있을 것 같다.

물론 문신이 선한 것은 아니지만, 그렇다고 악한 것이라고도 볼 수 없다는 중립적인 견해도 있다. 과거완 달리 요즘엔 문신도 하나의 개성과 예술로 바라보는 시선도 있다. 문신에 대한 사람들의 인식이 좋지 않고, 제대로 시술을 받지 않으면 피부병 등 각종 부작용이 생기기

쉽고, 문신을 새기고 난 후 제거 할 때에 더 많은 비용이 든다는 문제점 때문에 문신이 사람들에게 좋은 이미지를 갖게 하지 못한 점이 있지만, 문신이 악한 것이라고 극단적으로 취부하게엔 논리적인 문제점이 있는 것 같다.

그러나 기독교적인 사고로 바라보았을 때에 문신은 분명 자신의 몸에 죄를 짓는 것이고, 하나님의 말씀에 위배되는 것임을 부인할 수 없을 것이다.

군을 제대한 후, 아버지를 바라보는 시선이 많이 달라져 있는 것을 실감했다. 젊은 시절 옹골차게만 느껴졌던 아버지의 육신은 많이 쇠잔해져 있었고, 의기양양했던 아버지의 영혼도 많이 힘을 잃은 듯한 느낌이 들었다. 그러면서 언젠간 아버지가 우리 곁을 떠날 날이 다가오겠다는 생각이 들면서 마음이 숙연해지고 아버지에게 아들로서 최선을 다하려고 노력했다. 아버지와 20년 넘게 살아오면서 단 한 번도 아버지와 함께 대중목욕탕에 가보지 못한 것이 후회가 되었다. 더 늦기전에 아버지와 함께 대중목욕탕에 가보고 싶었다. 아버지에게 함께 대중목욕탕에 갈 것을 권했지만, 아버진 고개를 가로저으며 싫다고 했다. 사실 아버진 혼자서도 대중목욕탕에 가지 않는 성격이었다. 몇 번의 설득 끝에 아버지와 함께 대중목욕탕에 갔다. 그것도 사람들이 없는 새벽 일찍 대중목욕탕에 갔다. 집을 나서면서부터 아버지의 가슴에 새겨진 갈대밭에 호랑이 문신이 생각났다. 소싯적에 보았던 이미지가 머릿속에 남아 있었지만, 오랫동안 한 번도 보지 못했던 문신이 어떻게 변해 있을 지 몹시 궁금하기도 했다.

카운터에서 요금을 지불하고 아버지와 함께 남탕으로 들어갔다. 예상했던 대로 사람들이 거의 없었다. 욕탕 안에 몇몇 사람들이 있을 뿐이었다. 아버지에게 옷장 키를 받아 문을 열었다. 아버진 주위를 두리번거리며 옷을 벗기 시작했다. 나도 아버지 옆에서 천천히 옷을 벗기 시작했다. 옷을 벗는 내내 아버지 가슴의 새겨진 문신 쪽으로 자꾸만 눈이 쏠렸다. 아버지가 겉옷을 벗고 속옷을 벗으려고 하자 나는 움직임을 멈추고 아버지의 가슴을 주시했다. 아버지가 속옷을 벗어 옷장 안에 넣고 욕탕 안으로 들어가려고 몸을 돌리는 순간, 수 년 전에 보았던 갈대밭의 호랑이 문신이 내 눈에 빨려 들어왔다. 그러나 수 년 전에 보았던 문신이 아니었다. 세월의 흔적이 묻어나는 문신이었다. 아버지가 나이가 든 것처럼, 가슴의 문신도 나이가 들어 있었다. 기세당당했던 호랑이의 모습은 사라지고 힘을 잃어버린 호랑이의 모습이 내게 쓴 웃음을 짓고 있는 듯했다.

아버지를 따라 욕탕 안으로 들어갔다. 아버지가 샤워를 하고 있었다. 옆에 서서 샤워를 하며 아버지의 몸을 살폈다. 거대한 산처럼 느껴졌던 아버지의 몸은 사라지고 헐벗은 산처럼 볼품없는 모습으로 변해 있었다. 아버지의 몸을 보는 순간 나도 모르게 가슴이 터질듯 뭉클해졌다.

"아버지, 뒤로 돌아보세요. 제가 등 밀어 드릴게요."

아버지가 내게 등을 보이며 돌아섰다. 아버지의 등이 너무도 작게 느껴졌다. 결코 쓰러질 것 같지 않았던 아버지도 세월 앞에 조금씩 무릎을 꿇고 있다는 생각에 가슴이 아팠다. 자식이 나이가 들어가면 갈수록 부모는 그만큼 작아져 간다는 진리를 한없이 작아진 아버지의 등을 바라보며 깨닫게 되었다.

눈물이 솟구쳤다. 아버지 몰래 눈물을 흘리며 조심조심 아버지의 등을 밀어 나갔다. 아버지가 간지러운지 배시시 웃으면서 몸을 꼬았다. 어린아이 마냥 즐거워하는 아버지의 모습이 한편으로 가슴을 따뜻하게 만드는 것 같았지만, 다른 한편으로 영혼을 찢는 것 같은 고통으로 다가왔다. 채 한 시간도 되지 않는 시간 동안 아버지와 함께 목욕탕에서 즐거운 시간을 보냈다. 돌아오는 길에 아버지의 뒤를 따르며 아버지를 향한 깊은 감사와 남다른 효도로 보답하겠다는 생각을 했다.

처음이자 마지막으로 아버지와 함께 찾았던 대중목욕탕, 그 날의 기억이 아직도 생생하게 머릿속에 남아 있다. 단 한번 뿐이었는데, 왜 이리도 아버지와 함께 찾았던 대중목욕탕에서의 일들이 가슴을 아프게 하는지 모르겠다. 아버지의 몸 곳곳에 그려진 문신은 단순한 문신이 아니었다. 남들에게 멋있게 보이려고 몸 곳곳에 문신을 새겨 넣었다는 아버지의 말은 진실이 아니었다. 아마도 아버진 당신이 유년시절부터 겪었던, 그리고 평생을 겪어야 했던 고통을 몸 밖으로 표출하는 것이 아닌 온 몸으로 꺼안겠다는 생각에서 몸 곳곳에 문신을 새겨 넣은 거라 생각이 된다.

비록 아버진 돌아가시기 전까지 몸 곳곳에 문신을 제거하지 못했다. 문신이 새겨진 그대로 아버진 세상을 떠나셨다. 만약 몸에 문신을 새겨 넣는 것이 죄라면 아버진 죄를 지은 것이다. 그러나 아버진 몸에 문신을 새김으로서 당신의 인생을 살게 하고, 당신의 영혼을 살게 한 것이니, 아버지의 문신은 단순한 죄를 넘어 아버지의 인생이었다는 것을 마음으로 생각하고, 또 생각하게 된다.

06

농부의 아들로 살다

    불과 수 십 년 전만해도 가진 것 없고, 배운 것 많지 않은 이들이 입에 풀칠이라도 하며 먹고 사는 방법 중의 하나가 아마도 농사를 짓는 일이었을 거라고 생각한다. 비록 가진 것 없고, 배운 것 없더라도 일말의 땅뙈기라도 있으면 근근이 먹고 살 수 있었던 시절이 있었다. 얼마 안 되는 논밭을 지어 먹고 사는 사람들은 가진 것 많지 않고, 배운 것 많지 않은 사람들이 대부분이었다. 아버지 역시 가진 것 없고, 배운 것 많지 않아 어쩔 수 없이 농사꾼으로서의 삶을 살 수 밖에 없었다. 다른 이들은 책가방을 들고 학교에 가서 공부할 때에 아버진 숙부님과 함께 똥지게를 지고 들녘에 나가 일을 해야만 했다. 다른 이들이 책가방을 들고 학교에 가는 모습을 지켜보며 똥지게를 지고 들녘에 나가 일을 해야 했던 아버지의 심경이 어떠했을까. 그렇다고 할아버지로부터 물려받은 것 하나 없었던 아버진 입에 풀칠이라도 할 수 있게 지어먹을 땅뙈기조차도 없었다. 지독스런 가난 속에서 앞날에 대한 희망도 없이 살아야했던 아버지의 인생이었다. 그러나 아버진 지독스런 가난 속에서도 결코 주저앉지 않고 목숨을 걸고 주어진 삶과 싸워나갔다. 비록 지어먹을 땅뙈기는 없었지만, 아버지에게 그 무엇보다도 소중한 근면성실함이 있었다. 할아버지가 세상을 떠나시고 아버진 숙부님과 함께 남의 땅을 임차하여 농사를 지었다. 아버지가 농사를 짓는 것은 단순히 먹고 살기 위한 것이 아닌 지독스런 가난과의 싸움이었다. 아버진 지독스런 가난과의 싸움에서 지지 않기 위해 노력하고 노력했다. 그 노력의 결과 아버진 조금씩 자리를 잡아 나갔다. 아버지의 근면성실함에 감명을 받은 지주(地主)들이 아버지에게 논을 임대차해주었다. 비록 남의 땅을 빌어먹는 신세였지만, 아버진 언제고 찾아올 소부의 꿈을 향해 묵묵히 달려 나갔다.

'대부(大富)는 유천(有天)이요, 소부(小富)는 유근(有勤)이라.'

큰 부자는 하늘이 내리지만, 작은 부자는 자신의 근면성실함으로 이룰 수 있다는 이 말을 아버진 참 좋아했다. 당신의 근면성실함으로 아버진 작은 부자가 되고 싶었다. 작은 부자가 되어 지독스런 가난을 물리치고 싶었다. 그러나 농사짓는 일만 가지고는 가난에서 벗어날 수 없었다. 남의 땅을 빌어 먹다보니 일 년 내내 뼈 빠지게 일해도 지대(地代)를 지불하고 나면 남는 것이 많지 않았다. 보다 효율적으로 농사를 짓고, 또한 재산을 불려 나가는데 도움을 줄 소를 한 마리 샀다. 당시 소는 집안의 큰 재산이었다. 아버진 남에게 돈을 빌려 소를 한 마리 샀다. 그리고 농사를 지으면서 소를 정성껏 키워나갔다. 창고를 개조하여 외양간을 짓고, 소 다섯 마리를 목표로 열심히 소를 키웠다. 아버진 그 누구보다도 소를 잘 키우고 잘 다뤘다. 제 아무리 성깔 있는 황소라고 해도 아버진 강렬한 눈빛으로 황소를 제압하는 힘이 있었다. 동네에서 소 다루는 능력으로 둘째가라면 서러울 정도로 아버진 소를 잘 다뤘다. 동네에서뿐만 아니라 면내에서도 알아줄 정도로 소 다루는 솜씨가 가히 기가 막힐 정도였다.

아버진 소를 길러 재산을 불려나갔다. 소를 사기 위해 빌렸던 돈도 모두 갚고, 목표로 했던 소 다섯 마리를 만들었다. 암소가 송아지를 낳으면 6개월 정도를 키워 내다 팔고, 소가 더 이상 클 것 같지 않으면 좋은 값에 내다 팔고, 또 소를 구입하기도 하면서 소를 정성껏 키워 갔다.

아마도 84년 여름으로 기억이 된다. 당시 아버진 많은 사람들을 감동케 하는 황소를 한 마리 키우고 있었다. 송아지로 구입하여 다년 간 아버진 정성껏 소를 키웠다. 단순히 소를 키운 것이 아닌, 당시 읍내에서 해년마다 개최하던 소 품평회에 참가하기 위해서 소를 키웠다. 아버진 84년 여름에 드디어 마음에 담아두었던 소 품평회에 집에서 키우던 황소를 이끌고 대회에 참가했다. 당시 수십 마리에 소들이 대회에 참가했지만, 아버지가 키운 황소는 거뜬하게 대회에서 일등을 차지했다. 어린 시절 아버지가 소 품평회에 나가 일등을 하고 상장과 꽃다발을 들고 찍었던 사진이 안방 문 위에 걸려 있던 기억이 남아 있다.

읍내 소 품평회에서 일등을 한 아버진 전국대회에 참가하게 되었다. 전국각지에서 몰려든 황소들 속에서도 아버지가 키워낸 황소는 당연 돋보였다. 아버진 전국대회에서 아쉽게 2등에 입상하게 되었다. 아버지가 전국대회에서 2등을 하고 집으로 돌아온 그날 밤, 아버진 날 무릎에 앉게 하고 기뻐하시던 기억이 머릿속에 남아 있다.

젊은 시절, 아버지에겐 소는 단순한 소의 개념이 아닌 지독스런 가난에서 벗어나는 하나의 돌파구였던 셈이었다. 아버지를 생각하면 소에 대한 기억도 머릿속에 많이 남아 있다. 소의 코를 뚫기 위해 전봇대에 소를 묶어 놓고 소의 코를 뚫던 기억도 남아 있고, 아버지가 소를 이끌고 나가 들녘에서 쟁기질을 하던 모습도 머릿속에 남아 있고, 암소가 새끼를 낳던 날에 밤새도록 외양간을 지키던 아버지의 모습도 남아 있다. 아버지에게 소 품평회에 나가 큰 기쁨을 안겨주었던 황소가 팔려 집을 떠나가던 날, 외양간 구석에 앉아 담배를 입에 물고 눈시울을 붉히던 아버지의 모습도 머릿속에 희미하게 남아 있다.

아버진 근 십 년 동안 소를 키웠다. 숙부님이 중고 경운기를 한 대 구입할 때까지 아버진 소를 키웠다. 숙부님이 중고 경운기를 한 대 구입하면서 경운기로 농사를 짓는 것이 소를 이끌고 농사를 짓는 것보다 훨씬 효율적이다 보니 키우던 소를 모두 팔아버렸다. 소를 키우는 것도 보통일이 아니고, 소를 키워 어느 정도 생활의 안정을 찾게 되어 소를 키우는 것을 그만 포기하였다.

소를 생각하면 머릿속에 강렬하게 떠오르는 기억이 또 하나 있다. 어려운 시절, 동네에는 소를 키우는 농가들이 많았다. 당시 아버지가 소를 키워 성공하는 모습을 지켜보던 동네 사람들이 하나둘 소를 키우기 시작했다. 소에 대한 별다른 지식도, 소를 다루는 능력도 없는 사람들이 무턱대고 소를 키우기 시작했다. 자신들이 키우던 소에 문제가 발생하면 아버지에게 찾아와 도움을 구하곤 했었다. 도움을 구하러 찾아오는 사람들에게 아버진 당신이 십여 년 동안 소를 키우며 쌓은 노하우를 아낌없이 일러주었다.

"종곤이 양반, 계시오!! 종곤이 양반, 안에 계시오!!"

집안 마당으로 숨을 헐떡거리며 들어서던 동네 한 아주머니가 다급하게 아버지를 불렀다. 외양간에서 소를 돌보던 아버진 동네 아주머니의 목소리에 마당으로 나왔다. 아주머니는 샛노래진 얼굴로 숨을 헐떡거리며 아버지의 팔을 붙잡았다.

"대체 무슨 일이십니까?"

아버지가 숨을 헐떡이는 아주머니에게 물었다. 아주머니는 가쁜 숨을 헐떡이며 어렵사리 입을 열어 말했다.

"우리 집 양반이 곧 죽게 됐어라. 우리 집 양반이 곧 죽게 됐다고요!!"

"대체 그게 무슨 말입니까? 무슨 일인데요?"

"우리 소가 발짝을 일으켜서 우리 집 양반을 죽이려고 합니다. 좀 도와주시오."

아주머니의 말에 아버진 곧장 집을 나섰다. 그리고 아주머니의 집을 향해 달려갔다. 아주머니도 아버지의 뒤를 숨을 헐떡거리며 따랐다. 아버진 아주머니 집 앞에 이르러 조심스럽게 대문을 열고 마당 안으로 들어갔다. 마당 안의 모습은 난장판이었다. 외양간에서 뛰쳐나온 소가 온 마당을 헤집고 다니고 있었다. 주인집 양반은 급하게 몸을 피해 감나무 위에 올라가 있었다. 황소가 주인집 양반을 바닥으로 떨어지게 하려고 감나무를 인정사정없이 들이받고 있었다. 아버지가 눈에 힘을 주고 황소를 향해 걸어갔다. 동네 사람들이 몰려들기 시작했다.

"종곤이 양반! 조심하시오. 조심해요!!"

뒤에서 지켜보던 아주머니가 아버지를 향해 소리쳤다. 몰려든 동네 사람들도 숨을 죽이며 상황을 지켜보았다. 아버진 황소의 눈을 바라보며 다가갔다. 감나무를 악지 세게 들이받던 황소가 아버지를 발견하고 고개를 돌렸다. 아버지와 황소가 눈이 맞았다. 아버지의 눈을 바라본 황소는 고개를 푹 숙이고 순순히 아버지의 이끌림에 따랐다. 이 모습을 지켜보던 동네 사람들이 다들 놀란 표정을 지었다. 아버진 황소를 이끌고 외양간으로 들어갔다. 그리고 황소를 단단히 묶어두고 외양간에서 빠져 나왔다. 감나무에 올라가 있던 주인집 양반이 벌겋게 상기된 얼굴로 내려왔다. 그리고 아버지에게 다가가 손을 붙잡고 고맙다는 말을 여러 번 되풀이 했다. 작은 체구임에도 거대한 황소를 제압하는 힘을 갖고 있었던 아버지의 모습은 어린 시절 나에게도 크게 감명을 주었었다.

　아버지가 더 이상 소를 키우지 않겠다고 하면서 키우던 소를 처분하고 외양간을 허물던 날의 기억이 머릿속에 남아 있다. 나 역시 빈 외양간을 서성이며 어린 나이에 서글퍼하던 기억이 아스라이 남아 있다.

　숙부님이 동네에선 처음으로 중고 경운기를 한 대 구입했다. 그 경운기로 아버지와 숙부님은 더욱더 열심히 농사를 지었다. 숙부님이 구입한 경운기를 이끌고 들녘에 나가 쟁기질을 하고, 들녘을 갈아엎고, 농약을 뿌리던 기억이 남아 있다. 또한 추수 때면 경운기에 쌀가마니를 가득 싣고 집으로 돌아오던 기억도 남아 있다.

　할아버지가 돌아가신 후, 아버진 20년 동안 농사꾼으로의 삶을 살았다. 땅뙈기 하나 없었던 시절, 그 누구보다도 근면 성실한 모습으로 농사를 지으며 가난을 이겨냈던 아버지의 모습은 그 어떤 지혜보다도, 그 어떤 지식보다도 크게 내 가슴에 다가온다. 농사를 지으며 아버지와 함께 만들었던 추억들이 그 어떤 영화보다도, 그 어떤 TV 드라마보다도 감동 있게 내 가슴에 다가온다.

　숙부님을 결혼시키고, 숙부님이 나주 반남으로 내려가 자리를 잡게 되면서 아버진 더 이상 농사를 짓지 않고, 농사를 지으며 하나 둘 사 모았던 전답을 팔아 나주 반남에다가 전답을 사두었다. 만약 아버지가 농사를 접지 않고 계속해서 농사를 지었더라면 아버진 지금보다도 더 큰 부자가 되었을지도 모른다. 아버지가 숙부님과 함께 몰래 팔아넘겨버린 논에 늦은 밤에 찾아가 논둑에 쪼그리고 앉아 눈물을 흘렸다는 어머니의 말이 귓가에 들려온다. 어머니는 아셨을까. 아버지와 숙부님이 어머니 몰래 팔아 버렸던 전답들이 개발이 되어 땅값이 천정부지로 솟구칠 것이라는 것을….

07

목수의 아들로 살다

아버지와의 추억을 생각하다보면 해거름 녘에 들녘에서 아버지가 직접 만들어 준 방패연을 날리던 기억이 머릿속에 떠오르곤 한다. 바람이 거세게 부는 들녘에서, 눈발이 흩날리던 들녘에서, 추위를 이기며 아버지와 함께 방패연을 날리던 기억이 머릿속에 희미하게 남아 있다. 아버진 그 누구보다도 손재주가 좋았다. 단순한 손재주를 넘어 하나의 예술로 승화시키는 능력이 아버지에게 있었다. 남들이 불가능하다고 생각하는 일도 아버지의 손을 거치면 가능한 일로 뒤바뀌곤 했다.

"아빠, 저 방패연 하나 만들어 주세요?"

아침식사를 마치고 학교에 가기위해 집을 나서면서 아버지에게 방패연을 만들어 달라고 부탁을 하면, 아버진 흔쾌히 만들어주겠다고 대답하지 않고 만들어 주겠다는 말도, 만들어 주지 않겠다는 말도 하지 않고 그냥 투박스런 말들을 내뱉곤 했다. 유년시절, 대보름을 앞두고 동네 아이들은 여러 가지 연을 만들어 날리는 재미로 봄방학을 보냈다. 어린 나이에도 손재주가 좋은 아이들은 직접 연을 만들기도 했지만, 연을 만들 만한 손재주가 없는 아이들은 자신의 아버지나, 어머니에게 연을 만들어 달라고 생떼를 쓰기도 했다. 나 역시 연을 만들 만한 손재주를 갖고 있지 않아 매년 대보름 때가 되면 아버지에게 연을 만들어달라고 조르곤 했었다.

학교 방과 때까지 아버지가 만들어 놓았을 방패연을 머릿속에 떠올리며 학교 파하자마자 집으로 달려가 방패연을 날릴 생각으로 하루를 보내곤 했었다. 방패연을 만들어 달라는 내 부탁에 아버진 비록 투박스럽게 말했지만, 늘 학교 파하고 집으로 달려가 보면 마루 위에 방패연이 걸려 있곤 했다. 아버지가 만들어 놓은 방패연을 들고 아이들이 모여 연을 날리는 들녘에 나가 함께 연을 날리다보면 다른 아이들이 날리는 연보다도 아버지가 만들어 준 방패연이 더 높이, 더 멀리, 그리고 더 멋있게 하늘을 나는 모습을 지켜보다보면 나도 모르게 온 몸이 우쭐해지곤 했었다. 가끔은 아버지와 함께 해거름 녘에 들녘에 나가 날이 어둑어둑해질 때까지 연을 날리다가 집으로 돌아오곤 했다.

아버지가 만들어 준 방패연이 찢어지거나 더 이상 날지 못할 정도로 해어지면 다시 아버지에게 방패연을 만들어 달라고 조르면, 아버진 더 이상 방패연을 만들어주지 않았다. 아버진 일 년에 한번 밖에는 방패연을 만들어주지 않았다. 학교 방과 후 동네 아이들과 모여 함께 연을 날리기로 약속이 되어 있었는데, 아버지가 만들어 준 방패연이 감나무에 걸려 찢어져 버렸다. 아버지에게 몇 번이고 다시 방패연을 만들어 달라고 졸랐지만, 아버진 내 부탁을 들어주지 않았다. 할 수 없이 어머니에게 방패연을 만들어 달라고 졸랐다. 어머니는 방패연을 만들어 놓을 테니 맘 편이 학교에 다녀오라고 했다.

학교수업을 마치고 곧장 집으로 돌아와 보니 어머니가 만들어 놓은 방패연이 마루에 걸려 있었다. 어머니가 만들어 놓은 방패연은 아버지의 방패연과는 사뭇 달랐다. 어머니는 방패연에 물감까지 칠하여 예쁘게 만들어 놓았다. 그러나 어머니의 방패연은 보기와는 다르게 잘 날지 않았다. 대나무 살을 두껍게 깎아 좌우 균형이 맞지 않아 바람을 타고 하늘로 솟구쳐 오르는 것이 아닌 좌우로 뱅뱅 돌다가 그대로 들녘 바닥으로 꼴아 박곤 하였다. 아버지가 달려와 어머니가 만든 방패연을 요리저리 살피고 좌우 균형을 맞춰 다시 하늘로 올려 보내면 언제 그랬냐는 듯 방패연이 잘 날았다.

유년시절, 아버지와 어머니가 번갈아 가면서 만들어 준 방패연이 매년 정월 대보름 즈음이면 생각이 난다. 나중엔 방패연과 가오리연, 그리고 약간의 개조를 섞은 연들을 자유스럽게 만들 줄 아는 기술을 갖게 되었다. 더 이상 아버지와 어머니에게 매년 정월 대보름이면 연을 만들어 달라고 하지 않았다. 직접 연을 만들이 동생들과 함께 들녘에서 하루 종일 연을 날리던 기억이 머릿속에 잔잔하게 남아 있다.

1982년도에 마을 앞에 공단이 들어섰다. 공단이 들어서면서 전국각지에서 토목기술자와 건축기술자들이 몰려들었다. 당시 우리 집엔 작은 방이 하나 있었는데, 아버진 작은 방을 세를 놓았다. 당시 세를 들어온 사람은 경상도에서 온 목수였다. 나이가 오십 줄에 가까워 보이는 목수였다. 마을 앞에 공단이 들어선다는 소식을 듣고 돈을 벌기 위해 경상도에서 넘어온 목수였다. 공단이 들어서면서 공장들뿐만 아니라 기간시설, 그리고 유락시설까지 많은 건물들이 들어서게 되었다. 그러나보니 갑작스런 토목경기와 건축경기가 살아나면서 천직으로 알고 짓던 농사일을 접고 노가다에 나가 일을 하는 사람들이 늘어나기 시작했다. 항간에는 공단이 들어서면 수질이 나빠지고, 수질이 나빠지면 토양이 나빠지게 되고, 토양이 나빠지면 농사를 지어도 제대로 된 농작물을 재배하지 못하게 될 거라는 소문이 나돌기 시작했다. 소문이 무섭게 퍼지면서 농사짓는 일을 포기하고 토목현장과 건축현장으로 뛰어드는 사람들이 늘어나기 시작했다.

셋방에 세 들어 살던 목수아저씨는 아버지가 제법 손재주가 좋다는 것을 알고 아버지에게 목수 일을 해보지 않겠냐고 권했다. 처음 아버지는 목수아저씨의 권유에 상당기간 고민했지만, 더 이상 농사를 지어 가지곤 먹고 살기 힘들어질 거라는 생각에서 목수아저씨를 따라 건축현장을 돌며 건축 일을 배우기 시작했다. 배운 것도 많지 않고, 마땅한 기술도 없는 아버진 노가다 판에서 잡부로 밖에 일을 할 수 없었다. 그러나 아버지는 달랐다. 잡부로 일을 시작했던 아버진 하나하나 건축 일을 배우기 시작했다. 급기야 6개월 만에 목수 일을 통달하게 되었다. 목수 일을 하면서 매달 목돈을 손에 쥐게 되었고, 아버진 그제야 농사 짓는 일을 완전히 포기하게 되었다. 마을 앞에 뼈 빠지게 일하여 사둔 논 열 마지를 팔아 숙부님이 정착한 나주 반남에 전답을 사두었다.

아버진 목수 일을 시작하면서 남다른 능력을 보였고, 아버지의 능력은 각종 공사현장에서 빛을 보기 시작했다. 평생을 목수로 살아온 사람들조차 아버지의 능력에 감탄하였고, 목수 일을 시작한 지 3년 만에 목수 오야붕(우두머리)이 되어 사람들을 거느리고 일을 맡아서 하게 되었다.

아버지에게 일을 맡기는 건축주들이 늘어나면서 아버진 단 하루도 쉬는 날이 없이 날이면 날마다 일을 했다. 아버지는 목수 일을 시작하면서 당신의 손으로 직접 온 가족이 평생 편안하게 살 수 있는 집을 짓겠노라고 다짐했다. 그 목표를 하루 속히 이루기 위해 단 하루도 쉬지 않고 일을 했다. 아버지가 목수 일을 시작한 지 5년 만에 아버지의 꿈은 이루어졌다.

88올림픽이 열리던 해에 아버진 5년 동안 목수 일을 하며 벌어둔 돈으로 남루하기 그지없는 흙집을 허물고, 벽돌을 정성껏 쌓아올려 양옥집을 지었다. 흙집을 허물고 양옥집을 짓기까지의 과정을 지켜보면서 아버지가 흘린 땀과, 아버지가 가슴에 품은 열정을 느낄 수 있었다. 양옥집을 완공하고 들어가 살게 되기까지 우여곡절이 없는 것은 아니었지만, 배운 것 없고, 가진 것 없는 아버지가 피땀 흘려 번 돈으로, 공사판을 전전긍긍하며 눈칫밥을 먹으며 배운 기술로 양옥집을 지어 올렸다는 사실은 아들로서 아버지를 달리 보는 계기가 되었다.

사실 아버진 그 누구보다도 머리가 영리한 분이었다. 특히 수학적 계산 능력이 뛰어나 계산기가 없어도 웬만한 덧셈, 뺄셈, 곱셈, 나눗셈은 머리로 계산해 버리곤 했었다. 아버지의 수학적 계산 능력은 아들인 나뿐만 아니라, 많은 사람들이 인정하는 능력이었다. 아버지가 목수 일을 시작하면서 나는 내심 만약 아버지가 기본적인 교육과정만이라도 공부를 했더라면 아버지의 운명과 인생이 달라졌을 거란 생각을 뼈저리게 하였다.

아버진 자주 건축도면을 집으로 들고 들어와 안방 방바닥에 펼치고는 날 불러 이것저것 묻곤 했다.

"이것이 영어 같은데, 무슨 글자냐?"

알파벳 A자를 몰라 무슨 글자냐고 묻는 아버지가 생뚱맞게 보였지만, 아버지 팔뚝에 영어 알파벳이 거꾸로 새겨져 있는 것을 보고 일말의 웃음이 나기도 했지만, 지독스런 가난 때문에 제대로 된 교육을 받지 못한 아버지의 운명과 인생이 안타깝게 느껴지던 기억이 머릿속에 떠올랐다. 비록 알파벳 A자가 무슨 글자냐고 묻는 아버지가 생뚱맞게 느껴졌지만, 아버지가 도면을 펼치고 알파벳 글자를 물어볼 때면 정성껏 대답했다. 토목을 전공하고, 건축을 전공하는 사람들조차 어렵게 생각하는 건축도면을 하나하나 살펴가며 건물을 지어가는 아버지의 모습을 상상할 때면 가슴이 부풀어 오르곤 했다. 그러나 상상은 상상일 뿐이었다. 막상 아버지가 일하는 공사현장에 가보면 낙후된 현장에서 위험을 무릅 쓰고 일을 하는 아버지의 모습을 지켜볼 때면 가슴이 찢어지는 듯한 고통이 느껴지곤 했다.

고등학교 시절, 방학을 맞아 아버지를 따라 공사현장에서 일주일간 일을 했던 적이 있다. 일주일간 아버지와 함께 공사현장에서 일을 하면서 목수로서의 삶을 살고 있는 아버지를 향한 강한 연민을 느끼게 되었다. 농사를 지을 때보다도 더 고생하는 것 같아 가슴이 너무도 아팠다.

"이 반장님!! 이 공사 끝내려면 기간이 얼마나 걸리고 견적이 얼마나 나올 것 같습니까?"

나이가 30대 초반으로 보이던 건설현장 직원이 도면을 들고 와 아버지 앞에 펼쳐들고 묻는 것이었다. 나는 일을 멈추고 건설현장 직원과 아버지가 나누는 대회에 귀를 기우려 보았다. 도면을 대충 살펴보던 아버지는 구두로 공사기간과 견적을 내버리는 것이었다. 아버지가 구두로 공사기간과 견적을 내는 것을 지켜보던 건설현장 직원들이 입을 떡 벌리고는 고개를 주억거리는 것이었다.

"이 반장님!! 대단하십니다. 계산기를 두드려서 견적을 뽑아도 정확하게 뽑기 어려운데, 어떻게 눈으로 대충 보시고도 견적을 뽑을 수 있습니까? 아무튼 정말 대단하십니다. 정말 대단하십니다."

건설현장 직원들이 아버지에게 칭찬을 쏟아내는 모습을 지켜보던 나 역시 아버지의 모습에 크게 감탄하게 되었다. 대학을 나와 토목을 전공하고, 건축을 전공했던 이들이 계산기를 두드려가며 뽑는 견적을 단순히 눈으로만 보고도 정확하게 견적과 공사시공기간까지도 계산해 내는 아버지의 능력이 대단하게 느껴지기도 했지만, 그런 아버지의 능력이 너무 아깝다는 생각이 들기도 했다. 만약 아버지가 토목기술과 건축기술에 대해 제대로 된 교육을 받았더라면 노가다 판에서 전전긍긍하는 것이 아닌 건설현장을 이끄는 소장 자리라도 한 자리 하지 않았겠나 하는 생각이 들곤 했다.

20년 동안 농사꾼으로 살아온 아버지, 25년 동안 건설현장을 누비는 목수로 살아온 아버지, 농사꾼으로서의 삶에도 충실하였고, 목수로서의 삶에도 충실했던 아버지의 모습이 눈앞에 아른거린다. 아버지가 5년 동안 목수 일을 하면서 피땀 흘려 번 돈으로 건축했던 양옥집에서 온 가족이 16년 동안 행복하게 살았다. 아버지와 함께 살아온 추억들 속에서 아버지가 직접 건축했던 양옥집에서 16년 동안 살았던 기억이 제일 행복한 기억으로 남아 있다.

모든 것이 사진으로 남아 있고, 모든 것이 추억으로 남아 있지만, 아버지와 양옥집에서 16년 동안 살았던 기억은, 추억은 세월이 흐르고 흐르고 흐르고 흐른다 하여도 결코 지워지지 않는 소중한 기억으로, 추억으로 오랫동안 남아 있을 것이다.

08

사 랑

　해병대 입대 6개월 만에 일병 정기 휴가를 나오게 되었다. 14박 15일간에 정기 휴가였다. 그토록 마음 깊이 기다렸던 휴가였다. 해병대 입대 후에 짙은 향수병에 걸려 힘든 시간을 보냈다. 늘 마음으로 고향을 생각하며 휴가 날짜가 하루빨리 다가오기를 간절히 기다렸었다. 너무도 간절히 기다리다보니 시간은 더욱 더디게 흘러가는 것만 같았다.

　휴가 전날에는 잠을 한 숨도 자지 못하고, 아무 것도 먹지 못했고, 선임들이 모질게 시켜대는 PT 체조 때문에 아주 죽을 맛이었다. 졸병들은 휴가 전날엔 잠을 한 숨도 자지 못하게 했다. 이유는 휴가 나가 푹 자라는 의미에서 휴가 전날에는 한숨도 자지 못하게 했다. 잠을 재우지 않는 대신 근무를 하루 종일 세웠다. 또한 아무 것도 먹지 못하게 했다. 휴가 나가 맛있는 음식을 배 터지게 먹으라는 의미에서 굶주리게 하는 것이었다. 또한 휴가 나가 두들겨 맞지 말라는 의미에서 체력을 키워주기 위해 PT 체조를 시켰다. 휴가 전날에 선임들로부터 혹독한 훈련을 받고 나니 휴가 당일에는 정신을 차릴 수 없을 정도로 힘이 들었다. 머리가 다 어지러울 정도였다.

어렵게, 어렵게 모든 휴가 신고를 끝내고 부대를 빠져 나와 곧장 고향으로 내려왔다. 비행기를 타고 고향으로 내려오는 길에 근 6개월 만에 만나는 아버지와 어머니 생각에, 그리고 동생들 생각에 가슴이 뭉클했다. 비행기가 광주공항에 착륙한다는 기내 안내방송이 흘러나왔다. 얼굴크기 만한 창으로 내려다보이는 광주공항의 모습이 너무도 정겹게 느껴졌다.

비행기가 광주공항 활주로에 거친 엔진소리와 함께 착륙하였다. 비행기에서 내려 플랫폼을 거쳐 공황을 빠져 나왔다. 택시를 잡아타고 곧장 장자울 마을로 향했다. 마을로 향하던 중, 택시 안에서 차창 밖을 내다보며 군에 입대하던 날에 기억을 머릿속에 떠올렸다. 기대와 떨리는 마음으로 군에 입대하던 날에 아버지가 흘린 눈물, 어머니가 흘린 눈물, 그리고 내가 흘린 눈물을 생각했다. 아버지의 눈물, 어머니의 눈물, 그리고 나의 눈물을 생각하니 절로 눈시울이 붉혀졌다.

택시가 마을 앞에 도착했다. 택시비를 지불하고 택시에서 내렸다. 언덕 위에 십자가가 눈에 들어왔다. 언덕 위에 십자가를 바라보고 있으니 눈에서 눈물이 주르륵 흘러 내렸다. 마을의 정취를 살피며 터벅터벅 걸음을 옮겨 집으로 올라왔다. 대문을 열고 마당에 들어서니 입대하던 날 보았던 마당의 풍경과는 너무도 달리 내 눈에 빨려 들어왔다. 마당에 들어서서 마당 곳곳을 다니며 머릿속으로 떠오르는 생각들을 정리했다. 한동안 마당을 서성이다 집 안으로 들어왔다. 집안에는 아무도 없었다. 사실 가족들에게 휴가를 나온다는 것을 사전에 알려주지 않았다. 가족들 모두 내가 휴가 나온다는 사실을 전혀 모르고 있었다. 군복을 갈아입고 밀려드는 피곤을 주체할 수 없어 작은 방에 들어가 이부자리를 펴고 누웠다. 눕자마자 두 눈을 감고 깊은 수면을 취하였다.

눈을 떠보니 사방이 어둑어둑했다. 오후에 잠자리에 들었는데, 일어나 보니 이미 밤이 깊을 대로 깊어 있었다. 피곤한 몸을 일으켜 문을 열고 거실로 나오니 거실에 아버지와 어머니, 동생들이 앉아 저녁 식사를 하고 있었다. 가족들이 한 자리에 앉아 식사를 하고 있는 모습이 너무도 정겹게 느껴졌다. 어머니가 내게 다가와 손을 잡고 눈물을 훔치며 반가워했다. 아버지도 엷은 미소를 지으며 반가운 표정을 지었다. 동생들도 날 바라보며 반가운 표정을 지었다. 오랜만에 온 가족이 한 자리에 앉아 저녁을 먹는 동안 나는 살아오면서 단 한 번도 느껴보지 못한 진한 가족 사랑을 마음 깊이 느낄 수 있었다.

아버진 비가 오나 눈이 오나 바람이 부나 새벽 5시면 잠에서 깨어 창문을 열어젖히고 일을 나갈 수 있겠는지 살피셨다. 일을 나갈 수 없을 정도로 비나 눈이 거세게 내리지 않는 한 아버진 일을 나가셨다. 군 입대 전에는 새벽에 일을 나가시는 아버지를 자주 보지 못했었다. 아침에 일어나보면 늘 아버진 일을 나가고 안 계시곤 했었다.

휴가 둘째 날, 나는 새벽에 아버지가 일을 나가시는 모습을 보기 위해 일부러 새벽 5시 즈음에 잠에서 깼다. 잠에서 깨어 화장실에서 용변을 보고 부엌으로 갔다. 아버지가 식탁에서 아침을 드시고 계셨다. 아버지가 날 보고 엷은 미소를 지으며 일어났냐고 물으셨다. 아버지에게 아침 인사를 건네고 식탁에 앉았다. 그런데 식탁 위에 놓여 있는 아버지의 아침 밥상을 보고 나는 양미간을 잔뜩 찌푸리고 깊은 한숨을 내쉬었다. 아버진 제대로 된 반찬 하나 없이 물에 밥을 말아 시들한 배춧잎을 고추장에 찍어 먹고 계셨다. 나는 할 말이 없었다. 어떻게 가족을 먹여 살리기 위해 일을 나가는 가장(家長)의 아침 밥상이 이렇게도 허술할 수 있단 말인가. 나는 아무 말도 하지 못하고 아침을 드시는 아버지의 모습을 물끄러미 지켜보았다. 밥에 물을 말아 시들한 배춧잎을 고추장에 찍어 먹는 아버지의 모습을 지켜보며 나는 마음으로 울 수밖에 없었다. 아버지의 얼굴에 깊이 파인 주름들을 보고 있으니 그동안 아버지를 괴롭혔던 고통과 고생들이 느껴졌다. 군 입대 전에는 보지 못했던 아버지의 모습이 군 입대 후에는 너무도 선명하게 내 눈 속을 파고들었다.

아버지가 일을 나가시는 모습을 지켜보고 들어와 아버지가 드신 아침 밥상을 지켜보며 밀려드는 슬픔을 주체할 수 없어 눈물을 흘리고 말았다. 아버지의 밥상이 이리 허술한 것은 어머니의 무관심 때문이라는 생각이 들었다. 어머니를 찾았다. 어머니의 모습은 집안 어디에도 없었다. 어머닌 새벽기도를 위해 교회에 가시고 집안에 안계셨다. 어머니가 날이 밝자 집으로 돌아오셨다. 어머니에게 아버지 일 나가시는데 아침 밥상이 너무 허술하다고 말하며 아버지에게 좀 신경을 써달라고 말했다.

다음 날 새벽에도 일어나 아버지와 아침 식사를 함께 하며 말벗이 되어 드렸다. 휴가 기간 내내 나는 새벽에 일어나 일을 나가시는 아버지와 아침 식사를 함께 하며 부자지간에 끈끈한 정을 느꼈다. 새벽에 남루한 옷차림에 너무도 허술한 아침식사를 하고 집을 나서는 아버지의 뒷모습을 멀거니 바라보고 있으니 가족을 향한 아버지에 따뜻한 사랑이 내 가슴을 뚫고 밀려들어왔다.

휴가 마지막 날, 아버지에게 짧은 여러 장의 편지를 썼다. 그리고 쓴 편지를 내가 부대 복귀 후에 아버지가 보실 수 있도록 집안 곳곳에 감추어 두었다. 다시 고향을 떠나 부대로 복귀하는 내내 새벽에 혼자 밥에 물을 말아 시든 배춧잎을 고추장에 찍어 먹는 아버지의 모습이 머릿속을 떠나지 않았다. 비가 오나 눈이 오나 바람이 부나 새벽에 피곤

한 몸을 일으켜 세워 남루하기 그지없는 옷차림에 허술한 아침 식사를 하고 집을 나서시는 아버지의 모습이 가족을 향한 깊은 사랑이라는 것을 나는 너무도 가슴 깊이 깨닫게 되었다.

제대 후, 나는 새벽에 아버지보다 더 일찍 일어나 일을 나가시는 아버지를 위해 아침 밥상을 차렸다. 아침 식사를 든든하게 하실 수 있도록 나름대로 신경을 써 아침 밥상을 차렸다. 또한 저녁에도 아버지를 위해 저녁 밥상을 차리곤 했다. 가족을 향한 아버지의 사랑에 조금이나마 보답하고자 아들의 사랑이 담긴 밥상을 아버지에게 차려드리곤 했다.

가끔은 아버지에게 정성들여 밥상을 차려드리던 그 때의 기억이 머릿속에 또렷이 추억이 되며, 그 시절이 무척이나 그리워지곤 한다. 가족을 향한 아버지의 사랑, 아버지를 향한 아들의 사랑이 물신 풍겨나던 그 시절의 기억이 세월이 흐르고 흐를수록 진한 감동으로 다가오는 이유는 다시는 아버지를 위해 정성들여 밥상을 차릴 수 없기 때문이라는 생각이 든다.

어머닌 매일 새벽 4시만 되면 잠에서 깨어 새벽기도를 위해 예배당에 나가신다. 새벽 4시에 새벽기도를 위해 예배당에 나가시기 때문에 아버진 언제나 홀로 아침 밥상을 차려 드시고 일을 나가시곤 하셨다. 늘 혼자 아침 밥상을 차려 드셨던 아버지를 생각하면 너무도 가슴이 아프다. 아버지가 느꼈을 외로움을 생각하면 아버지를 향한 어머니의 무관심이 때론 못마땅하게 생각되곤 하였다. 하지만 새벽 4시만 되면 잠에서 깨어 새벽기도를 위해 예배당에 나가 가족을 위해, 교회를 위해, 성도를 위해 중보 기도하는 어머니의 모습 또한 가슴을 찡하게 만드는 사랑의 모습이라고 생각한다.

아버지의 사랑과 어머니의 사랑을 생각하며 사랑의 의미에 대해 깊이 생각해 본다. 사랑을 정의할 수 있는 말들이 많겠지만, 내가 정의할 수 있는 사랑은 새벽에 물에 밥을 말아 시들한 배춧잎을 고추장에 찍어 먹고 일을 나가는 것이고, 모두가 잠들어 있을 새벽 4시에 일어나 예배당에 나가 가족을 위해 기도하는 것이다, 라고 말할 수 있을 것이다.

아버지의 사랑과 어머니의 사랑이 너무도 그리워진다.

09

사람의 집은 망해도
하나님의 집은 흥해야 한다

고향을 잃는다는 것은 너무도 가슴 아픈 일이 아닐 수 없었다. 30년 가까이 살아왔던 고향을 잃는 다는 것은 너무도 가슴 아픈 일이었다. 내가 태어나고, 동생들이 태어나고, 그리고 유년시절, 소년시절, 청년시절을 보냈던 고향이 토지개발로 인하여 흔적도 없이 사라지게 된다는 사실을 처음엔 받아들일 수 없었다. 아버지의 피와 땀이, 그리고 어머니의 눈물이 설여 있는 고향집을 이젠 떠나야 한다는 생각에 나는 매일 같이 눈물을 흘렸다. 시간이 흐르고, 세상이 변하고, 환경이 변해가고, 또한 사람들의 인심도 변해가는 것이 인생의 한부분이라지만, 한 순간에 토지개발로 인하여 진한 추억이 담겨 있는 고향을 잃는다는 것은 너무도 슬픈 일이 아닐 수 없었다.

그러나 사람들은 토지개발로 인하여 고향이 사라져 감에도 전혀 슬퍼하지 않았다. 오히려 보상금을 톡톡히 챙길 수 있다는 생각에 너도 나도 신이 나 있었다. 180만 평에 달하는 어마어마한 토지개발로 벼락

부자들이 쏟아졌다. 벼락부자는 못되더라도 평생을 일하여 만질 수 없는 돈을 만지게 된 사람들도 쏟아졌다. 하물며 셋방살이하던 사람들도 톡톡히 보상금을 챙길 수가 있었다. 토지개발이 사람들을 행복하게 만들었다. 토지개발이 사람들을 그토록 행복하게 만들 줄 예상하지 못했다. 물질적인 면에서 만큼은 토지개발이 입주민들에게 엄청난 행복을 안겨다주었다.

그러나 행복이 행복이 아니었다. 입주민들은 망각하고 있었다. 국토개발로 인한 어쩔 수 없는 토지개발이라곤 하지만 수 십 년 동안 쌓아온 삶의 터전이 한 순간에 사라져 간다는 사실이 시간이 흐르면 흐를수록 깊은 안타까움으로 다가올 것이라는 사실을 입주민들은 모르고 있는 듯했다.

함께 모여 옹기종기 살던 마을사람들이 보상금을 챙겨 하나 둘씩 마을을 떠나기 시작했다. 하나 둘씩 마을을 떠나자 마을은 점점 생명력을 잃어만 갔다. 시간이 흐르면서 마을 사람들은 모두 떠나고 셋방에 들어 사는 사람들만이 마을에 남아 마을의 생명력을 겨우 이어가고 있었다.

우리 가족도 어쩔 수 없이 수 십 년 동안 살아왔던 정든 집을 떠나 인근 아파트로 이사를 했다. 가족 모두가 이사를 했지만, 나는 정든 집을 도저히 떠날 수가 없어 마을이 철거되기 직전까지 정든 집에서 생활했었다. 철거작업이 시작되자 나도 어쩔 수 없이 짐을 챙겨 마을을 빠져 나왔다. 마을을 빠져 나오던 날, 나는 마음으로 얼마나 울었는지 모른다.

건축물들을 모조리 철거하고 개토작업이 시작되었다. 포클레인들과 불도저, 덤프트럭들을 이용하여 개토작업을 했다. 개토작업이 끝나자 추억이 깃들어 있는 마을의 모습은 흔적도 없이 사라지고 말았다. 허화벌판으로 변해버린 마을을 자주 찾아 고향땅을 밟으며 지나간 추억들을 생각했다. 지나간 추억들을 생각하면 가슴이 뭉클해짐을 느꼈다. 다시는 찾을 수 없는 고향의 모습이 내 가슴 깊은 곳에서 희미하게 사라져갔다.

토지공사로부터 보상이 시작되면서부터 어머닌 엄청난 고민에 휩싸이기 시작했다. 교회 이전 문제로 어머닌 많이 힘들어 했다. 교회가 너무도 가난하여 토지공사로부터 받은 보상금으로는 교회건축은 고사하고 허름한 상가를 얻어 교회를 옮기는 일조차도 어려울 지경이었다. 사실 마을 언덕 높은 곳에 교회가 있었지만, 대지가 타인의 땅이다 보니 교회 건축물에 대한 보상금만 받을 수 있었다.

어머닌 보상이 끝나고 교회 이전을 앞두고 있을 시점부터 금식기도를 해가면서까지 교회 이전 문제를 고민하기 시작했다. 허름한 상가를 얻어 교회를 옮기는 것보단 땅을 구입하여 조립식으로라도 교회를 건축하는 것은 좋을 것 같다고 어머닌 생각했다. 그러나 돈이 문제였다. 토지공사로부터 받은 보상금으로는 대지를 구입하는 것은 고사하고 예배당을 짓는 것조차도 버거울 지경이었다. 그렇다고 교인들이 교회 건축비를 내놓을 형편도 되지 않았다. 어머닌 오랜 고민 끝에 마음의 결정을 내렸다. 아버지 앞으로 나온 입주권을 하나님에게 바치기로 마음의 결정을 내렸다. 그러나 입주권을 하나님에게 바치는 것이 쉬운 일이 아니었다. 아버지의 동의를 구해야하는데, 평소 교회에 대한 좋지 못한 인식을 갖고 계신 아버지를 설득하는 것은 거의 불가능한 일이었다. 어머닌 어떻게 할 것인가를 두고 고민 고민하다 마음의 결정을 내리고, 결정을 내린 대로 실행에 옮겼다. 분명 어머니도 아버지를 생각하고, 그리고 아들들을 생각했을 것이다. 그러나 아버지를 생각하는 것보다, 아들들을 생각하는 것보다 교회를 건축하는 문제가 더 시급하기 때문에 어머닌 죽음을 각오하고 마음의 결정을 따라 행동으로 옮긴 것이었다. 어머닌 두려웠다. 자신의 무리한 행동으로 인하여 가족들에게 안길 고통이 두려웠다. 그러나 모든 걸 하나님에게 의지하고, 모든 걸 하나님에게 맡기고 묵묵히 자신의 길을 걸어갔다.

어느 날, 아버지가 날 급히 찾았다. 무슨 급한 일이 생긴 모양이었다. 아버지의 얼굴을 보니 화가 잔뜩 난 모습이었다. 평소에 보지 못했던 아버지의 모습에 나도 모르게 긴장하게 되었다. 무슨 일이냐고 아버지에게 여러 번 물어도 아버진 대답대신 깊은 한숨을 내쉬며 줄담배를 피웠다. 한참 시간이 흐른 후에 아버지가 겨우 입을 열어 말을 했다.

"네 어매가 수완지구 땅을 팔아 버린 모양이다. 오늘 여수 여자한테서 전화가 왔어야. 땅 명의 변경을 해달라고 하면서…."

아버지의 말을 듣는 순간 어머니의 모습이 눈앞에 그려졌다. 순간 너무도 황당하여 아무런 말을 할 수가 없었다. 어머니가 교회 문제로 고민하고 있는지는 알고 있었지만, 교회 건축 문제 때문에 입주권을 팔아 교회에 헌금했다는 사실이 믿어지지 않았다. 아버진 분노에 싸인 얼굴로 줄담배만 피웠다. 아버지의 얼굴을 바라보았다. 분노에 휩싸인 아버지의 얼굴을 본 순간 나도 분노에 휩싸이기 시작했다. 도저히 용서할 수 없는 일이었다. 땅을 분양 받으면 그 곳에 집을 지어 아버지와 어머니가 돌아가실 때까지 편히 모시겠노라 생각했던 내 꿈이 한 순간에 사라졌다는 것이 믿어지지 않았다.

급히 어머니를 찾았다. 그러나 어머니의 모습은 보이지 않았다. 어머니도 일이 터진 것을 알고 급히 몸을 피한 모양이었다. 며칠 동안 어머닌 집에 들어오지 않았다. 어디서 무얼 하는지 집에 들어오지 않은 어머니가 증오스럽기까지 했다. 어머니를 백방으로 찾아보았지만, 어머니의 모습은 그 어디에서도 찾을 수가 없었다.

머칠 후에 부동산 중개업소에서 연락이 왔다. 무거운 마음으로 아버지를 모시고 부동산 중개업소로 갔다. 험상 굳게 생긴 중년의 남자 둘이 사무실 소파에 있었다. 한 중년의 남자가 아버지를 보더니 그때, 그 양반이 아니네, 라고 말했다.

"대체 어찌된 영문입니까?"

내가 급히 물었다. 남자들도 고개를 저으며 무슨 영문인지 모르겠다는 표정을 지었다.

"아주머니가 남편 분을 모시고 와 수완지구 땅을 파셨습니다. 근데 그 때 그 남편 분이 아니시네요?"

"무슨 땅을 팝니까? 내가 땅 주인인데, 누가 땅을 판단 말이요?"

아버지가 목소리를 높여 말했다. 남자들이 계약서와 공증서류까지 보여주었다. 그런데 계약서에 적힌 글씨체가 아버지의 글씨체와는 전혀 달랐다. 공증서류까지 받아놓았다고 하니 어처구니가 없었다.

"공증까지 받아놓던 어쨌든, 분명히 보시오. 계약서에 적힌 글씨체와 아버지의 글씨체가 완전히 다릅니다. 이 계약 무효입니다. 땅 명의 변경 절대로 못해주니 그렇게들 아시오."

너무너무 화가 나 남자들을 향해 내가 소리를 질렀다. 남자들과 함께 공증사무실까지 갔다. 그러나 분명한 것은 땅 소유주인 아버지의 의사와 상관없이 어머니가 일방적으로 문서를 위조하여 땅을 팔아넘긴 것이었다.

아버지와 집으로 돌아오는 길에 수많은 얘기를 나눴다. 아버진 도저히 어머니를 용서할 수 없다고 했다. 그러나 나는 생각이 좀 달랐다. 아버지를 생각하면 어머니가 너무도 미웠다. 그러나 어머니를 생각하며 어머니의 행동을 일말은 이해할 수 있을 것만 같았다. 교회 건축

문제로 얼마나 심적으로 시달렸으면 그런 무모한 행동까지 생각했을까, 라는 생각이 들었다. 그렇다고 어머니의 행동은 정당화될 수 없었다. 가족 모두에게 큰 고통을 안겨주는 엄청난 행동인 것만은 사실이었다.

어머니가 집으로 돌아왔다. 아버지가 어머니를 본 순간 집안의 집기들을 던지며 화를 냈다. 나도 어머니를 향해 무람없는 행동들을 했다. 어머닌 묵묵히 다가온 현실을 받아들이고 있었다. 어머닌 눈물을 흘리며 용서를 구했다. 그러나 아버진 어머니의 행동을 용서하지 않았다.

어머닌 근 일주일 동안을 집에 들어오지 못했다. 너무 오랫동안 어머니가 집에 들어오지 않자 걱정이 되기 시작했다. 아버지 몰래 어머니를 찾아나서 보면 어머닌 교회 봉고차 뒷좌석에 점퍼 하나 덥고 잠을 자고 있는 것이었다. 봉고차 뒷좌석에 점퍼 하나 덥고 잠들어 있는 어머니의 모습을 보는 순간 눈물이 핑 돌았다. 어머니의 모습을 보니 어머니의 행동을 외면만은 할 수가 없었다. 오죽했으면 어머니가 그런 무모한 행동을 하셨을까, 라는 생각이 들면서 우리 가족에게 닥친 고통을 생각하며 하나님을 향한 원망의 목소리를 높였다.

내가 국민학교 2학년 때에 교회가 건축된 이후로 어머닌 가정보다도 교회를 더 생각하며 교회를 위해 헌신봉사하신 분이었다. 10년 동안 회사를 다니면서 모아둔 목돈도 교회에 헌금하였고, 전세를 놓고 받은 전세금까지도 아버지 몰래 교회에 헌금하신 분이 어머니였다. 그토록 교회를 위해 헌신봉사하신 것을 그 누구보다도 나는 잘 알고 있었다. 때론 너무 무모하게 교회만을 위해 헌신하시는 어머니의 모습이 이해가 되지 않을 때도 있었다. 그토록 교회를 위해 헌신한 결과 어머닌 장로직분을 받았다. 그러나 가난한 교회, 가난한 장로로 살아간다는 것은 너무도 고통스러운 일이었다. 또한 가난한 교회, 가난한 장로의 아들로 살아간다는 것도 너무 고통스러운 일이었다. 그러나 어머니의 뜻을 거역할 수 없었다. 어머니가 보여주신 신앙을 통하여 하나님을 만났기 때문이다.

아버지를 설득할 수밖에 없었다. 변호사를 고용하여 법적 대응을 해 계약을 원천무효로 만들 수 있는 상황이었지만, 그렇게 되면 어머닌 사기죄에 걸려 법적 구속이 될 수도 있는 상황이었다. 그깟 땅 때문에 어머니를 구속되게 할 순 없었다. 아버지 앞에 무릎을 꿇고 설득했다. 비록 땅을 잃어버렸지만, 아들이 열심히 돈을 벌어 더 큰 것을 아버지에게 안겨드리겠노라고 말하며 아버지를 설득했다. 결국 아버진이 못난 아들의 뜻에 따라 주었다. 아버지에게 너무도 감사했다. 그리고 무람없이 행동했던 어머니에게도 죄송스러웠다.

여수에 산다던 매수자가 만나기를 요청해 왔다. 아버진 만나기 싫다고 하면서 나더러 대신 만나고 오라 하였다. 나는 무거운 마음으로 매수자를 만나러 부동산 사무실로 갔다. 매수자는 중년의 여인이었다. 복부인 냄새가 나는 중년의 여인이었다. 여인이 나를 보자마자 소리를 버럭버럭 지르며 어떻게 할 거냐고 했다. 그리고 어머니를 데려오라고 했다. 나는 아무런 말을 하지 못하고 고개를 푹 숙였다. 한동안 여인의 대거리가 이어졌다. 시간이 조금 흐른 뒤에 여인이 감정을 추스르기 시작했다. 여인도 법적으로 대응할 준비가 다 되었다고 말하며 내게 으름장을 놓았다.

"명의 변경 해드리겠습니다."

내 말에 여인이 진작 그럴 것이지, 라는 뜻으로 고개를 끄덕였다.

"그런데 상업용지 18평이 이미 조합이 결성되어 버렸습니다. 어떻게 뺄 수 있는 상황이 안 됩니다. 우선 주택용지만 명의변경을 해드리겠습니다."

"그럼 상업용지 18평은 어떻게 할 겁니까?"

여인이 투박한 목소리로 물었다. 나는 마른침을 꿀꺽 삼키고 어렵사리 말을 이었다.

"죄송합니다. 사모님께서도 피해자고, 저희 아버지도 피해자이십니다. 아버지도 이 문제로 굉장히 심기가 불편하십니다. 아버지도 법적 대응을 생각하지 않으신 건 아닙니다. 그러나 그렇게 되면 어머니가 다치시게 되니 그런 상황을 묵과할 수 없기 때문에 제가 아버지를 설득하여 이 자리에 나오게 된 겁니다."

차분하게 말을 이어갔다. 여인과 부동산중개업자들이 내 얼굴이 주시했다.

"그래서 말입니다. 상업용지가 팔리게 되면 보상금을 나누었으면 합니다."

"뭐요? 나눈다고? 그게 무슨 소리요. 엄연히 내 땅인데…"

"그래도 그렇지 않잖습니까? 아버지도 피해자이신데, 그 점을 감안해 주셔야 되지 않겠습니까?"

내 말에 여인이 한동안 생각하더니 알겠다는 듯 고개를 주억거렸다.

"그럼 5대 5로 나눕시다."

여인이 말했다.

"사모님 6대 4로 하시죠. 저희가 6, 사모님이 4, 이렇게 하시죠?"

여인이 깊은 한숨을 내쉬었다. 그리고 여인이 말을 이었다.

"어머니를 생각하는 아들의 마음이 기특하여 내가 양보하리다."

여인의 말에 순간 눈물이 날 것만 같았다. 아버지의 얼굴과 어머니의 얼굴이 눈앞에 오버랩 되었다. 그리고 동생들의 얼굴도 눈앞에 오버랩 되었다.

다음 날, 토지공사 사무실에서 다시 만나 명의변경하기로 하고 집으로 돌아왔다. 집으로 돌아오는 길에 하염없이 눈물을 흘렸다. 그런데 집으로 돌아오는 길에 마음이 홀가분해짐을 느꼈다. 모든 일이 잘 마무리 되었다는 생각에 하나님을 향해 원망했던 감정이 사라지고 감사의 감정들이 솟아나기 시작했다. 집으로 돌아와 방문을 걸어 잠그고 오랜 생각에 빠져들었다. 너무너무 힘들다는 생각이 들었다. 아버지와 어머니 사이에서 지금까지 겪어왔던 고통, 그리고 겪고 있는 고통, 또한 앞으로 겪어야할 고통이 두렵기까지 했다. 이런 두려움이 신앙에 대한 회의로 다가오기 시작했다.

토지공사 사무실에서 매수자를 만나 명의변경을 해주고, 내 앞으로 연대보증까지 서 주었다. 상업용지가 팔리면 6대 4로 분명히 보상금을 나눌 것을 보증해 주었다. 몇 달 뒤에 상업용지가 계약이 되어 보상금을 받았다. 아버지가 받은 보상금은 6천 만 원이었다. 6천 만 원 중의 2천 만 원을 매수자에게 돌려주어야했다. 2천 만 원을 돌려주기 위해 매수자에게 연락을 했더니 연락이 되지 않는 것이었다. 부동산을 통해서도 연락을 해보았는데, 연락이 되지 않았다. 연락이 되지 않으니 2천 만 원을 돌려주지 못하게 되었다. 그렇게 시간이 흐르고 흘러 수년의 세월이 흘러갔다. 결국 상업용지에 대한 보상금 6천 만 원을 아버지가 챙길 수 있게 된 것이었다.

가끔 지나온 시간들을 반추해보면 어머니가 아버지와 상의 없이 땅을 팔게 된 것이 어쩜 하나님의 뜻이었다는 생각이 들기도 한다. 어머닌 땅을 팔아 교회 건축에 힘을 보태고, 아버진 땅을 잃어 버렸지만, 보상금 6천 만 원을 손에 쥐게 되었으니 서로가 윈-윈 한 결과를 가져온 것이다.

'사람의 집은 망하여도 하나님의 집은 흥해야 된다.'

어머니의 말이 문득 생각이 난다. 사람의 집은 망하여도 하나님의 집은 흥하여 한다는 어머니의 말이 너무도 가슴 깊이 다가오는 이유는 무엇일까.

비록 많은 어려움에 처해 있지만, 교회는 자리를 잡았고, 교회를 위해 헌신하는 교인들이 있기에 어려움 속에서 잘 운영이 되고 있다.

땅을 잃어버렸을 때에 모든 것을 잃어버린 듯한 마음의 고통이 있었지만, 지금은 잃어버린 것이 아닌 원래 하나님의 것이었으니 돌려드렸다고 생각한다. 언제고 하나님이 더 큰 것으로 갚아주시리라 믿어 의심치 않는다.

10

아버지의 눈물

　해병대 입대를 한 달 앞두고 숙부님이 기독교 병원에 입원하였다. 젊은 시절에 오토바이 사고를 당해 왼쪽 무릎을 심하게 다쳤었는데, 사고 당시 제대로 된 치료를 받지 못하는 바람에 세월이 많이 지났는데도 다시 무릎에 염증이 생겨 물이 차기 시작했다. 숙부님은 기독교 병원에 입원하기 전에도 광주에 몇몇 정형외과를 찾아 치료를 받았다. 그런데 특별히 증상이 좋아지지 않고 오히려 염증이 악화되어 물의 양이 점점 늘어만 갔다. 어머니는 숙부님에게 기독교 병원에 입원할 것을 권했다. 숙부님은 어머니의 뜻에 따라 기독교 병원에 입원치료를 받았다. 숙부님이 근 한 달 동안 기독교 병원에 입원하여 치료를 받는 동안 나는 거의 매일 같이 병원을 찾아 숙부님의 병구완을 들었다. 숙모님은 시골에서 농사일이 너무 바쁘다 보니 숙부님의 병구완을 들 수 없는 상태였고, 종형제들은 병구완 들기엔 너무 어렸다. 어쩔 수 없이 나는 매일 같이 기독교 병원을 찾아 숙부님이 퇴원하실 때까지 정성스레 병구완을 들었다.

　기독교 병원 2층에 교회가 있었다. 교회당 입구에 이런 문구가 적혀 있었다.

'재물을 잃으면 조금 잃은 것이요, 명예를 잃으면 많이 잃은 것이요, 건강을 잃으면 모든 것을 잃은 것이다.'

매일 같이 교회당을 들락거리면서 입구에 적힌 문구를 자주 보았었다. 교회당 입구에 적힌 문구가 가슴 깊이 와 닿았다. 그토록 건강하게만 보이던 숙부님이 무릎 때문에 병원에 입원하여 수술을 받고 치료를 받는 모습을 보면서 재물보다도, 명예보다도 더 소중한 것이 건강이라는 것을 깨닫게 되었다. 그리고 아버지의 건강과 어머니의 건강을 위해 마음으로 늘 기도했다.

아버지는 그 누구보다도 건강했다. 체격은 외소 했지만, 몸매가 옹골찼다. 배에 왕자가 선명하게 새겨질 정도로 아버진 몸매가 근육질이었다. 젊은 시절부터 힘 좋기로 소문이 자자했다. 아버진 새벽이면 일어나 일터에 나가 일을 하고 저녁이면 집으로 돌아와 식사를 하고 일찍 잠자리에 드는 생활패턴을 가지고 있었다. 그러다 보니 특별한 잔병치레 한번 없이 건강하게 생활했다. 그러나 문제는 담배였다. 아버진 담배를 무척이나 좋아했다. 하루에 두 세 갑 정도는 거뜬하게 피울 정도로 애연가였다. 반면 술은 좋아하지 않았다. 체질상 알코올 분해 능력이 다른 사람에 비해 현격하게 떨어져 아버진 맥주 한잔만 마셔도 얼굴이 벌겋게 달아올랐다. 그래서 아버진 술자리를 무척이나 싫어했다.

눈이 소복소복 쌓이기 시작했다. 아버진 일을 마치고 집으로 돌아와 간단히 저녁을 먹었다. 그리고 농협 자동 코너에 일을 보기 위해 운동 삼아 집을 나섰다. 눈이 제법 내려 눈길이 미끄러울 것이라는 어머니의 만류에도 아버진 집을 나섰다. 농협 자동 코너에서 일을 보고 집으로 돌아오는 길이었다. 아버진 집으로 돌아오는 길에 그만 미끄러지고 말았다. 오른쪽으로 미끄러지면서 아버진 무의식적으로 오른쪽 팔을 바닥에 짚었다. 순간 아버진 오른쪽 어깨에 강한 충격을 감지했다. 오른쪽 어깨에 고압의 전기가 흐른 듯한 느낌을 받았다. 어렵사리 자리를 털고 일어나서 오른쪽 어깨를 움직여 보았는데, 심한 통증 때문에 팔을 제대로 움직일 수 없었다. 아버진 이맛살을 찌푸리며 오른쪽 어깨를 왼손으로 주무르며 집으로 돌아왔다. 아버진 집으로 돌아와 길에서 넘어졌다는, 그래서 오른쪽 어깨를 심하게 다쳤다는 말을 가족들에게 하지 않았다. 그리고 냉찜질조차도 하지 않고 그대로 잠자리에 들었다. 새벽에 아버진 잠에서 깨었다. 오른쪽 어깨의 통증이 말도 못하게 심했다. 그런데도 아버진 가족들에게 알리지 않았다. 새벽에 아버진 대충 식사를 하고 일터를 향해 집을 나섰다. 그렇게 아버진 어깨 통증을 이겨내며 며칠 동안 일을 하였다. 그런데 며칠 뒤에 아버지가 갑자기 일을 마치고 집으로 돌아와 나를 급히 찾았다.

"성은아, 큰일 났다. 오른쪽 어깨가 심하게 망가진 모양이다."

아버지의 말의 나는 깜짝 놀라고 말았다. 어찌된 영문이냐고 물었다. 아버진 며칠 전에 농협에 다녀오다 눈길에 미끄러져 오른쪽 어깨를 다쳤다고 말했다.

"어깨를 다치셨는데, 그동안 일을 계속하셨단 말입니까?"

나는 아버지를 이해할 수 없다는 표정을 지으며 말을 했다. 하지만 한편으로 아버지가 너무 가엾다는 생각이 들었다. 그토록 심하게 어깨를 다치셨는데, 제대로 병원에서 치료도 받지 못하고 가족들을 먹여 살리기 위해 그동안 일을 하셨다는 생각에 가슴이 울컥거렸다.

다음 날 아버지를 모시고 가까운 병원을 찾았다. X-ray 촬영을 해보았는데, 특별한 이상이 없다고 의사가 말했다. 며칠 동안 물리치료 잘 받으면 괜찮아질 거라고 의사가 말했다. 의사의 말에 나는 안도의 한

숨을 내쉬었다. 아버진 며칠 동안 물리 치료를 받았다. 물리치료를 정성스레 받은 결과 오른쪽 어깨 상태가 많이 좋아졌다.

서울 당숙에게서 오후 늦게 집으로 전화가 걸려왔다. 어머니가 전화를 받았다. 당숙에게서 걸려온 전화를 받고 어머닌 대경실색을 하였다. 전화를 끊고 어머닌 꺼억꺼억 소리를 내어 울었다. 베란다에 앉아 담배를 피우던 아버지가 어머니의 울음소리를 듣고 거실로 들어와 무슨 일이냐고 물었다.

"옥심이가 죽었어라! 옥심이가 죽었어!"

어머니의 말에 아버지가 소스라쳤다. 아버진 아무런 말을 하지 못하고 피우던 담배를 재떨이에 비벼 껐다. 아버진 소파에 앉아 한동안 아무런 말을 하지 못했다. 멍하니 창밖을 바라보았다.

"동생한테 빨리 연락을 하시오. 서둘러 서울 올라가야 할 거 아닙니까?"

어머니의 말에 아버지가 그제야 정신을 차리고 숙부님에게 전화를 걸었다. 아버지의 전화를 받고 숙부님이 저녁 즈음에 집으로 왔다. 아버지와 어머니, 그리고 숙부님, 그리고 진곡 고모님을 모시고 급히 서울로 올라갔다. 서울로 올라가는 도중에 나는 뒷자리에 앉아 계시는 아버지를 주시했다. 아버지의 얼굴엔 수심이 가득해 보였다. 평소에 보지 못했던 아버지의 모습이었다. 아버진 자꾸만 깊은 한숨을 내쉬었다.

서울에 도착하여 고모님 영정 앞에 섰을 때에 아버진 그 자리에 무릎을 꿇고 소리 내어 울었다. 한 번도 보지 못했던 아버지의 모습이었다.

"옥심아, 옥심아, 이게 대체 무슨 일이냐! 오빠가 미안하다, 오빠가 미안해!!"

아버지의 눈물이 너무도 슬퍼 보였다. 아버지에게 다가갔다. 그리고 아버지의 어깨를 잡아 일으켜 세워드렸다. 순간 아버지가 오른쪽 어깨 통증을 느꼈는지, 아아, 짧은 신음소리와 함께 왼손으로 오른쪽 어깨를 잡았다.

고모님의 부음(訃音)은 아버지에게 큰 충격이었다. 장례기간 동안 아버진 죄인처럼 고개를 푹 숙인 채 묵묵히 고모님 마지막 가시는 길을 지켰다. 고모님의 주검이 화장장으로 들어갈 때에 아버진 눈물을 보였다. 눈물을 훔치며 동생에 마지막 가는 길을 지켜보시던 아버지의 모습은 너무도 서글퍼 보였다.

모든 장례 절차를 마치고 광주로 내려오는 길에 아버진 아무런 말을 하지 않았다. 다만 고모님에게 미안하다는 말을 여러 차례 되 뇌였다.

아버진 고모님이 돌아가셨다는 사실을 하루빨리 잊기 위해 다시 일을 시작하였다. 오른쪽 어깨 상태가 좋지 못해 일을 하면 안 되는 상황이었는데도, 아버진 반 억지로 일터에 나가 일을 하였다. 그러다 보니 오른쪽 어깨 상태가 더욱 안 좋아지기 시작했다. 급기야 힘을 제대로 쓸 수조차 없게 되었고, 오른쪽 팔을 들 수조차 없게 되어 버렸다. 이대론 안 되겠다는 생각이 들어 아버지를 모시고 종합 병원을 찾았다. 병원을 찾아 MRI 촬영을 해 본 결과 오른쪽 어깨 인대가 끊어져 있는 것이었다. 인대가 끊어져 있으니 제대로 팔에 힘이 들어가지 않는 게 당연한 것이었다.

"우선 인대 봉합 수술을 해야겠습니다만, 인대가 끊어진 상태라 예전처럼 어깨를 쓰실 순 없을 실겁니다."

의사의 말에 아버지가 놀란 표정을 지었다.

"어깨를 쓸 수 없다니, 그게 무슨 말입니까? 정확히 얘기해 주시요?"

"우선 수술을 해봐야 알겠습니다만, 수술을 하더라도 제대로 힘을 쓰실 수 있을지는 미지수입니다."

"제가 목수일 합니다. 그럼 앞으로 목수 일을 할 수 없다는 것입니까?"

아버지가 급히 물었다. 의사는 대답대신 고개를 가로저었다. 아버진 더 이상 의사에게 묻지 않았다. 그리고 의사의 지시에 따라 수술을 받기로 결정하였다.

다음 날, 아침에 아버진 수술을 받았다. 수술은 2시간이 넘게 걸렸다. 수술실 앞에서 나는 초조한 마음으로 아버지를 위해 기도했다. 수술을 마치고 수술실을 나온 아버지의 모습은 많이 초췌해보였다. 아버진 다시는 어깨를 쓸 수 없을지도 모른다는 의사의 말이 자꾸만 마음에 걸리는 모양이었다. 걱정하지 마시라고 수차례 말씀드렸지만, 아버진 다시는 어깨를 쓸 수 없게 되었다는 것을 기정사실로 받아들였다. 병실로 옮겨진 아버진 극심한 통증을 느꼈다. 소변이 제대로 나오지 않아 아버진 밤새도록 괴로워하였다. 아버지의 옆을 지키며 마음으로 아버지의 쾌유를 빌었다.

새벽에 아버지가 잠에서 깨었다. 아버지가 잠에서 깨자 나도 잠에서 깨었다.

"왜요? 어디 불편하세요?"

"아니다, 그냥 맘이 불편하다."

"맘이 불편하다니요?"

아버지가 깊은 한숨을 내쉬었다.

"다시는 어깨를 쓸 수 없다니 너무 안타깝구나."

"너무 신경 쓰지 마세요. 다시 건강회복하실 겁니다."

"정말 다시 건강 회복할 수 있을까?"

마음이 많이 약해져버린 아버지의 모습이 너무도 안쓰러웠다.

"아버지의 어깨가 우리 삼형제를 지금까지 키우셨잖아요? 이젠 제가 아버지의 어깨를 대신하겠습니다. 그러니 너무 걱정하지 마세요."

아버지가 내 말에 고개를 끄덕였다. 아버지의 손을 잠시 잡았다. 그리고 눈을 감고 아버지를 위해 기도했다.

다행히 수술을 잘되었다. 그리고 열심히 물리치료를 받은 결과 어깨 상태가 많이 좋아졌다. 3주 정도 입원치료를 받고 집으로 돌아왔다. 그러나 아버지의 어깨는 예전에 어깨가 아니었다. 아버지의 어깨는 수술과 동시에 생명력을 잃고 말았다.

아버진 일을 하고 싶어 하였다. 평생을 일만 하신 분이라 일을 손에서 내려놓을 수 없었다. 열심히 일을 하면서 건강을 유지해 오신 분이 어느 날 갑자기 건강을 잃고 일을 하지 못하니 너무도 가슴이 답답해 하였다. 아버진 너무도 일을 하고 싶어 성치도 않는 어깨를 가지고 일터에 나가 일을 하였다. 저녁에 일을 마치고 집으로 돌아와 가족들 앞에서 눈시울을 붉혔다.

"일을 하는데, 오른쪽 어깨에 힘이 들어가지 않더구나. 어깨에 힘이 들어가지 않으니 오늘 잘못했으면 낙상사고가 일어날 뻔했다."

아버지의 말에 나는 깜짝 놀라고 말았다. 아버지에게 왜 고집을 피우시냐고 대거리를 떨고 싶었지만, 아무런 말을 하지 않았다. 아버지가 느끼고 있는 마음의 고통과 육신의 고통이 너무도 슬퍼보였기 때문이었다.

아버진 더 이상 일터에 나가지 못하고 집안에 칩거를 하였다. 세상과 단절된 상태에서 불투명한 미래와 오랜 싸움을 시작하였다.

11

아버지의 기도, 아들의 기도

소싯적부터 나는 늘 십자가를 바라보며 기도했었다. 어머니의 신앙을 본받아 철저하게 하나님 주의로 인생을 살 수 있게 해달라고 기도했었다. 소싯적부터, 아니 어머니 태중에서부터 어머니의 신앙을 바라보았다. 어머니는 내가 태중에 있을 때부터 못난 아들을 위해 수 없이 기도했다고 말했다. 그 수 없는 기도 때문에 지독스런 가난 속에서도 건강한 아들을 얻을 수 있었다고 말하였다. 어머니의 신앙은 고결했다. 어머니의 신앙을 지켜보고 있으면 감히 나로선 감당할 수 없을 거라는 생각이 들곤 하였다. 마흔의 나이에 가난하고 힘없는 교회의 장로로 임직을 받은 후 수 많은 시간 속에서, 공간 속에서 겪어야할 어머니의 고통을 생각하면 아들로서 너무도 가슴이 아팠다. 마흔의 나이에 어머니가 장로로 임직을 받았지만, 어머니에겐 한 가지 흠이 있었다. 바로 남편을 전도하지 못했다는, 남편을 교회로 인도하지 못했다는 흠을 가지고 있었다. 어머니도 아버지를 교회로 인도하기 위해 무척이나 애를 썼다. 나 역시 아버지를 교회로 인도하기 위해 무척이나 애를 썼다. 아버지를 전도하지 못한 것에 대해 어머니는 무척이나 죄스러워했다.

어떻게든 아버지를 전도하려고 노력했지만, 아버지는 너무도 완강하게 신앙을 거부하였다. 그렇다고 아버지가 신앙을 무시 하거나 신앙을 경멸하지는 않았다. 오히려 아버지는 그 누구보다도 신앙에 개방적이었다. 그래서 늘 아들들에게 교회에 잘 다니라고 격려하곤 하였다. 그리고 나중에 나이가 들어 힘이 고갈되면 그때 함께 교회에 다니겠노라고 말하곤 했었다.

장로로 임직 받은 후 어머닌 늘 남편을 전도하지 못한 장로로 낙인이 찍혀 교인들로부터 비난을 받기도 했다. 심지어 어떤 이는 어머니가 아버지를 전도하지 못한 것에 대해 이렇게 비난하기도 했었다.

"당신!! 남편 전도하기 전에는 장로 행사하려 들지 마!!"

어떤 이가 어머니를 향해 볼멘소리로 이런 말을 했을 때 나는 엄청난 분노를 느꼈다. 아버지를 전도하지 못한 것이 어머니에게 그렇게 큰 죄가 된단 말인가. 남편을 전도하지 못하면 장로 직분을 받을 수도 없으며, 장로로서의 직분을 감당할 수 없단 말인가. 나는 분노를 가슴 깊이 삭히며 아버지를 전도할 수 있도록 도와달라고 늘 마음을 기도했었다.

그토록 아버지를 전도하기 위해 기도했었는데, 아버지가 신앙을 받아들이기를 간절히 기도했었는데, 오랜 세월이 흐른 후에야 하나님은 기도에 응답을 해주셨다. 드디어 아버지가 교회가 나가게 된 것이었다. 오른쪽 어깨를 다쳐 큰 수술을 받고 더 이상 일을 할 수 없는 상태가 되어버리자 아버진 마음의 병을 얻게 되었다. 그 마음의 병이 아버지를 교회로 인도한 것이었다. 아버지가 처음으로 예배당에 나와 예배드리는 모습을 뒷자리에서 지켜보며 나는 마음으로 울었다. 어머니의 옆자리에 앉아 너무도 초라한 모습으로 예배를 드리는 모습을 보며 나는 마음으로 감사의 기도를 드렸다. 그리고 아버지가 하루속히 건강을 회복할 수 있게 해달라고 기도했다. 아버지도 눈을 감고 기도했다. 무슨 기도를 드리는지는 알 수 없었지만, 아버지의 기도는 너무도 간절해 보였다. 아버지가 기도하는 모습이 너무도 슬퍼보였다.

아버지의 어깨는 예전 건강했던 모습을 되찾지 못했다. 그냥 생활하는데 불편함을 못 느낄 정도로만 회복이 되었고, 더 이상 큰 차도를 보이지 않았다. 아버진 어깨 때문에 많이 힘들어 했다. 어깨만 나으면 원이 없겠다는 말을 자주하면서 마음의 병을 키워갔다. 마음을 편히 가지시라 해도 아버진 마음을 편히 갖지 못하고 늘 불안해했다. 특히 장남인 나에게 너무도 미안해했다. 내가 너에게 큰 짐이 되는구나, 라는 말을 자주 되 뇌였다. 아버지가 미안하다는 말을 할 때면 나도 모르게 장탄식을 하게 되었다. 그러다보면 나도 모르게 아버지에게 볼멘소리를 내뱉곤 하였다.

"제발 맘을 편히 가지세요. 어깨를 다치셔서 이렇게 됐는데, 뭘 어쩌란 말입니까? 현실을 받아들이시고 맘 편히 가지세요. 계속 그렇게 신경을 쓰시면 없던 병도 생깁니다."

아버지에게 볼멘소리를 하고 나면 나는 늘 아버지에게 죄송스러웠다. 아버지의 어깨를 주무르며, 아버지의 다리를 주무르며 제발 아버지가 정신적 건강과 육체적 건강을 회복하게 도와달라고 하나님에게 늘 마음으로 기도했다.

그런데 어느 날 갑자기 아버지가 소화가 되지 않는다고 하는 것이었다. 소화가 되지 않고 대변을 제대로 볼 수가 없다고 하였다. 어쩔 수 없이 아버지를 모시고 병원을 찾았다. 병원을 찾아 이런저런 검사를 받아보았다. 그런데 아버지의 상태가 심각한 모양이었다. 차트와 촬영필름들을 살펴보던 내과 의사가 대학병원으로 가봐야겠다는 말을 하는 것이었다.

"상태가 심각한 것 같습니다."

의사의 말에 나는 화들짝 놀라고 말았다. 단순히 소화가 되지 않고 대변을 잘 못 보는 것뿐인데 상태가 심각하다고 하니 눈이 휘둥그레질 수밖에 없었다. 의사가 장난치고 있다는 생각이 들기도 했다.

"아마도 위암인 것 같습니다."

"위암이요?"

위암이라는 말에 나는 고개를 푹 숙였다. 그리고 깊은 한숨을 내쉬었다. 할 말이 없었다. 정말 할 말이 없었다. 남의 일로만 생각했던 일이 내 앞에 일어나자 눈앞이 캄캄했다. 아버지의 모습이 머릿속에 그려졌다. 너무도 초라한 모습으로 내 앞에 멍하니 서 있는 아버지의 모습 때문에 나도 모르게 체머리를 흔들었다.

"예전에 위 절제 수술을 받으신 적이 있으신 것 같습니다. 위가 상당 부분 절제된 부분이 있네요?"

아버진 내가 국민학교 2학년 때에 위 절제 수술을 받았었다. 그 당시 아버지의 상태는 심각했다. 숙부님 결혼식을 앞두고 숙모님 패물을 사기 위해 은행에서 2백만 원을 찾았는데, 그만 그 돈을 소매치기 당하고 말았다. 이 일로 아버진 화병이 났고, 이놈의 화병 때문에 위가 상당부분 녹아버려 숙부님 결혼식 이후에 얼마 되지 않아 아버진 위 절제 수술을 받았다.

"앞으로 어떻게 해야 됩니까?"

의사에게 나직한 목소리로 물었다. 머릿속으로 오만가지 생각들이 얽히고설켜 있는 것 같았지만, 정작 아무 생각도 들지 않았다.

"대학병원이든, 기독교 병원이든 큰 병원으로 가서서 제대로 검사를 받아보셔야겠습니다. 제 소견으론 위암이 맞을 것 같습니다."

위암이면 위암이지, 위암이 맞을 것 같다는 말은 또 무슨 말인가. 의사의 말을 좀체 믿을 수가 없었다. 확신을 가지고 말하는 것 같지는 않았다. 어쩌면 오진일 수도 있겠다는 생각이 들기도 했다.

아버지에게 모든 사실을 털어놓았다. 아버지 역시 많이 당황스러워했다. 나도 모르게 아버지에게 볼멘소리를 해댔다. 너무도 가슴이 답답하여 아버지에게 볼멘소리를 하고 말았다. 아버지가 곧 눈물을 쏟을 것 같은 얼굴로 날 바라보았다. 아직도 눈물을 쏟을 것 같은 아버지의 얼굴이 눈앞에 선명하다.

아버진 어머니와 함께 기독교병원을 찾았다. 그리고 입원 수속을 받고 모든 검사를 다시 받았다. 아버진 약 일주일간 기독교병원에 입원하여 검사를 받았다. 검사 결과가 나오는 날, 나는 모든 일을 제쳐두고 병원을 찾아 아버지의 옆자리를 지켰다. 의사가 병실로 찾아왔다. 그리고 차트를 들여다보더니 입을 열어 말을 했다.

"위암이 아니시네요. 단순히 변비이십니다."

"예, 위암이 아니고 변비라고요?"

의사의 말에 내가 곧바로 반문했다. 아버지도 무슨 뚱딴지같은 소리인가, 라는 표정으로 날 바라보았다. 그리고 안도의 한숨을 내쉬었다.

"위암이신 것 같아서 걱정을 많이 했는데, 검사를 이것저것 해본 결과 위암은 아니시고, 단순히 소화기 장애가 있는 걸로 나왔습니다. 요즘 무슨 걱정거리라도 있으십니까?"

의사가 물었다. 아버진 대답대신 고개를 가로저었다.

"퇴원하셔도 될 것 같습니다. 퇴원하셔서 약 잘 드시고, 운동 열심히 하시고 식사 가려 하시면 좋아질 겁니다."

의사는 별문제가 없으니 걱정하지 말라는 표정으로 얘기했다. 의사의 말에 나도 긴 한숨을 내쉬며 안도했다. 순간 위암이라고 오진을 내린 의사가 생각났다. 의사를 찾아가 뺨이라도 한 대 후려 갈겨 버리고 싶었다. 하지만 분노의 마음을 가슴에서 내려놓았다.

아버진 집으로 돌아와 열심히 운동하며 식사를 조절했다. 그 결과 불편했던 소화 장애도 많이 좋아졌고, 대변도 곧잘 보기 시작했다. 그런데 또다시 문제가 생기기 시작했다. 아버지가 불면증에 시달리기 시작한 것이었다. 갑자기 잠이 오지 않는다고 아버지가 힘들게 말했다. 밤 10시 정도에 잠이 들면 새벽 1시나 2시에 깨어 버린다고 했다. 그리고 그 후로는 도무지 잠이 오지 않는다는 것이었다. 어떨 땐 밤새도록 잠이 오지 않아 뒤척이다 새벽을 맞는다는 것이었다. 불면증에 시달리면서 아버지의 육신은 극도로 쇠약해지기 시작했다.

한방병원을 찾아 불면증 치료를 받기 시작했다. 그런데 별다른 차도를 보이지 않는 것이었다. 오히려 증상이 악화되는 것이었다. 한방병원에서 도저히 손을 쓸 수 없으니 그만 퇴원을 하라고 하는 것이 아니겠는가. 어쩔 수 없이 아버진 퇴원을 하여 집으로 돌아왔다. 어디서부터 잘못됐는지, 어떻게 잘못됐는지, 원인을 찾으래야 찾을 수가 없었다. 병원에서 아무런 문제가 없다고 하는데, 아버진 괴로움을 호소했다. 오랫동안 불면증에 시달리면서 아버진 어쩔 수 없이 수면제를 복용하기 시작했다. 수면제를 오랫동안 복용하다 보니 급기야 이명 증세까지 아버지를 괴롭게 했다. 이명은 청신경에 병적 자극이 생겨 환자에게만 어떤 종류의 소리가 연속적으로 울리는 것처럼 느껴지는 증상을 말한다. 아버진 이명 증세가 찾아오자 도저히 이렇게 살 수 없다고 하면서 괴로워했다. 육신의 괴로움과 정신적 괴로움, 그리고 영혼의 괴로움이 아버지를 힘들게 했다. 아버진 의학으론 당신의 병을 고칠 수 없다는 결론을 내리시고 어머니의 뜻에 따라 신앙의 힘으로 병을 고치고자 노력했다. 아버진 늘 기도하기 시작했다. 식사를 하기 전에 두 손을 모으고 기도하는 아버지의 모습을 지켜보면서 한편으로 감사함을, 또 한편으로 안타까움을 금치 못하였다. 또한 아버진 틈만 나면 성경책을 읽기 시작했다. 나이가 들어 눈이 침침했지만, 아버진 성경을 통해 힘을 얻고자 노력했다. 그리고 찬송도 자주 부르기 시작했다. 아버지의 노력은 정말 눈물겨웠다. 가족들에게 짐이 되지 않기 위해 아버진 온 정성을 다해 노력했다. 그러나 아버지의 노력은 큰 빛을 보지 못했다. 교회를 나가고, 간절한 마음으로 기도를 하고, 눈물을 흘리며 성경책을 읽고, 찬송을 불러도 아버지의 병은 차도를 보이지 않았다.

"성은아!! 미안하구나!! 너한테 못할 짓을 시키는구나. 아버지가 너한테 짐이 되는 구나. 미안하다. 정말 할 말이 없다."

아버지의 말에 나는 너무도 가슴이 아팠다. 매일 같이 아버지를 위해 기도하고, 기도하고, 기도했지만, 아무런 소용이 없다는 생각에 하나님을 원망하기 시작했다. 정말 하나님에게 도대체 뭣 때문에 아버지를 힘들게 하시느냐고 대거리라도 떨어보고 싶었다. 그러나 어머닌 하나님의 뜻이 무엇인가를 찾아야 된다고 말했다. 대체 하나님의 뜻이 뭐란 말인가. 아버지를 고통의 도가니에 몰아넣어 괴롭게 하는 것이 하나님의 뜻이란 말인가. 나는 알 수가 없었다. 하나님의 뜻을 헤아릴 수 없었다. 하지만 기도를 멈출 순 없었다. 기도를 하지 않으면 더 큰 고통이 찾아올 것 같은 불길한 예감이 들었다. 아버지도 기도하고, 어머니도 기도하고, 세 아들도 모두 기도했다. 언젠간 하나님이 우리의 기도를 들어주시리라는 강한 믿음을 가지고 모두가 기도했다. 기도로서 모든 문제를 해결 받고 싶었다.

12

아버지의 고통, 아들의 고통

차라리 내가 아파버렸으면 좋겠다는 생각을 했다. 육체의 병으로 인해, 영혼의 병으로 인해 힘들어 하는 아버지를 볼 때면 차라리 내가 병들어 고통스러워하는 것이 좋겠다는 생각을 했다. 고통스러워하는 아버지를 옆에서 지켜볼 수가 없었다. 햇살이 쏟아지는 발코니에 나가 의자에 앉아 멍하니 창밖을 바라보고 있는 아버지의 모습도, 너무도 간절한 마음으로 침침한 눈을 비벼가며 성경을 읽는 아버지의 모습도, 두 손을 모으고 눈물을 쏟으며 간절한 마음으로 기도하는 아버지의 모습이 너무도 안타깝고 가슴 아팠다. 괴로워하는 아버지를 바라보면서 점점 내 마음 속엔 여러 가지 의문들로 채워지기 시작했다. 하나님에 대한 원망과 그리고 신앙생활에 대한 회의로 가득 채워지기 시작했다. 차라리 모든 것을 손에서 내려놓고 싶었다. 정말 모든 것을 내려놓고 싶었다.

아버지의 고통은 육신의 고통, 영혼의 고통뿐만 아니라 자식들에 대한 미안함이 가장 큰 고통이었다. 그 누구보다도 아들들을 사랑했던 아버지는 당신이 병들어 더 이상 일을 하지 못하게 되자 아들들에게 짐이 될 것 같다는 생각 때문에 몹시 괴로워했다. 이런 아버지의 고통을 나는 그 누구보다도 잘 알고 있었다. 그래서 아버지의 고통을 조금이라도 덜어 드리고 싶었다.

아버지를 바라보면서 내가 느낀 고통은 여러 가지였다. 첫째는 그토록 건강했던 아버지가 병들어 더 이상 건강을 회복하지 못하게 되어 버린 것이었다. 둘째는 아버지가 마음을 너무 약하게 먹기 시작했다는 것이다. 셋째는 결혼이라는 마음의 짐이 날 고통스럽게 했다. 결혼을 하기 위해 오래전부터 준비하였지만, 막상 아버지가 육신의 병 때문에 괴로워하는 모습을 보면서 차라리 아버지가 건강을 회복하면 그때 결혼을 하는 게 좋겠다는 생각을 했다. 그러나 시간이 흘러도 아버지는 건강을 회복하지 못했다. 건강을 회복하지 못하는 아버지가 한편으로 너무 안타깝고, 한편으로 마음의 짐으로 다가왔다.

"아버지의 건강 머지않아 좋아질 거니 네 결혼식 서두르도록 해라."

결혼 문제로 고민에 빠져 있던 내게 어머니가 말했다. 아버지의 건강이 머지않아 좋아질 거라는 어머니의 말에 고개를 주억거렸다. 분명 아버지의 건강이 좋아질 거라 믿어 의심치 않았다. 하지만 마음 한 구석에선 어쩜 아버지가 건강을 회복하지 못할 지도 모르겠다는 불길한 예감이 검은 그림자가 되어 내 영혼을 좀먹고 있었다.

어머니의 뜻에 따라 결혼식을 일사천리로 진행시켜야겠다고 생각했다. 그러나 아버진 내가 서둘러 결혼식을 올리겠다는 말을 듣고 마음의 부담을 갖기 시작했다.

"아버지 걱정하지 말고, 네가 맘먹은 대로 해라. 아버지, 괜찮다."

나직한 아버지의 목소리가 내 가슴을 쥐어짜는 듯했다. 아버지의 얼굴을 바라보고 있으면 눈물이 먼저 날 것 같았다. 아버지의 얼굴을 보면 하나님을 향한 원망의 목소리가 가슴 속에서 메아리쳤다.

경화를 아버지에게 처음으로 인사시키던 날이 생각난다. 아버진 병원에 입원해 있었다. 지칠 대로 지쳐버린 모습으로 병원에 입원해 있었다. 경화를 데리고 아버지에게 찾아갔다. 그런데 경화가 아버지 꿈을 꿨다는 것이었다. 너무도 인자한 모습으로 꿈속에서 자신을 아버지가 반겨주더라는 것이었다. 경화의 말에 아버지를 생각했다. 아버지는 경화를 만나는 것이 마음의 큰 부담이 되었을 것이다. 아버지가 입원해 있는 병실에 들어서니 아버지가 침대에 앉아 TV를 보고 있었다.

"아버님!! 안녕하세요."

경화가 상냥한 목소리로 아버지에게 인사를 건넸다. 아버지도 인자한 모습으로 경화를 반겼다. 경화가 아버지를 위해 준비한 홍삼액을 건넸다. 아버지가 너무 고맙다고 말했다.

"그런데 아버님!! 어디서 많이 뵌 분 같아요."

"어디서 봤을까?"

경화의 말에 아버지가 엷은 미소를 지으며 대꾸했다.

"꿈에서 아버님 뵌 것 같아요. 꿈에서 뵌 아버님 모습하고 너무 똑같아요. 너무 신기하네요."

경화의 말에 아버지가 허허 웃었다. 나는 아무 말 없이 아버지를 지켜보았다. 아버지가 날 보며 고개를 가볍게 끄덕였다. 괜찮다는 신호였다. 갑자기 가슴이 울컥거리면서 곧 눈물이 쏟아질 것만 같았다. 결혼을 포기하고 싶은 생각도 들었다. 아들의 결혼이 아버지에게 기쁨이 아닌 마음의 짐이라는 걸 나는 절실하게 깨닫고 있었다.

'아버지, 그냥 모든 것 포기할까요? 그냥 포기하고 싶네요.'

아버지의 얼굴을 바라보며 마음으로 얘기했다.

'괜찮다. 아버지 괜찮아. 네 색시 될 아가씨가 참하니 예쁘구나!'

나는 마음으로 아버지, 아버지, 아버지, 라고 여러 번 아버지를 불러

보았다.

　짧은 만남이었다. 상견례를 앞두고 이루어진 아버지와 경화와의 만남, 경화는 아버지가 너무도 인자한 모습으로 자신을 반겨주었고, 꿈속에서 미리 아버지를 뵌 것 또한 신기하다고 하면서 좋아했다. 그러나 나는 하나도 좋지 않았다. 오로지 아버지 걱정뿐이었다. 또한 아버진 아들 걱정뿐이었다. 아버지의 고통이 아들의 고통이고, 아들의 고통이 아버지의 고통이었다. 이 사실은 그 누구도 알지 못했다. 어쩌면 하나님도 모르실 거라는 생각이 들었다. 하나님이 아신다면 그렇게까지 아버지와 아들을 고통스럽게 하지 않을 거라는 생각이 문득 들었다.

　어머니 역시 걱정이 이만저만이 아닌 것 같았다. 어머닌 모든 것을 신앙의 힘으로 이겨내려고 노력했다. 어머닌 인생을 살아오면서 고난과 역경이 찾아오면 신앙의 힘으로 모든 것을 이겨내려고 노력했다. 그래서인지 어머니를 보고 있으면 참으로 대단하다는 생각이 든다. 길이 아닐 것 같은 길을 홀로 찾아 걸어가 걸어갔던 길이 참된 길이었다는 것을 몸소 보여주었다. 그래서 어머니의 뜻과 신앙을 절대적으로 거부할 수 없었다. 그런데 아버지의 문제만큼은 그렇지 않았다. 어머니의 신앙으로서도 아버지의 문제만큼은 어찌해볼 도리가 없는 듯했다. 무수히 많은 날들을 아버지를 위해 어머닌 기도했다. 그런데도 어머니의 기도가 이루어지지 않았다. 찬란한 빛이 어머니를 기다리고 있는 것이 아닌 어두운 그림자가 어머니를 기다리고 있는 듯했다. 어쩌면 어머니도 이런 사실을 일말은 깨우치고 있었는지도 모른다.

　상견례를 위해 준비하는 아버지도 어머니도, 그리고 나 역시 마음의 큰 돌덩어리를 안고 있는 것처럼 마음이 무거웠다. 피할 수 없으면 즐기라는 속담처럼 모든 것을 즐기고 싶었지만, 전혀 즐겁지 않았다. 그렇다고 피할 수도 없었다. 피해 갈 수도 없었다.

"아버지, 많이 힘드시죠? 상견례 금방 끝납니다. 조금만 참으세요."

아버지의 손을 잡고 위로했다. 아버지가 엷은 미소를 지으며 고개를 주억거렸다. 담양 바람소리에 차를 타고 가던 중, 창밖을 바라보며 생각에 빠져 있던 아버지를 잠시 바라보았다. 아버지의 모습은 편안해 보였다. 아니, 오히려 편안함이 슬퍼 보였다. 편안함 속에 묻어나는 슬픔이 내 눈에는 보였다. 아버지의 손을 잡고 마음으로 얘기했다. 아버지가 내 마음의 얘기를 듣기라도 한 듯 내 손을 탁탁 두드렸다.

상견례 내내 나는 오로지 아버지가 걱정이었다. 하지만 별문제 없이 상견례가 마무리 되었다. 상견례를 마치고 돌아오는 길에 아버지, 어머니 몰래 차 안에서 눈시울을 붉혔다. 마음이 너무도 허했다. 미치도록 마음이 허했다. 살아왔던 지난날들이 머릿속에 반추되었다. 정말 행복했던 시간들이, 추억들이 머릿속에 주마등처럼 스쳐지나갔다. 아버지와 함께 했던 시간들, 어머니와 함께 했던 시간들, 그러나 아버지와 어머니와 함께 할 시간들이 얼마 남지 않은 듯한 생각에 마음이 무거웠다. 나는 고등학교 시절부터 아버지와의 이별을, 어머니와의 이별을 생각했다. 어쩌면 아버지와의 이별이, 어머니와의 이별이 순식간에 다가올 수도 있다는 생각이 들 때면 두 무릎을 꿇고 하나님에게 아버지와의 이별이, 어머니와의 이별이 다가오지 않도록, 정말, 정말, 내 인생의 끝에 아버지와 이별이, 어머니와의 이별이 다가오도록 해달라고 기도했었다. 그러나 아버지가 병마에 휩싸여 괴로워하는 모습을 보고 있으니 어쩜 아버지와의 이별이 머지않았다는 생각이 들곤 했다. 이런 생각이 얼마나 나를 힘들고 괴롭게 했던지 모른다.

집으로 돌아와 아버지를 편히 쉬게 했다. 오랫동안 아버지의 옆을 지켰다. 정말로 거대하게만 느껴졌던 아버지의 모습은 온데간데없고 정말 초췌한 모습만이 남아 있었다. 그동안 살아오면서 아버지에게서 모든 것을 빼앗아버렸다는 생각, 그래서 아버지가 더 이상 아들들에게 나눠 줄 것이 없어 쇠약해져 버렸다는 생각이 들었다. 아버지가 두 눈을 감고 주무시는 모습을 오랫동안 지켜보다 집으로 돌아왔다. 집으로 돌아오는 길에 차를 도로변에 세워두고 고개를 가슴에 파묻고 울고, 울고, 울었다.

꿈을 꾸었다. 꿈을 꾼 후 너무도 꿈이 생생했다. 꿈을 꾼 후 나는 오랫동안 꿈의 내용을 되새기며 꾼 꿈이 어떤 의미를 갖고 있는지를 골몰히 생각했다. 그런데 점점 꿈을 생각하면 생각할수록 불길한 생각이 들었다.

꿈속에서 아버지와 어머니가 식탁의 중앙에 앉아 있고 좌우로 나와 동생들이 앉아 있었다. 한동안 정겹게 대화를 나누며 식사를 하던 중이었다. 그런데 갑자기 내 몸이 점점 식탁에서 멀어지는데, 아버지를 바라보며 내가 너무도 서럽게 울고 있는 것이었다. 아버지가 날 보더니 이리 오라는 의미로 손짓을 하였다. 아버지에게 다가가고 싶었지만, 몸이 움직이지 않아 갈 수가 없었다. 아버지, 아버지, 라고 외치며 미친 듯이 몸을 움직였지만, 내 몸은 점점 아버지에게 멀어져만 갔다. 이윽고 더 이상 아버지의 모습이 보이지 않았다. 나는 좌우로 고개를 두리번거리며 아버지를 불러보았다. 그러나 아버지의 모습은 보이지 않았고, 음성도 들려오지 않았다. 나는 아버지를 계속해서 외치며 눈물을 흘렸다.

아침에 일어나 창밖을 보니 비가 조금 내리고 있었다. 평소 나는 꿈을 많이 꾸지 않는 편이었다. 그리고 꿈을 꿔도 제대로 기억을 잘 하는 편이 아니다. 그런데도 지난밤에 꾸었던 꿈이 너무도 생생하고, 특히 내게 손짓을 하며 멀어져가던 아버지의 모습이 너무도 생생했다. 곧장 집을 나서 아버지에게 달려갔다. 아버진 거실 소파에 앉아 있었다. 아버지 옆자리에 앉았다. 그리고 한동안 아무 말 없이 아버지를 바라보았다. 아버지가 퀭한 눈으로 나를 바라보았다. 나직한 목소리로 아버지를 불러보았다. 아버지가 마른침을 삼키며 고개를 주억거렸다. 오전 내내 아버지와 함께 시간을 보냈다. 아버지와 함께 보내는 시간이 너무 행복했다. 아니, 너무 고통스러웠다.

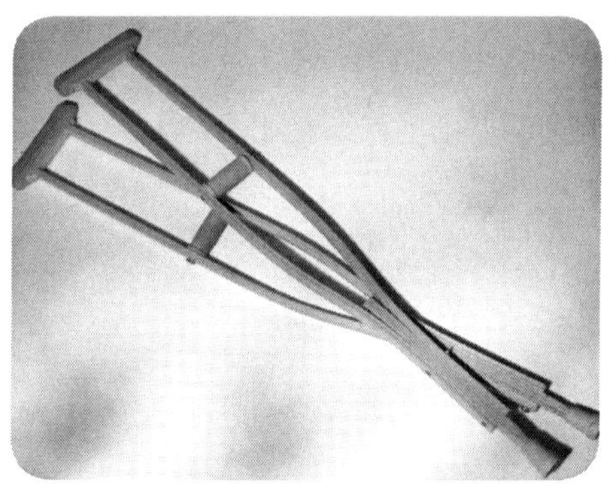

13

비 오는 날, 빗물이 눈물이 되어

새벽 5시 즈음에 갑자기 핸드폰이 울렸다. 잠에서 깨어 핸드폰 액정을 들여다보았다. 아버지에게서 걸려온 전화였다. 나는 몸을 일으켜 세운 뒤 마른침을 한번 꿀꺽 삼킨 뒤 아버지의 전화를 받았다.

"아버지, 새벽부터 웬일이세요? 무슨 일 있으세요?"

갑작스런 아버지의 전화에 나는 조금 당황스러웠다.

"아니다. 별일은 아니다. 오늘 아침에 한의원에 가기로 했잖아. 오늘 한의원 가는 거 월요일에 가도록 하자."

"아니, 갑자기 왜요? 오늘 무슨 일 있으세요?"

"아니, 비도 오고 하니 월요일에 가는 게 좋을 것 같아서 말이다."

아버지의 목소리엔 힘이 없었다. 아버지의 목소리를 듣고 있으니 알 수 없는 걱정스러움이 내 영혼을 휘어 감았다. 전화를 끊고 한동안 멍하니 앉아 있었다. 한동안 멍하니 앉아 있다가 거실로 나왔다.

아침부터 비가 추적추적 내렸다. 거실로 나와 베란다에 서서 창밖을 하염없이 바라보았다. 내리는 빗줄기 사이로 어린 아이들이 우산을 쓰고 거리를 지나는 모습이 보였다. 아이들의 모습이 시야에서 사라질 때까지 물끄러미 바라보았다. 아이들의 모습이 시야에서 사라지자 그제야 긴 한숨과 함께 몸을 돌려세웠다. 벽시계를 바라보았다. 시계바늘이 정확히 8시를 가리키고 있었다. 핸드폰을 들었다. 그리고 아버지에게 전화를 걸었다. 아버지가 전화를 받지 않았다. 여러 차례 전화를 해보았지만, 전화를 받지 않았다. 불길한 예감이 밀려들었다. 물을 한 잔 따라 마신 뒤 옷을 갈아입기 위해 방으로 들어왔다. 그때 마침 핸드폰이 울렸다. 아버지의 전화였다. 나는 서둘러 전화를 받았다.

"아무래도 오늘 한의원에 가야겠다. 한의원 갔다가 현우하고 종합병원에 가기로 했다."

아버지가 말했다. 여전히 아버지의 목소리에는 힘이 없었다.

"알겠습니다. 제가 옷 갈아입고 곧장 집으로 가겠습니다."

전화를 끊고 다시 창밖을 내다보았다. 여전히 비는 내리고 있었다.

아버지 집에 도착하여보니 아버진 외출준비를 끝내시고 소파에 앉아 있었다. 소파에 앉아있는 아버지의 모습이 너무도 처량해보였다. 그토록 옹골차게 건강했던 아버지의 모습은 더 이상 보이지 않았다. 거대한 너울처럼 밀려든 육신의 고통으로 인하여 아버진 육신뿐만 아니라 영혼까지도 병들어 있었다. 병원이란 병원을 다 다녀보았지만, 아버지의 병은 차도를 보이질 않았다. 그 누구보다도 아버지가 정신적으로 육체적으로 고통스러워했겠지만, 그런 아버지를 지켜보는 가족들도 고통이 이만저만이 아니었다. 큰아들로서 정말 아버지를 위해 노력했다. 마음으로 늘 기도하며 아버지가 하루속히 건강을 회복하도록 도와드렸다. 그러나 어떤 결과도 되돌아오지 않았다.

"아버지, 저 왔어요."

아버지가 얼굴을 들어 날 바라보았다. 아버지의 얼굴이 너무도 초췌했다. 두 눈은 벌겋게 충혈 되어 있었다. 지난밤에도 잠을 제대로 주무시지 못했던 모양이었다. 아버지가 날 향해 쓴웃음을 지어보였다. 순간 가슴이 울컥거렸다. 곧 눈물이라도 쏟아질 것만 같았다. 아버지 품에 달려들어 소리 내어 울고 싶었다. 이미 아버지의 고통이 내 영혼 속에 전이가 되어 나 역시 고통스러웠다. 차라리 아버지의 고통이 내게로 와 버렸으면 좋겠다는 생각을 했다. 내가 아프고 차라리 아버지가 건강했으면 좋겠다는 생각도 들었다.

"식사는 하셨어요?"

내 물음에 아버지가 고개를 주억거렸다. 아버지의 어깨를 잠시 주물러 드렸다. 아버지가 고맙다고 말했다. 안방에서 어머니가 나왔다. 교회 청소를 하러 나가는 모양이었다. 어머니의 모습을 보자 갑자기 어머니가 너무 야속하다는 생각이 들었다. 아버지가 몹시 아프신데, 어머닌 도통 신경을 쓰지 않는 것 같았다. 아버지가 편찮으셔서 집에 혼자 계시는데, 말동무라도 해드리며 위로를 해주시지, 매정하게 교회 청소를 해야 한다고 집을 나서는 어머니의 모습이 너무 야속했다. 어머니가 집을 나간 뒤 나는 한동안 아버지와 소파에 앉아 TV를 시청했다. 그러나 TV 브라운관에 그려지는 영상이 눈에 들어오지 않았고, 스피커에서 흘러나오는 소리가 제대로 귓속에 들어오지 않았다. 자꾸만 옆에 앉아 있는 아버지의 모습을 힐끔힐끔 쳐다보았다. 아버진 자꾸 밭은기침을 내뱉었다. 쇠할 대로 쇠하여 버린 아버지의 육신이 너무도 가엾게 느껴졌다.

아버지와 함께 집을 나왔다. 비가 그쳐 있었다. 아버지와 함께 한의원으로 향했다. 한의원으로 향하는 도중 자꾸만 아버지가 비척거렸다. 아버지의 팔을 부축하고 어렵게 한의원에 도착하였다. 그리고 정해진 순서에 따라 진료를 받았다. 원장선생님과 간호원들이 정성을 다해 돌봐주었다. 아버진 아무런 말씀도 하지 않고 묵묵히 정해진 진료와 치료를 받았다. 원장선생님께서 내게 건강상태가 어떤지 검진을 한번 받아보라고 말했다. 그래서 나 역시 건강상태를 검진 받아 보았다.

근 2시간 동안 이어진 진료와 치료가 끝나고 원장선생님과 검진결과를 놓고 얘기를 나눴다.

"아버님!! 지난 검사보다 많이 좋아지셨네요. 이렇게 꾸준하게 진료받으시고 약 드시면 조만간 건강 회복하실 겁니다."

원장선생님이 아버지를 향해 웃는 얼굴로 말했다. 아버진 고개를 끄덕일 뿐이었다. 아버지의 어깨를 두드리며 힘내시라고 말했다. 아버진 내 손을 잡고 다시 고개를 끄덕였다.

아버지와 함께 한의원을 나섰다. 집으로 돌아오는 길에 비가 다시 내리기 시작했다. 아버지에게 무슨 말이라도 해야 할 것만 같았지만, 아무런 말을 할 수가 없었다. 힘없이 터벅터벅 걸어가는 아버지의 뒤를 따를 뿐이었다. 집에 도착하여보니 현우가 들어와 있었다. 아버진 다시 현우와 종합병원에 가기로 약속이 되어 있었다. 며칠 전에 종합병원에서 검사한 결과가 오늘 나온다고 하였다. 아버진 잠시 집에 머물렀다가 현우와 다시 종합병원으로 갔다. 나는 소파에 앉아 아버지가 돌아오길 기다렸다.

소파에 누워 TV를 보았다. TV속 연예인들이 뭐가 그리 좋은지 배시시 웃었다. 연예인들이 배시시 웃는 모습이 그렇게 꼴 뵈기 싫을 수가 없었다. 리모컨으로 TV를 껐다. 그리고 천장을 바라보고 한동안 멍하니 소파에 누워 있었다. 자꾸만 깊은 한숨만 내쉬어졌다. 하루속히 아버지가 건강을 회복하기를 마음 속 깊이 기도하였다. 기도하는 도중 나도 모르게 잠깐 잠들었다.

갑자기 핸드폰 울리는 소리에 잠에서 깼다. 핸드폰 액정을 들여다보니 경화에게서 걸려온 전화였다. 나는 주저하다가 전화를 받았다.

"어딘가? 오후에 옷 바꾸러 가기로 했잖아?"

퉁명스럽게 들려오는 경화의 목소리가 너무 날카롭게 들려왔다.

"빨리 데리러 와."

알았다는 말을 남기고 전화를 끊었다. 시계를 보니 11시가 좀 넘어 있었다. 기다렸다가 아버지를 뵙고 결과가 어떻게 나왔는지 듣고 가려 했는데, 어쩔 수 없이 집을 나섰다. 늦게 데리러 갔다간 경화에게 또 무슨 소리를 들을지 모를 노릇이었다. 차를 타고 아파트 단지를 빠져 나오려 하는데, 아버지에게서 전화가 걸려왔다. 나는 서둘러 전화를 받았다.

"집에 있다가 가는 길이냐? 차타고 지나다 보니 네 차가 방금 아파트 정문을 나가더구나."

"병원에서 뭐라 하던가요?"

내 물음에 아버진 깊은 한숨과 함께 어렵사리 말을 했다.

"계속 약을 먹어야한다고 그러냐."

아버지의 말에 난 입술을 꾹 깨물었다. 뭐라고 아버지를 위로해야 될지 모르겠다는 생각이 들었다.

"아버지, 너무 걱정 마세요. 힘내시고 집에서 좀 쉬세요."

"그래, 알았다."

전화를 끊고 나자마자 눈에서 눈물이 흘러 내렸다. 하염없이 흘러내리는 눈물을 좀체 멈출 수 없었다. 하늘을 보니 비가 내리기 시작했다. 차창으로 떨어지는 빗물들이 한없이 슬퍼보였다. 점점 빗줄기들이 거세지기 시작했다. 내리는 빗줄기들이 병든 아버지의 영혼과 육신을 깨끗이 씻겨주었으면 좋겠다는 생각을 했다.

하나도 즐겁지 않았다. 가슴이 더 답답했다. 경화와 함께 하는 토요일 오후가 하나도 즐겁지 않았다. 화정동 롯데마트에 가 함께 시간을 보냈지만, 나는 하나도 즐겁지 않았다. 오히려 짜증이 났다. 짜증내는 내 모습을 보고 경화는 더 짜증을 냈다. 그리고 내게 막말을 내뱉었다. 자꾸만 아버지 생각에 가슴이 답답했다. 경화를 만나 결혼까지 생각하고 있지만, 아버지 때문에 경화와 결혼을 하지 못하게 될 지도 모른다는 생각이 들었다. 어떤 것이 진정 하나님의 뜻인지 좀처럼 헤아릴 수 없었다.

"왜 그렇게 인상을 쓰고 있는가? 그렇게 인상을 쓰고 있을 거면서 왜 날 따라왔어! 내가 앞으로 오빠하고 쇼핑을 하나 봐라!!"

경화의 말에 난 아무런 말을 하지 않았다. 경화는 화가 난 모습으로 집으로 가자며 마트를 빠져 나가려했다. 마트 안은 사람들로 북적거렸다. 오고 가는 사람들의 모습이 가지각색이었다. 나는 원래 사람 많은 곳을 좋아하지 않는다. 홀로 사색에 잠겨 보내는 시간을 더 좋아한다. 그러나 경화는 홀로 사색을 즐기는 것 보단 사람들과 어울리는 것을 무척이나 좋아했다. 경화는 너무나도 나와 다른 점이 많았다. 때론 감당할 수 없겠다는 생각도 들곤 했다.

마트를 빠져나왔다. 비가 더욱 거세게 내렸다. 경화는 우산을 쓰고 나는 비를 맞으며 주차장으로 갔다. 비를 맞고 걸어가니 한없이 쓸쓸한 기분이 들었다. 쓸쓸한 기분이 영혼을 슬프게 했다. 차 앞에 도착했다. 빗물이 많이 고여 신발까지도 젖어 버렸다. 경화가 어렵사리 우산을 접고 차에 올랐다. 나도 차에 올랐다. 시동을 켜고 마트를 빠져 나왔다. 비가 내리고 있어 마트 앞 도로 사정은 엉망이었다.

"다시는 오빠하고 쇼핑 안 할 테니깐, 그리 알아. 그리고 나 오빠 만나는 거 진지하게 생각을 좀 해봐야겠어."

경화가 차창 밖을 바라보며 말했다. 나는 경화의 말에 아무런 대꾸를 하지 않았다. 그냥 마음으로 네 멋대로 해라, 라고 말할 뿐이었다. 마트를 나와 화정동 아파트를 향해 달렸다. 그때 핸드폰이 울렸다. 핸드폰을 보니 어머니에게서 걸려온 전화였다. 나는 급히 전화를 받았다. 그런데 어머니가 울먹이고 있었다. 다급해하는 어머니의 목소리에 나는 소스라치듯 놀라 물었다.

"무슨 일이세요?"

"성은아, 성은아!! 아버지 돌아가셨다. 아버지 돌아가셨다."

"뭐라고요?"

어머니의 말에 나는 순간 영혼과 온몸이 굳어 버렸다. 순간 눈에서 눈물샘이 터져 눈물이 주르륵 흘러내렸다. 할 말이 없었다. 어머니에게 뭐라 말을 해야 된다고 머릿속은 생각하고 있었지만, 아무런 말을 하지 못했다. 나는 전화를 끊고 곧장 집으로 향했다.

"아버지, 아버지, 아버지, 아버지…."

내 입에서 아버지란 말 밖에 흘러나오지 않았다. 주체할 수 없는 슬픈 감정이 내 영혼과 온몸을 휘어감아 날 괴롭게 했다.

"오빠, 대체 무슨 일이야? 무슨 일이냐고?"

옆자리에 앉아 있던 경화가 물었다. 난 아무런 말을 하지 않고 소리 내어 꺼억꺼억 울었다. 아버지의 모습이 눈앞에 아른거렸다. 아버지의 모습에 너무너무 가슴이 아팠다.

"하나님, 이럴 순 없습니다. 하나님, 이럴 순 없습니다."

하나님에게 대거리를 떨고 싶었다. 하나님이 원망스러웠다. 하나님이 정말 원망스러웠다. 이렇게 아버지를 데려가실 줄 정말 몰랐다. 단 한 번만이라도 기회를 달라고 하나님께 그토록 기도를 했건만, 이게 대체 무슨 일이란 말인가.

경화가 샛노래진 얼굴로 어머니에게 전화를 걸었다. 그리고 아버지가 돌아가셨다는 소식을 전해 들었다. 경화는 어안이 벙벙한 얼굴로 날 바라보았다. 경화도 엄청난 충격을 받은 모양이었다.

"오빠, 어떡해. 오빠, 어떡해."

경화도 울기 시작했다. 경화에게 너무도 미안했다. 못난 날 만나 이런 슬픔을 안겨주어 너무도 미안했다. 미안하다는 말을 하고 싶었지만, 차마 말이 입에서 흘러나오지 않았다. 감정을 추스르려고 애를 썼다. 감정을 이겨내려고 애를 썼다. 그러나 감정은 날 가만두지 않았다. 심장을 도려내는 듯한 고통이 계속되었다.

아버지 집으로 향하는 길이 그렇게 멀게 느껴질 수 없었다.

여전히 비는 세차게 내리고 있었다.

14

떠난 사람과 남겨진 사람

　회자정리(會者定離)란 고사성어가 있다. 사람은 한번 만나면 언젠가는 반드시 헤어진다는 말이다. 사람이 사람을 만나고 사람이 사람을 떠나보내는 것이 인생의 무상함을 의미한다는 말인 것이다. 사람을 만나고 사람을 떠나보내는 것이 인생의 한 부분이겠지만, 어쩌면 사람을 만나고 사람을 떠나보내는 것이 인생의 전부일 수도 있다는 생각이 든다. 살아오면서 무수히 많은 사람들을 만났고, 살아오면서 무수히 많은 사람들을 떠나보냈다. 또한 언젠가 나 역시 떠나야할 때가 분명히 다가오리라는 것을 오래전에 깨달았다. 제아무리 과학기술이 발달하고 인간의 문명이 한없이 발달한다고 하여도 인간은 인간일 뿐이다. 인간은 결코 신의 영역을 침범할 수 없다. 신의 영역 중 가장 큰 영역이 바로 시간이다. 시간의 흐름을 어찌 막을 수 있단 말인가. 한 인간으로 태어나 유년시절을 거쳐 청년에 이르고 또다시 장년을 거쳐 노년에 이르러 생을 마감하게 되는 것이 모두 시간의 흐름이 만들어놓은 삶의 과정이 아니겠는가. 그러나 우리는 깨닫지 못하고 있다. 시간의 흐름을 깨닫지 못하고 있다. 시간이 흐르고 흘러 모든 것을 내려놓아야할 때가 분명히 다가온다는 것을 깨달을 수 있다면 그것만으로도 행복한 일이 아니겠는가.

그렇다면 아버진 당신께서 모든 것을 내려놓아야할 때가 분명히 다가올 것이라는 것을 깨닫고 있었던 것일까. 사랑하는 아내와 아들들을 남겨놓고 먼저 삶의 끈을 내려놓아야된다는 것을 이미 깨닫고 있었던 것일까. 아버지에 대한 무수히 많은 생각들이 머릿속에 얽히고설켜 있지만, 어떤 결론도 어떤 해답도 얻을 수가 없다. 다만 모든 것을 하나님의 뜻에 맡겨놓을 수밖에….

두려웠다. 엄청난 두려움이 엄습했다. 다가온 두려움을 이겨낼 자신이 없었다. 비는 잠시 그쳐 있었다. 차에서 내려 가슴 깊이 내제되어 있던 두려움을 이겨내며 집으로 달려갔다. 내 입에선 아버지, 아버지, 란 말들이 무수히 쏟아져 나왔다. 아파트 현관문을 열고 거실로 들어서자 눈물이 빗물처럼 쏟아지기 시작했다. 주체할 수 없는 슬픔이 내 영혼과 온몸을 감쌌다. 안방에 들어서니 아버지가 방바닥에 누워 계셨다. 그리고 그 옆에 어머니가 앉아 눈물 흘리고 계셨다. 아버지 머리맡엔 목사님 내외가 앉아 계셨다. 또한 막내의 모습도 보였다.

"아버지, 아버지, 아들 왔어요. 아버지 아들 왔어요."

싸늘한 주검으로 변해버린 아버지를 붙들고 오열하며 소리쳤다. 아버진 아무런 대답도 없이 편안한 모습으로 누워 계셨다. 아버지의 얼굴을 감싸고 내려다보았다. 싸늘하게 식어버린 아버지의 모습, 아버지의 육신이 아들의 모든 것을 뒤엎어 놓았다. 믿을 수 없었다. 아니 믿고 싶지 않았다. 이렇게 허망하게 아버지가 떠나실 줄 몰랐다. 이렇게 허망하게 아버지를 하나님이 데려가실 줄 몰랐다.

"하나님, 이럴 순 없습니다. 하나님 정말 이럴 순 없습니다."

나는 다시 오열하며 소리쳤다. 하나님에게 정말 묻고 싶었다. 무엇 때문에 이렇게 빨리 아버지를 데려가시는 지 묻고 싶었다. 정말 하나님에게 대거리라도 떨고 싶었다. 하나님의 뜻이 대체 무엇인지 정말 묻고 싶었다. 그 때 현우가 안방으로 들어왔다. 현우도 아버지의 모습을 보고 소리 내어 꺼억꺼억 울었다. 어머니의 얼굴을 바라보았다. 순간 어머니에 대한 원망의 마음이 찾아들었다. 머리를 가로저으며 어머니에 대한 원망의 마음을 지우려 애를 썼다. 그러나 아버지를 바라보면 어머니에 대한 원망이 다시금 솟구쳤다.

종합병원 응급실의 응급구조원들이 찾아왔다. 아버지를 병원으로 모셔가기 위해 온 것이었다. 그런데 이 응급구조원들이 엉뚱한 소리를 하는 것이었다. 아버지가 갑자기 돌연사를 하셨기 때문에 경찰서에 먼저 신고를 하고 경찰서의 명령이 떨어져야만 병원으로 옮길 수 있다는 것이었다.

"이 사람들아!! 대체 무슨 소리를 하고 있는 거야! 한 시라도 빨리 병원으로 모셔야할 게 아니야!!"

나는 화가 나 버럭 소리를 질렀다. 그런데도 응급구조원들은 자신들은 어쩔 도리가 없다고 하면서 그냥 돌아가는 것이었다. 할 수 없었다. 동생들과 함께 힘을 모아 아버지를 병원으로 옮길 수밖에 없었다. 막내가 아버지를 등에 업었다. 엘리베이터를 타고 1층으로 내려왔다. 다시 비가 거세게 내리기 시작했다. 아버지를 자동차 뒷좌석에 싣고 동생들과 함께 성심병원으로 급히 달려갔다.

"아버지, 눈 떠보세요. 아버지, 눈 떠 보세요."

막내가 뒷좌석에서 아버지를 붙들고 오열하며 소리쳤다. 나는 가슴으로 기도했다. 제발 아버지의 목숨만큼은 데려가지 말아달라고 기도했다.

종합병원 응급실에 도착하여 서둘러 아버지를 응급실 침대 위로 옮겼다. 응급실 의사가 간호사들이 몰려들어 아버지에게 응급처치를 하기 시작했다. 근 20분 동안 심폐소생술이 이어졌다. 목사님 내외와 어머니가 응급실에 도착했다. 순심이 누나와 지호아제도 응급실에 도착했다. 20분 동안 심폐소생술이 이어졌지만, 심장박동과 맥박이 돌아오지 않았다.

"운명하신 것 같습니다."

의사의 말과 함께 20분 동안 지속되던 심폐소생술을 멈추었다. 또다시 주체할 수 없는 슬픔이 몰려들었다. 아버지의 얼굴을 내려다볼 수 없었다. 너무도 아버지가 불쌍해 보였다. 어머니와 동생들이 아버지의 주검을 붙들고 오열했다. 나는 응급실 밖으로 뛰쳐나왔다. 비가 억세게 쏟아지고 있었다. 나는 비 내리는 하늘을 올려다보았다. 그리고 눈물을 흘렸다. 눈물은 한동안 계속되었다. 한동안 정신 줄을 놓고 눈물만 흘리다가 현실을 받아들여야 한다는 하나님의 음성을 듣게 되었다. 현실을 받아들여야 한다는 하나님의 음성이 가슴 속에 들려왔다.

'그래, 이렇게 울고만 있을 순 없다. 내가 정신을 차리고 아버지의 장례를 준비해야 된다. 장남인 내가 이렇게 정신 줄을 놓고 울고만 있으면 되겠는가. 나중에 장례식 끝나고 많이 울더라도 지금은 정신을 차리자. 정신을 차리자.'

애써 슬픔을 이겨내고 다시 하늘을 올려다보았다. 여전히 비는 내리고 있었다. 내 눈에서 흐르는 눈물을 닦으며 하나님에게 힘을 달라고 기도했다.

아버지의 주검은 영안실로 옮겨졌다. 차가운 영안실에 머물러 있을 아버지를 생각하니 심장을 도려내는 듯한 고통이 밀려들었다.

저녁 즈음부터 몇몇 사람들이 장례식장을 찾아들었다. 가까운 친척에서부터 먼 친척들까지 장례식장에 찾아왔다. 나는 상복으로 갈아입고 아버지 영정 앞에 앉아 멍하니 앉아 있었다. 동생들도 멍하니 앉아 있었다. 아버지의 영정을 제대로 바라볼 수 없었다. 영정사진도 미처 마련되지 않아 아버지 젊었을 때 사진을 스캔하여 급히 만든 영정 사진이라 흐릿했다.

걱정이 이만저만이 아니었다. 아버지가 돌아가신 것이 너무도 큰 슬픔이지만, 아버지가 돌아가신 후 발생한 상황들이 걱정되기 시작했다. 우선 경화와의 관계가 걱정되었다. 상견례를 마치고 결혼식 날짜까지 잡아놓았는데, 갑작스레 아버지가 돌아가셨으니 결혼식을 제대로 치를 수 있을 것인지, 파혼을 해야 되는 건지, 걱정이 이만저만이 아니었다. 또한 경화의 아버지와 어머니가 아버지의 죽음을 어떻게 받아드리실지 또한 걱정이 되었다. 무엇보다도 경화가 아버지의 죽음을 어떻게 받아드릴 지 걱정이 되었다. 너무 걱정이 되어 어머니에게 잠시 물어보았다. 어머닌 아무 걱정하지 말고 아버지 장례식이나 잘 치르도록 애를 쓰라고 말씀 하셨다. 소싯적부터 어머니의 신앙을 본받아 여태까지 흔들림 없이 나 또한 신앙생활을 이어왔다. 하지만 아버지의 죽음 앞에서 내 신앙은 흔들릴 수밖에 없었다. 아무 걱정하지 말라는 어머니의 말이 가슴에 새겨지지 않았다.

경화가 문자를 보내왔다. 날 위로하는 문자들이었지만, 위로가 되기보단 부담으로 다가왔다. 사랑하는 경화를 떠나보내야 할지도 모르겠다는 생각도 들기 시작했다. 경화가 장례식장이 어디냐고 물어왔다. 장례식장에 찾아올 모양이었다. 나는 내심 경화가 오지 않기를 원했다. 하지만 경화는 검은 정장을 입고 밤늦게 장례식장을 찾아왔다. 그리고 아무 말 없이 내 옆에서 날 위로했다.

경화가 옆에 있으니 더욱 눈물이 났다. 고통스런 눈물이 아닌 고요

함이 묻어 있는 눈물이었다. 아버지의 죽음에 대한 안타까움, 그리고 아버지의 죽음을 통하여 고통 받게 될 사람들에 대한 미안함으로 만들어진 눈물이었다. 경화는 밤늦게까지 장례식장에 앉아 있다가 자정 즈음에 돌아갔다.

경화를 돌려보내고 나는 아버지의 영정 앞에 무릎을 꿇었다. 소리 죽여 눈물을 흘렸다. 믿을 수 없는 현실이 정말 싫었다. 시간을 거꾸로 되돌릴 수 있다면 좋겠다는 생각을 했다. 아침까지만 해도 아들을 보며 미소 짓던 아버지를 다시는 볼 수 없다는 생각이 나를 미치게 했다. 앞으로 어떻게 살아야할지, 앞으로 어떻게 해야 할지 막막하기만 했다. 어머니를 어떻게 모시고, 동생들을 어떻게 돌봐야할지, 모든 것이 걱정으로 다가왔다. 밤새도록 아버지 영정 앞에 앉아 수없이 많은 생각들 속에서 슬픔의 눈물을 흘렸다.

창밖을 보니 여전히 비는 내리고 있었다. 비가 이젠 그만 내렸으면 좋겠다는 생각이 들었다. 모든 장례절차가 잘 마무리 되도록 비가 그만 내렸으면 좋겠다는 생각이 들었다. 그러나 비는 그칠 생각을 하지 않았다.

장례식 둘째 날은 정신없이 바빴다. 정신이 하나도 없어 몽롱했다. 애써 정신을 차리려고 노력했다. 아침에 목사님과 교회 식구들이 찾아와 예배를 드렸다. 그리고 입관식이 거행되었다. 영안실 직원들이 나와 아버지 주검을 염습(殮襲)하였다. 염습을 지켜보며 현우와 영은이를 부둥켜안고 눈물을 흘렸다. 또한 어머니를 부둥켜안고 눈물을 흘렸다.

"아버님, 얼굴이 참 편안해 보이신다."

경화가 아버지의 얼굴을 내려다보며 내게 말했다. 정말 그랬다. 아버지의 얼굴은 참 편안해보였다. 그동안 아버지에게서 단 한 번도 볼 수 없었던 편안함이었다. 편안해 보이는 아버지의 얼굴이 그나마 마음의 위안이 되었다. 염습이 끝나고 마지막으로 아버지에게 이별의 말을 해야 했다.

"불쌍한 사람! 불쌍한 사람! 못난 사람! 못난 사람!"

아버지의 얼굴을 내려다보며 어머니가 오열했다. 나 역시 어머니의 팔을 붙들고 오열했다.

"이다음에 만납시다. 이다음에 주님 품에서 다시 만납시다."

어머니의 오열이 너무 가슴 아팠다. 이다음에 주님 품에서 만나자는 어머니의 이별의 말이 너무도 가슴 아팠다. 동생들도 마지막으로 아버지의 얼굴을 내려다보며 마음으로 기도했다. 이윽고 아버지의 얼굴이 덮어졌다. 아버지와의 영원한 이별이 시작된 것이었다.

오시지 말았으면 좋겠다는 생각이 들었다. 오시지 않는 것이 좋겠다는 생각도 들었다. 경화의 아버지와 어머니가 아버지의 부음(訃音)을 접하고 문상을 오신다고 경화가 내게 전했다. 마음이 천근만근 무거웠다. 도저히 경화의 아버지와 어머니, 그리고 가족들을 만날 수 없었다. 어머니에게 이런 내 마음을 전했더니 또 걱정하지 말라고 하셨다. 나는 어머니를 이해할 수 없었다. 모든 것을 걱정하지 말라는 어머니의 말과 뜻, 그리고 생각을 이해할 수 없었다. 아버지의 죽음 앞에서도 담담해 보이는 어머니의 모습이 도통 이해가 되지 않았다.

오후부터 조문객들이 문전성시를 이루기 시작했다. 조문객들을 맞으면서 나는 될 수 있으면 담대 하려고 노력했다. 수없이 많은 사람들이 찾아와 아버지의 죽음을 애도했다. 그동안 통 만나지 못했던 사람들도 찾아와 아버지의 죽음을 애도했다. 저녁 즈음에 경화의 아버지와 어머니가 조문 오셨다. 조문을 마치고 나는 죄인 된 마음과 모습으로 두 분 앞에 앉았다. 무슨 말이라도 해야겠다는 생각이 들었지만, 아무런 말을 할 수가 없었다.

"죄송합니다. 두 분께 너무도 큰마음의 짐을 안겨드린 것 같습니다. 용서하십시오."

"그게 무슨 말인가? 용서하라니? 자네 잘못이 아니니 너무 맘에 두지 말게. 우선 아버지 잘 보내드릴 생각만 하게. 이 모든 것이 하늘의 뜻이라면 받아드려야지 어찌 하겠는가?"

경화 아버지가 말씀하셨다. 나는 고개를 푹 숙이고 앉아 있었다. 경화가 내 손을 잡고 힘내라고 말했다. 고마웠다. 내 옆을 지켜주는 경화가 너무 고마웠다. 경화의 아버지와 어머니가 돌아가신 후 나는 또다시 많은 생각을 했다. 그러나 생각은 생각일 뿐이었다. 경화와 결혼을 하게 되던, 결혼을 하지 못하게 되던, 어쩔 수 없다는 생각을 했다. 모든 것을 하나님의 뜻에 맡기기로 마음을 다잡았다.

밤새도록 조문객을 받느라 온몸이 피곤에 휩싸였다. 동생들도 많이 지쳐보였다. 어머니의 모습도 많이 지쳐보였다. 새벽 2시가 넘도록 계속되던 조문객들이 더 이상 찾아오지 않았다. 조문객들이 하나둘 돌아가기 시작했다. 이윽고 조문객들의 모습은 더 이상 보이지 않았다. 장례식장에 적막감이 맴돌기까지 했다.

아버지의 영정을 바라보았다. 마음이 편안했다. 슬픔을 이겨낼 수 있는 편안함이 어느 순간 생겨났다. 아버지의 운명이 여기까지라면 받아들여야하지 않겠느냐는 생각이 들었다. 수개월 전에 먼저 세상을 떠나신 고모님 생각이 났다. 고모님도 너무 안타깝게 세상을 떠나셨는데, 고모님의 뒤를 이어 아버지도 안타깝게 세상을 떠나셨다는 것이 더욱 안타까울 뿐이었다. 밤새도록 나는 아버지의 영정 앞에 앉아 내 머릿속을 파고드는 생각들과 수많은 대화를 나누었다.

15

천붕지통(天崩之痛)의 고통 속에서 느낀 삶의 교훈

같은 동네에 살던 죽마고우 친구들은 모두 아버지를 소싯적에 떠나보냈다. 소싯적에 아버지를 떠나보내는 친구들의 마음이 어땠을까, 생각해 본다. 그 시절 소싯적에 아버지를 떠나보내고 홀어머니 밑에서 성장하는 친구들과는 달리 나는 아버지, 어머니 슬하에서 친구들과는 다른 가정환경에서 성장할 수 있었다. 그래서 늘 어린 마음이었지만, 부모님에게 감사하게 생각했다. 항상 부모님께 효도하려고 노력했다. 하지만 내게 없는 것이 친구들에게 있었다. 바로 할아버지와 할머니였다. 나는 할아버지와 할머니가 태어났을 때부터 안계셨다. 아버지가 7살 때 할머니가 돌아가셨고, 아버지가 14살 때에 할아버지가 돌아가셨다. 이 사실을 알고 나는 언제나 마음으로 아버지와 어머니가 오래오래 사시게 해달라고 마음으로 기도했었다. 소싯적부터 할아버지와 할머니가 있는 친구들이 그렇게 부러울 수 없었다. 내게도 할아버지와 할머니가 있으면 얼마나 좋을까, 하고 어린 마음에 생각했었다. 그

흔한 사진 한 장 없었다. 할아버지와 할머니 얼굴이 새겨진 흔한 사진 한 장 없었다. 그래서 나는 할아버지와 할머니 얼굴이 어떻게 생기셨는지도 모른다. 이것 또한 어찌 보면 내게 불행일 수 있다는 생각이 들었다. 하지만 친할아버지와 할머니는 아니지만, 할아버지 형제이신 둘째할아버지 내외분들과 막내할아버지 내외분들이 같은 동네에 사셔서 나를 많이 예뻐해 주셨다.

아버지가 돌아가신 후 친구들 생각을 많이 했다. 소싯적에 아버지를 떠나보낸 친구들의 심정을 헤아릴 수 있었다. 그 친구들에 비하면 그래도 아버진 오랫동안 자식들과 함께 세월을 보냈다는 것에 대해 마음의 위안을 삼고 싶었다. 그러나 내가 생각했던 거와는 달리 너무도 일찍 아버지는 세상을 떠나셨다. 나는 아버지가 거뜬히 팔순을 넘기실 줄 알았다. 또한 팔순을 넘기도록 건강하게 사시게 해달라고 정말 많은 시간 기도했었다. 그러나 아버진 59세라는 많지 않은 나이에 세상을 떠나셨다.

새벽에 잠시 주춤했던 비가 아침이 되자 다시 내리기 시작했다. 비가 내리니 답답했다. 장례식 마지막 날 만큼은 비가 내리지 않게 해달라고 기도했는데, 비가 내리니 정말 가슴이 답답했다. 아침 일찍부터 서둘러 선산으로 가기위해 준비했다. 일가친척들이 아침 일찍부터 찾아와 일손을 도왔다. 찾아와 일손을 돕는 분들이 너무 고마웠다. 아버지 영정 앞에서 교인들과 함께 발인예배를 드렸다. 발인예배 내내 나는 멍하니 아버지의 영정만을 바라보았다. 눈이 아팠다. 눈물을 얼마나 많이 흘렸던지 두 눈이 몹시 쓰렸다.

영안실에 있던 아버지의 주검이 밖으로 나와 운구차량에 실렸다. 목관 속에 잠들어 계실 아버지가 미치도록 보고 싶었다. 서울 종순이 고모가 오열하며 아버지를 불렀다. 빗속에서 오열하는 종순이 고모의 모습이 너무도 슬퍼 보였다. 사람들이 하나둘 장례차량에 몸을 실었다. 모두 차에 오르자 그제야 장례차량이 출발하였다. 장례식장을 떠나 선산으로 버스를 타고 이동했다. 버스를 타고 선산으로 이동하는 내내 비가 내렸다. 창밖으로 내리는 빗줄기들이 꼭 내가 흘리는 눈물 같았다. 버스 앞좌석에 앉아 창밖을 바라보았다. 온통 머릿속은 아버지에 대한 생각뿐이었다. 아버지와 함께 만들어왔던 추억들이 새록새록 머릿속에 떠올랐다. 또한 아버지에게 불효했던 기억들도 떠올랐다. 이런 추억들과 기억들이 날 울게 했다. 하염없이 눈물이 흘러 내렸다. 온몸이 기운이 없고 곧 쓰러 질 것 같은 몸 상태였다. 그러나 애써 힘을 냈다. 장례식이 끝나고 살아가야할 나날들이 걱정이 되었다. 건너편 좌석에 앉아 있는 어머니를 바라보았다. 어머닌 두 눈을 감고 계셨다. 아마도 기도를 하고 계신 것 같았다. 어머니가 무슨 기도를 드리고 계신지 궁금했다. 기도하는 어머니의 모습도 너무 슬퍼 보였다.

선산으로 향하는 내내 나는 마음으로 기도했다. 더 이상 비가 내리지 않게 해달라고 기도했다. 비를 맞고 행해야 될 하관식 이하 모든 절차들이 걱정이 되었다. 그런데 영광 대마에 이르자 더 이상 비가 내리지 않는 것이었다. 비가 그쳐 더 이상 비가 내리지 않자 그제야 마음이 놓였다. 그러나 하늘을 보니 여전히 비가 곧 쏟아질 것 같은 모습이었다. 영광 대마 선산 앞 도로에 이르렀다. 버스가 들어갈 수 없어 도로 변에 버스를 세워두고 선산까지 걸어 들어가야만 했다. 아버지의 주검이 든 목관을 1톤 트럭 뒤에 싣고 조심스레 선산 앞까지 들어갔다. 하늘을 보니 비는 내리지 않았지만, 검은 구름들이 가득했다.

"자자, 빨리 좀 서둡시다. 먹구름이 잔뜩 몰려오고 있네요."

숙부님이 말했다. 당숙들이 아버지의 주검이 든 목관을 들고 산을 올랐다. 그리고 작은집 동생 연표가 아버지의 영정 사진을 가슴에 끌어안아 들었다. 산을 올라 아버지가 영면하실 장소에 이르렀다. 몇몇 일군들과 포클레인이 보였다. 그리고 그곳에 목관이 들어갈 만한 크기에 구덩이가 직사각형으로 파여져 있었다. 구덩이를 본 순간 나는 다시 한 번 가슴이 터져버릴 듯한 고통을 겪었다. 그러나 애써 이겨내려 노력했다.

하관식이 시작되었다. 목사님의 사회로 시작된 하관식은 15분 정도 이어졌다. 하관식 내내 나는 눈물을 흘렸다. 하늘을 향해 소리라도 치고 싶을 정도로 답답했지만, 차마 소리칠 수 없었다. 그저 마음으로 하염없이 소리칠 뿐이었다. 아버지의 주검이 땅속으로 내려지는 순간 여기저기서 울음소리가 들려왔다. 믿을 수 없는 현실 앞에 나는 두 무릎을 꿇고 깊은 한숨과 함께 눈물을 흘렸다. 삽을 들고 흙을 떠 관을 향해 던지면서 얘기했다.

"아버지, 하나님 품에서 부디 평안하세요. 아무 걱정 마시고 편히 계세요."

어머니도, 현우도, 영은이도, 모두 힘겹게 삽을 들고 흙을 떠 떠나시는 아버지에게 뿌려드렸다. 눈물을 참지 못하시고 끝내 눈물을 흘리시는 어머니의 모습이 더 가슴을 아프게 했다.

하관식이 끝나자 포클레인이 달려들어 아버지의 주검이 든 석관을 흙으로 덮어버렸다. 그 모습을 마냥 지켜보는 내 심정은 이미 산사람의 심정이 아니었다. 차라리 아버지를 뒤따라가면 좋겠다는 생각이 들었다. 먼 길 떠나시는 아버지가 외롭지 않도록 나도 아버지를 따라 함께 세상을 떠났으면 좋겠다는 생각이 들었다. 이런 생각이 드는 순간 예수님의 모습이 눈앞에 보이는 듯했다. 가엾게 나를 바라보는 예수님의 모습도, 나를 호통 치시는 듯한 예수님의 모습도 보였다. 고개를 가로저으며 머릿속에 가득한 생각과 혼란스런 감정들을 이겨냈다.

점점 봉분(封墳)이 만들어져갔다. 일꾼들이 작업을 서둘렀다. 땅이 질퍽거려 작업하는데 애를 먹었다. 그런데 봉분이 어느 정도 형태를 갖추었을 때에 그만 포클레인이 고장이 나버린 것이었다. 포클레인이 고장이 나 더 이상 작업을 할 수 없었다. 어쩔 수 없이 새로운 포클레인을 가져와야할 상황이었다. 더 이상 작업을 할 수 없게 되자 일군들과 조문객들이 산 아래로 내려가 점심식사를 했다. 그러나 나는 도저히 산 아래로 내려갈 수 없었다. 그대로 봉분 앞에 쪼그리고 앉아 아버지를 생각하며 눈물을 흘렸다. 흐르는 눈물이 너무 독했다. 지독스럽게 독했다. 동생들도 산 아래로 내려가지 못하고 봉분 앞에 서서 눈물을 흘렸다.

숙부님과 몇몇 사람들만 남아서 남은 작업을 마무리 짓기로 하고 교인들과 조문객들이 하나둘 돌아갔다. 모두 돌아간 후 마지막으로 아버지에게 마음으로 인사를 건네고 돌아가기 위해 발걸음을 돌렸다. 그런데 도저히 발걸음이 떨어지지 않았다. 자꾸만 뒤돌아 선산을 바라보게 되었다. 뇌에서는 더 울라는 명령을 내리는 듯했지만, 이미 모든 눈물을 쏟아버려 더 이상 눈에서 눈물이 흘러내리지 않았다. 그냥 깊은 한숨과 함께 가슴이 너무 답답할 뿐이었다.

'아버지! 아버지를 이렇게 떠나보내게 될 줄은 정말 몰랐습니다. 정말 오랫동안 아버지와 행복하게 살고 싶었는데, 오랫동안 아버지에게 효도하며 살고 싶었는데, 모든 것이 이렇게 허망하게 끝나버렸네요. 앞으로 어찌 살아야할 지 모르겠습니다. 아버지 없이 내가 얼마나 힘을 내 견뎌낼 지 모르겠습니다. 지금의 슬픔이 정말 오랫동안 절 괴롭힐 것 같습니다. 그러나 아버지를 원망하지 않습니다. 다만 아버지가 너무 불쌍할 따름입니다.'

어머니 역시 발길이 떨어지지 않으신지 자꾸만 선산을 바라보셨다. 어쩌면 나보다도 어머니가 더 괴로우시고 고통스러우실 거라는 생각이 들었다. 어머니의 슬픔을 큰아들인 내가 먼저 헤아려야한다는 생각이 들었다. 아버지에게 못한 효도를 어머니에게 해야 한다는 생각이 들었다. 아버지를 떠나보내는 슬픔, 그리고 홀로 남으신 어머니를 생각하며 느껴지는 슬픔이 내가 제일 먼저 이겨내야 할 슬픔이란 것을 깨닫게 되었다.

아버지를 떠나보내는 고통을 천붕지통(天崩之痛)이라고 말한다. 아버지를 떠나보내는 고통은 하늘이 무너지는 고통과 같다는 말이다. 과거 친구들과 주위사람들이 아버지를 떠나보내는 고통을 느끼고 있을 때에 그 고통이 얼마나 큰 고통인지 가늠할 수 없었는데, 내가 아버지를 떠나 보내드려 보니 정말 하늘이 무너지는 고통이라는 것을 뼈저리게 느끼게 되었다. 나는 인생을 살면서 처음이자 마지막으로 천붕지통의 고통을 느꼈다. 이보다 더 큰 고통이 또 있겠는가. 천붕지통의 고통으로 인하여 내 삶과 내 생각과 내 영혼이 그만큼 인생의 깊이를 깨닫게 되었다는 생각도 하게 된다. 아버지의 죽음을 통하여 나는 세상을 향한 남다른 시선과 타인을 향한 남다른 시선, 그리고 삶을 향한 남다른 시선을 갖게 되었다. 과거에는 볼 수 없었던 것들을 이젠 볼 수 있게 된 것이다. 볼 수 없었던 것들을 볼 수 있게 된 것, 어쩌면 아버지가 돌아가시면서 세 아들에게 남겨주신 가장 큰 유산이라는 생각이 들었다.

16

유 산

　모든 장례절차를 마치고 집으로 돌아와 조용히 방안에 홀로 앉아 있었다. 잠시 멈췄던 비가 저녁이 되면서 다시 거세지기 시작했다. 지난 3일 동안 한숨을 자지 못해 온몸과 영혼이 극도로 피곤한 상태였다. 금방이라도 쓰러져 정신을 잃을 것 같은 느낌이 들 정도였다.

　날이 어두워지자 강한 두려움이 엄습했다. 말로 표현할 수 없는 두려움이었다. 다가온 두려움을 어떻게든 이겨내야 한다는 생각이 들었다. 이 두려움을 이겨내지 못하면 안 된다는 생각이 들었다. 나에게 다가온 두려움이 어머니나 동생들에게도 찾아가 모두를 힘들게 하고 있을 거란 생각이 들었다. 두려움을 이기기까지 많은 시간이 필요할 것 같았다. 시간이 많이 걸리더라도 꼭 이겨내야만 하는 두려움이었다.

　아버지가 성은아, 성은아, 라고 부르시는 것 같았다. 전화를 걸면 아버지가 받으실 것만 같았다. 핸드폰을 꺼내 아버지의 핸드폰 번호를 눌러보았다. 그러나 아버지는 전화를 받지 않았다. 다만 어떤 여인의 목소리가 들릴 뿐이었다.

　'지금 거신 전화는 고객의 사정으로 당분간 착신이 정지되어 있으니

확인하시기 바랍니다.'

여인의 목소리에 나는 깊은 한숨과 함께 두 눈을 감았다. 두 눈을 감으니 아버지에 대한 생각뿐이었다. 답답해서 도저히 혼자 집에 있을 수가 없어 어머니의 집으로 갔다. 어머니와 동생들이 걱정이 되어 어머니의 집으로 갔다. 집에 도착하여보니 어머니가 소파에 홀로 앉아 계셨다. 현우와 영은이는 자기들 방에 있었다. 어머니의 옆자리에 앉았다. 그리고 깊은 한숨을 내쉬었다. 어머니를 바라보았다. 얼이 빠진 사람처럼 어머닌 허공을 올려다보고 계셨다.

"어머니!!"

어머니를 불렀다. 어머니가 날 바라보았다. 어머니에게 뭐라 말을 해야 할 것 같았지만, 아무런 말을 할 수 없었다. 동생들이 거실로 나와 앉았다. 동생들의 얼굴을 보니 모두 슬픔에 잠긴 얼굴이었다. 지독스런 슬픔이 동생들의 얼굴 위에, 영혼 위에 짙게 깔려 있었다. 동생들의 얼굴을 보고 있으니 또다시 눈물이 날 것만 같았다. 입술을 깨물고 금방이라도 흘러내릴 것 같던 눈물을 억지스럽게 참아냈다.

"현우야, 가져 와라. 방명록하고 부조금."

현우가 방명록과 부조금을 가져와 거실바닥에 내려놓았다. 방명록을 차례차례 살펴보았다. 찾아와 조문해준 분들의 성명을 하나하나 살펴보았다. 모두에게 너무너무 고마웠다. 슬픔을 함께하며 위로해준 모든 분들에게 감사했다. 부조금을 살펴보니 장례식을 치르고도 꽤 많은 돈이 남았다. 우선은 어머니의 뜻대로 십일조를 떼었다. 부조금의 일부를 떼어 하나님에게 십일조로 바친다는 것이 왠지 생경스러웠다. 하나님을 마음으로 원망하고 있는데, 원망의 마음으로 십일조를 떼어 드린다는 것이 앞뒤가 안 맞는 듯했다. 그러나 어머니의 뜻이 너무도 완강하여 십일조를 떼었다. 그리고 나머지 부조금의 절반을 어머니에게 드렸다. 또한 현우와 영은이에게도 조금씩 나눠주었다.

"장례식에 찾아와 조문해준 분들에게 꼭 인사드려라. 식사대접이라도 해드려라."

동생들이 알겠다는 듯 고개를 주억거렸다.

"어쩌겠냐!? 이렇게 된 것을…. 하나님의 뜻으로 알고 모든 현실을 받아들이자. 아버지도 많이 슬퍼하실 것이다. 또 우리를 많이 걱정하실 것이다. 하루빨리 이 슬픔을 이겨내야지, 이겨내지 못하면 또다시 어려움이 찾아올 수 있다. 모두 힘내라."

어머니가 나직한 목소리로 말씀하셨다. 갑작스레 찾아온 현실, 도피하고 싶었지만, 피할 수 없는 현실, 맞서 이겨내야 하는 현실이 너무도 가혹했다.

"성은이는 삼우제가 끝나면 아버지가 남기신 것들을 하나하나 정리하도록 해라. 이것저것 잘 살펴서 아버지 유산 잘 정리하도록 해라."

어머니의 말에 알겠다고 대답했다. 아버지가 남기신 것들, 아버지가 남기신 유산들, 그러나 나는 전혀 관심이 없었다. 다만 아버지에 대한 생각들이 머릿속에 가득하여 다른 생각은 전혀 들지 않았다.

어머니와 동생들을 위로하고, 위로하고, 또 위로한 뒤, 저녁 늦게 집으로 돌아왔다. 저녁을 먹으라는 어머니의 말씀에 나는 아무 것도 먹지를 못했다. 입안에 아무 것도 넣을 수 없었다. 물 한잔 마시는 것조차도 아버지에게 죄송스럽게 느껴졌다. 집으로 돌아와 나는 거실 창가에 무릎을 꿇고 비 내리는 풍경을 바라보며 울었다. 가슴을 부여잡고 통곡하며 울었다. 아버지가 너무도 보고 싶었다. 아버지가 너무도 그리웠다. 숨조차 제대로 쉴 수 없는 그런 슬픔과 고통이었다. 밤새도록 잠을 이룰 수 없었다. 눈을 붙이려 애를 썼지만, 아버지에 대한 생각이 계속해서 끊이지 않고 이어지는 바람에 잠을 잘 수가 없었다.

다음 날, 나는 아무 것도 하지 않고 집안에 머물렀다. 멍하니 앉아 창밖만을 내다보며 시간을 보냈다. 하루속히 시간이 훌쩍 흘러가버렸으면 좋겠다는 생각이 들었다. 시간이 흐르고 흐르다보면 아버지를 향한 슬픔도 점점 사라질 것이라 생각되었다. 아버지를 향한 슬픔이 사라질지는 몰라도 아버지를 향한 그리움은 아마도 영원히 사라지지 않을 것 같았다. 하루 종일 홀로 보내는 시간이 너무도 길게 느껴졌다.

비가 조금씩 내렸다. 삼우제를 지내기 위해 선산에 가야했다. 아침 일찍 서둘러 어머니와 동생들과 함께 목사님 내외를 모시고 선산으로 향했다. 경화도 동행을 하였다. 선산으로 향하는 내내 마음이 무거웠다. 경화가 이런저런 얘기를 걸어왔지만, 나는 단지 대답만 할 뿐 아무런 말을 하지 않았다. 선산에 이르렀다. 차에서 내려 선산을 오르는데 다시 슬픔이 찾아들었다. 그러나 눈물은 나지 않았다. 아버지 무덤 앞에 섰다. 어머니가 눈시울을 붉혔다. 동생들 역시 슬픈 표정으로 무덤 앞에 섰다. 경화가 내 팔을 붙잡았다. 경화 역시 슬픔에 젖은 얼굴이었다. 목사님이 예배를 인도했다. 예배를 드리는 동안 나는 마음으로 기도했다.

'하나님!! 너무도 불쌍하게 세상을 떠나신 우리 아버지. 절대로 외면하시지 말고 꼭 주님 품안에서 평안하시도록 도와주세요. 제가 앞으로 받아야할 복까지도 아버지에게 주시어 불쌍하신 우리 아버지 주님 품안에서 평안히 쉬도록 도우소서.'

마음 한 구석이 너무도 무거웠다. 하나님께서 과연 아버지를 어떻게 인도 하실지 걱정스러워 마음이 너무 무거웠다. 천국에 가셨으리라 으레 생각이 되었지만, 다른 한편으로 또 다른 생각이 들기도 하였다. 마음으로 아버지를 위해 기도하고, 기도하고 또 기도했지만, 어떤 확실한 답을 얻을 수 없어 답답했다.

삼우제 예배를 마치고 선산을 내려오는 도중에 뒤돌아 마음으로 아버지를 불렀다.

'아버지, 맘 편히 계세요. 아들이 또 오겠습니다. 아무 걱정하지 마시고 맘 편히 계세요.'

발길이 좀처럼 떨어지지 않았다. 오랫동안 아버지와 함께 머물고 싶었지만, 그럴 수 없었다. 차를 타고 돌아오는 길에 나는 또다시 아버지를 위해 기도했다. 목사님 내외를 모셔다 드리고 식당에서 어머니와 동생들, 그리고 경화와 함께 식사를 했다. 식사하는 내내 모두가 침울한 표정이었다. 그러나 나는 가족에 소중함을 다시 한 번 절실히 느끼게 되었다. 어머니를 향한 시선도, 동생들을 향한 시선도, 그리고 경화를 향한 시선이 아버지 생전과는 사뭇 달라졌다. 모두가 내게는 너무도 귀한 존재라는 것을 가슴 깊이 깨닫게 되었다.

다음 날 오후, 아버지를 찾아갔다. 그리고 아버지 무덤가에 오랫동안 앉아 눈물을 흘렸다. 그리고 오후 늦게 돌아왔다. 집으로 돌아와 나는 멍하니 앉아 있었다.

다음 날, 또다시 아버지를 찾아갔다. 그리고 아버지 무덤가에 오랫동안 앉아 눈물을 흘렸다. 그리고 오후 늦게 돌아왔다. 집으로 돌아와 아버지 사진을 들여다보며 눈물을 흘렸다.

그리고 그 다음 날도, 또 그 다음 날도, 나는 아버지를 찾아갔다.

일주일 동안 나는 아무 것도 할 수 없었다. 그냥 멍하니 앉아 있을 뿐이었다. 아버지를 떠나보낸 후 첫 주일날 예배시간에 주체할 수 없는 슬픔 때문에 눈물을 흘리고 흘렸다. 하나님을 향한 원망의 목소리가 내 가슴 속에서 울려 퍼졌다. 그러나 하나님은 내 원망의 목소리를 듣지 않으신 것 같았다. 어떤 말씀이라도 해주시길 원했지만, 아무런 말씀도 해주시지 않았다. 예배시간 내내 하나님을 향한 원망의 넋두리만 쏟아내고 집으로 돌아왔다. 집으로 돌아와 오후 내내 홀로 있었다. 정말 알고 싶었다. 아버지가 하나님 품에 안기셨는지, 아님 하나님이 아버지를 외면하셨는지, 정말 궁금했다. 그래서 마음으로 하나님에게 기도했다. 응답을 달라고 기도했다.

그날 밤, 꿈을 꾸었다. 너무도 편안한 꿈이었다. 현우와 영은이가 책상 앞에 앉아 공부하고 있었다. 그런데 아버지가 다가와 현우와 영은이의 어깨를 주물러 주시는 게 아닌가. 동생들의 어깨를 주물러 주시는 아버지의 모습이 너무도 편안해 보였다. 함박웃음을 지으시며 동생들의 어깨를 주물러 주시는 아버지의 모습에 나는 그만 꿈속에서 눈물을 흘렸다. 슬픔의 눈물이 아닌 기쁨의 눈물이었다. 아버진 하나님 품에 안기신 것이었다. 하나님이 아버지를 외면하신 것이 아니었다. 이 사실이 내 가슴에 각인되었을 때에 나는 슬픔의 눈물이 아닌 기쁨의 눈물을 흘렸다. 아버지가 날 바라보셨다. 그리고 아무 말 하지 않으시고 고개를 끄덕이셨다. 동생들을 잘 부탁한다는 의미로 다가왔다. 나 역시 아버지에게 아무 말을 하지 않고 고개를 끄덕였다.

아침에 일어나 꿈을 생각하며 다시 하나님에게 기도했다. 원망의 기도가 아닌 감사의 기도를 드렸다. 또한 어머니를 위해서, 동생들을 위해서 기도했다. 그리고 내 자신을 위해서도 기도했다. 기도만이 살아남는 유일한 방법인 것 같았다.

새로운 한주가 시작되었다. 모든 슬픔을 뒤로 하고 아버지가 남기신 것들을 찾아 나섰다. 아버지는 그 누구보다도 성실한 분이었다. 아버지는 그 누구보다도 가족을 사랑하고 아들들을 사랑하신 분이었다. 소싯적에 부모님을 모두 여의시고 홀로 동생들과 함께 지독스런 가난

을 헤치며 살아오신 분이었다. 소부(小富)는 유근(有勤)이요, 대부(大
富)는 유천(有天)이라 하였다. 큰 부자는 하늘이 내리지만, 작은 부자
는 자신의 근면성실함으로 이룰 수 있다는 말이다. 아버지는 당신의
근면성실함으로 소부(小富)를 이루신 분이었다. 배운 것 많지 않고 가
진 것 아무 것도 없던 아버지가 남들로부터 부자란 소리를 듣게 된 것
은 모두가 아버지의 근면성실함 때문이었다. 아버지가 아들들에게 남
겨주신 가장 큰 유산은 바로 근면성실함이었다.

　넉넉했다. 부족함이 없었다. 아버지가 남겨주신 유산은 어머니와 세
아들이 세상을 살아가는데 있어 어려움 당하지 않고 넉넉하게 살 수
있을 정도로 충분했다. 너무너무 감사할 따름이었다. 아버지에게 너무
너무 감사했다. 평생 고통 속에서 가족을 위해 헌신하신 아버지에 대
한 존경심이 마음속에 생겨났다. 아버지가 남겨주신 유산 때문에 생겨
나는 존경심이 아닌 아버지가 가족들을 위해 헌신하신 그 마음에 대
한 존경심이 마음속에 생겨났다. 그리고 나 역시 아버지처럼 살겠다고
다짐했다. 아마 동생들도 나와 똑같은 생각을 했을 것이다.

17

삶과 죽음의 사이에서

　모든 문제가 하나님 뜻 안에서 하나하나 정리가 되어갔다. 실타래처럼 얽히고설켜 있던 문제들이 다행스럽게도 하나님 뜻 안에서 정리가 되어갔다. 어머닌 이 모든 것이 하나님이 돌보시기 때문이라고 말했다. 하나님이 돌보시기 때문이라는 말에 난 동감할 수 없었다. 이왕 돌봐주시려면 아버지가 돌아가시기 전에 돌봐주시지 아버지가 돌아가신 후에 돌봐주시면 무슨 소용이냐는 생각이 들었다. 마음으로 솟구치는 하나님을 향한 원망의 목소리가 날로 높아지는 듯했다. 마음을 자제하고 원망의 목소리가 아닌 감사의 목소리를 내야한다는 생각이 영혼 깊은 곳에서부터 솟구치고 있었지만, 원망의 목소리는 좀처럼 잦아들지 않았다. 어쩌면 나뿐만 아니라 동생들 역시 하나님을 향해 원망의 목소리를 부르짖고 있을 거라는 생각이 들었다.

　"기도원에 다녀와야겠다."

　어머니가 말했다. 기도원에 다녀와야겠다는 어머니의 말에 난 동감할 수 없다고 말하고 싶었지만 아무런 말을 하지 않았다.

　"아버지 돌아가시기 한 달 전부터 자꾸 아버지를 기도원에 데려가라고 성령께서 마음을 이끄셨는데, 기도원에 가면 아버지가 헌금한다고 뭐라 하실 까봐 가지를 못했는데, 아버지 모시고 기도원에 가지 못한 것이 지금은 한이 된다. 지금이라도 기도원에 가서 우리 가족 살려달라고 기도해야겠다."

우리 가족을 살려달라고 기도하겠다는 어머니의 말에 나는 가슴이 울컥거렸다. 그랬다. 나 역시 마음으로 하나님에게 살려달라고 수없이 기도했다. 육신을 살려달라는 것이 아닌 영혼을 살려달라고 기도했다. 아버지가 돌아가신 후로 영혼이 자꾸만 죽어가고 있는 듯했다. 삶과 죽음 사이에서 나는 허우적거리고 있었다. 사는 것이 무엇이며, 또한 죽는 것이 무슨 의미인지를 깨닫고 싶었다. 사는 것도, 죽는 것도 모두 허망할 뿐이라는 생각과 함께 내 마음과 영혼은 점점 염세적으로 변해가는 듯했다. 기실 나는 소싯적부터 유독 사색하는 것을 좋아해서 낙천적이기보다는 염세적인 면이 많았다. 하나님을 믿는 크리스천으로서 염세적으로 산다는 것은 분명 죄라는 생각을 하고 있었지만, 마음속을 가득 메우고 있는 성격과 생각은 쉽사리 변하지 않았다. 그래도 크리스천으로 살아가기 때문에 흔들리지 않고 주어진 인생을 살고 있다는 생각도 참 많이 했다.

"자꾸만 아파트에서 뛰어 내리고 싶다는 생각이 들어. 아파트에서 뛰어 내려도 괜찮겠다는 생각이 들더라고…."

동생 현우의 말에 나는 소스라치듯 놀랐다. 동생 현우가 이런 끔찍한 생각을 하고 있다는 것이 믿기지 않았다. 다가가 현우의 어깨에 손을 올렸다. 현우가 창밖을 바라보며 멍하니 앉아 있었다.

"현우하고 영은이를 데리고 남경산 기도원에 일주일 다녀올 테니, 성은이 넌 맘 편히 잘 있어라. 다음 주 월요일에 가야겠다. 성은이 너도 같이 가면 좋을 텐데…."

어머니 뜻에 따라 함께 기도원에 가고 싶었다. 그러나 일 때문에 갈 수가 없었다. 그러나 마음만큼은 가족들과 함께 동행 하고 싶었다. 또한 후회가 되었다. 아버지 생전에 함께 기도원에 한번 가보지 못한 것에 대한 후회가 뼈저리게 다가왔다.

"어머니, 하나 묻고 싶습니다."

어머니가 고개를 들어 날 바라보았다. 몇 번이고 맘속으로 고민하다가 어렵사리 물었다.

"아버지, 천국 가셨을까요? 그게 제일 걱정입니다."

내 물음에 어머니가 두 눈을 감고 고개를 주억거렸다. 현우가 창밖을 바라보던 시선을 어머니에게 돌렸다.

"엄마도 그게 제일 걱정이었다. 정말 하나님을 원망 많이 했다. 새벽 기도에 나가 아버지를 위해서 기도 많이 했다. 기도하는 도중 성령께서 마음에 이런 메시지를 주시더라. '내가 그 영혼을 품에 안았다.' 아버지를 성령께서 품에 안으셨단다. 얼마나 감사해서 울었던지 모른다. 산자만을 위해 기도하는 것이 아니다. 죽은 자를 위해서도 늘 기도해야 된다. 앞으로 우리가 아버지를 위해 할 수 있는 일은 아버지를 위해 늘 마음으로 기도하는 것이다. 결코 하나님은 아버지를 외면하시지 않으셨다. 아버지를 품에 안아주셨다."

어머니의 말에 나는 너무 감사했다. 너무도 편안하게 말씀하시는 어머니의 모습에 위로가 되었다. 하나님에게 감사의 기도를 올렸다. 산자를 위해서 뿐만 아니라, 죽은 자를 위해서도 기도해야한다는 어머니의 말이 가슴에 와 닿았다. 아버지를 위해 늘 기도해야한다는 어머니의 말에 나는 늘 아버지를 위해 기도하려고 노력했다.

걸어서 집으로 돌아왔다. 집으로 걸어오는 동안 마음으로 기도했다. 아버지를 위해 기도했다.

'하나님, 불쌍한 우리 아버지! 주님 품에 안아 주심을 감사합니다. 제가 이 세상을 살면서 하나님으로부터 받아야할 복이 있다면 불쌍한 우리 아버지에게 주시어 이 땅에 사시면서 누리지 못한 행복, 주님 나라에서 누릴 수 있도록 도와주소서. 아버지에게 건강이 필요하다면 지금의 제 건강을 가져가시어 아버지에게 주시어 주님 나라에서는 아프지 않고 건강하게 계실 수 있도록 도와주소서. 먼 훗날, 다시 아버지를 뵐 수 있을 때까지 아버지와 어머니, 그리고 사랑하는 동생들, 모두 모두 지켜주소서.'

기도하는 동안 눈물을 흘렸다. 슬픔의 눈물이 아니었다. 감사의 눈물이었다. 하나님을 향한 감사의 눈물이었다. 더 이상 하나님을 향한 원망의 목소리가 가슴 속에서 들려오지 않았다. 어느덧 하나님을 향한 감사의 목소리가 가슴 속에서 들려오는 듯했다.

책상에 앉아 아버지의 유품들을 정리했다. 평생 간직하고 싶은 아버지의 유품들을 정리했다. 가끔씩 아버지의 유품들을 꺼내보며 아버지와의 추억을 회상하고 싶었다. 아버진 내 가슴속에 계셨다. 늘 가슴속에 아버지를 모시고 대화하고 싶으면 대화하고, 보고 싶으면 마주보고, 서로 부둥켜안고 싶으면 부둥켜안을 수 있도록 아버질 내 가슴 속, 가장 깨끗한 곳에 모셨다.

아버지의 사진을 들여다보았다. 작은 증명사진 하나, 아버지 젊은 시절의 사진이 내 지갑에 고이 간직되어 있었다. 한동안 아버지의 사진을 내려다보았다. 어느덧 눈가에 눈물이 고였다. 갑자기 핸드폰이 울렸다. 어머니의 전화였다.

"어머니, 무슨 일이세요?"

"영은이가 사고가 났다고 한다."

"네, 영은이가 사고 났다고요?"

난 놀란 표정으로 아버지 사진을 내려다보았다.

"무슨 사고가 어떻게 났는데요?"

"트럭이 뒤에서 들이받았다고 한다. 현우하고 지금 가려고 하는데…"

"아뇨, 어머닌 집에 계세요. 제가 영은이에게 전화를 해서 제가 갈 테니."

전화를 끊고 서둘러 집을 나섰다. 차를 몰고 사고 현장으로 가면서 영은이에게 전화를 걸었다. 비가 내리고 있었다. 도로는 빗물에 젖어 조금이 미끄러운 듯했다.

"어떻게 된 거냐?"

영은이가 전화를 받았다.

"여기 서광주 톨게이트인데요, 갑자기 뒤에서 트럭이 제 차를 받아버리잖아요?"

"많이 다쳤냐?"

"허리를 좀 다쳤어요. 차가 박살이 났는데요."

"알았다. 형이 갈 테니 사고 현장 그대로 보전하고 있어라."

전화를 끊고 급히 달려갔다. 아버지가 생각이 났다. 아버지가 보고 싶었다. 사실 내일 어머니와 현우, 영은이가 기도원에 가기로 약속이 되어 있었다. 기도원에 가기로 약속이 되어 있는데, 영은이가 사고가 났다고 하니 심적으로 혼란스러웠다. 마귀가 장난을 치는 게 아닌가 하는 생각이 들기도 했다.

'하나님 도와주세요. 자꾸 이렇게 힘들게 하시면 어떻게 합니까? 도와주세요.'

마음으로 기도했다. 하나님 밖에 의지할 분이 없었다. 그러나 기도해도 하나님은 어떤 응답도 내려주지 않으셨다.

사고 현장에 도착했다. 그런데 사고 현장이 이미 정리된 상태였다. 가해차량 운전자가 자신의 과실을 인정했다. 가해차량 운전자가 사고 처리와 보험처리를 해주기로 했다. 연락처와 차량번호, 주민번호를 받았다. 영은이의 차를 살폈다. 98년도에 아버지가 어머니에게 선물로 안겨주신 마티즈 차량이었다. 마티즈 차량의 후미가 완전히 박살이 나 있었다. 폐차를 시켜야할 상태였다. 다행이 영은이는 허리와 무릎 쪽에 경미한 상해를 입은 상태였다. 그만하길 다행이라는 생각이 들었다.

영은이는 순천 친구 집에 다녀오는 길이라고 했다. 감자 캐는 작업을 돕고 돌아오는 길이었다고 말했다. 평소 같으면 영은이에게 호통을 치겠지만, 아무런 말을 하지 않았다. 마티즈 차량을 레커차량에 실려 공업사로 보냈다. 그리고 영은이와 함께 집으로 돌아왔다. 집으로 돌아오는 길에 동생 영은이와 이런저런 얘기를 나눴다. 경찰공무원이 되기 위해 군을 제대한 후로 공부에 전념해온 동생이 안쓰러웠다. 경찰에 대한 꿈을 이루기 위해 노력하는 동생을 위해 더 많이 기도 해줘야겠다고 생각했다. 시험을 몇 주 앞두고 아버지가 돌아가시는 바람에 영은이는 시험을 제대로 잘 치루지 못했다. 그러나 언젠간 하나님께서 영은이에게 경찰공무원 합격의 영광을 안겨 주시리라 나는 믿어 의심치 않았다.

집으로 돌아오니 어머니와 현우가 기다리고 있었다. 어머니가 영은이에게 달려들어 좀 어떠냐고 물었다. 영은이는 허리가 많이 아프다고 했다. 내일 기도원에 가기로 되어 있는데, 사고가 나서 모두 혼란스러웠다.

"내일 기도원에 가시는 거 어떻게 하실 겁니까?"

내 물음에 어머니가 대답했다.

"영은이는 병원에 입원시키고 현우하고 둘이 다녀와야겠다. 마귀가 기도원에 간다고 하니 장난을 치는 모양이다. 정신 똑바로 차려라. 그래도 이만하길 다행이다."

마귀가 장난치는 모양이라는 어머니의 말에 나도 모르게 이를 악물었다. 정말 마귀란 놈을 잡아 죽이고 싶었다. 뭣 때문에 우리 가족을 이렇게 힘들게 하는지 마귀란 놈을 잡아 갈기갈기 찢어 죽이고 싶었다.

영은이는 병원에 입원했다. 허리 통증이 심했다. 어쩔 수 없이 영은이는 병원에 입원하여 입원치료를 받아야만 했다. 영은이도 함께 기도원에 가지 못한 것이 못내 아쉬워했다.

다음 날, 아침 일찍 어머니는 현우와 함께 남경산 기도원으로 갔다. 기도원은 장성에 있었다. 소싯적에 어머니를 따라 기도원에 갔었던 기억이 많다. 어머니와 현우를 기도원에 보낸 후 나는 매일 기도했다. 걷다가도 기도하고 운전하다가도 기도하고 밥을 먹다가도 기도하고 TV를 보다가도 기도하고, 모든 삶의 초점을 기도에 맞췄다. 매일 병원을 찾아 영은이를 위로했다. 평소 형제지간에 살갑게 대화를 제대로 나누지 못했는데, 이젠 내가 아버지 입장에서 동생들을 이끌어야한다는 생각에 동생들을 살갑게 대하려고 노력했다.

어머니의 기도, 현우의 기도, 그리고 나의 기도, 영은이의 기도가 매일매일 계속되었다. 온가족이 하나가 되어 기도했다. 기도만이 살길이라는 것을 가족 모두 알고 있었다. 온가족은 삶과 죽음사이에 서 있었다. 아니 이 세상 모든 사람은 삶과 죽음사이에 서 있다. 그러나 자신이 삶과 죽음 사이에 서 있다는 것을 깨닫고 있는 사람은 많지 않을 것이다. 삶과 죽음 사이에 서 있는 것이 두렵게 느껴질지 모르지만, 어쩌면 삶과 죽음 사이에 서 있는 것이 그 어떤 것보다도 자연스러운 일일지도 모르겠다. 삶과 죽음 사이를 자연스럽게 받아들이는 것, 이것이 바로 우리가 신앙을 같고 살아가는 이유가 아닐까 생각된다.

아버지가 기도하는 모습이 보였다. 두 무릎을 꿇고 가족을 위해 기도하시는 아버지의 모습이 보였다. 눈물을 흘리며 가족을 위해, 아들들을 위해 기도하시는 아버지의 모습이 보였다. 기도하시는 아버지의 모습에 난 눈물을 흘리며 다시 아버지를 위해 기도했다.

더 이상 아버진 삶과 죽음 사이에 서 계시지 않았다. 죽음을 뛰어넘은 아버지에겐 영원한 생명만이 있을 뿐이었다.

18

하나님의 뜻은 무엇입니까?

또 다른 고통이 내 앞에 서 있었다. 피할 수 있으면 피하고 싶은 고통이었다. 평소 좌우명으로 생각했던 말이 떠올랐다. '피할 수 없으면 즐겨라.' 항상 주어진 인생을 살아오면서 피할 수 없으면 즐기겠다는 생각으로 지금까지 살아왔다. 그러나 때론 피할 수 없지만, 피하고 싶은 일들이 내 앞을 가로막곤 했다. 피할 수 없는 일들이 내 앞을 가로막을 때면 애써 피하려고 하지 않았다. 죽이 되던 밥이 되던 맞서 싸우려고 했다.

그러나 경화와의 문제는 맞서 싸울 용기가 나지 않았다. 경화에게 있어 나는 어찌되었든 죄인이었다. 경화를 만나 일 년 간 교재를 하면서 많은 우여곡절이 있었지만, 아버지의 죽음은 그 어떤 우여곡절보다도 큰 사건이었다. 경화에게 너무도 큰 고통을 안겨준 것 같아 그녀 앞에서 제대로 고개를 들 수조차 없었다. 나를 위로하려고 노력하는 그녀를 볼 때마다 가슴이 울컥거렸다. 만약 견디기 힘들어 나를 떠나겠다고 하면 그렇게 하라고 말하고 싶었다. 그러나 그녀는 단 한 번도 내게 내 곁을 떠나겠다고 말하지 않았다.

"며느리 사랑은 시아버지 사랑인데, 내겐 시아버지 복은 없나봐."

경화의 말에 나는 고개를 푹 숙였다. 그녀가 별다른 생각 없이 말한 거라 생각되었지만, 그녀의 말이 너무도 내 가슴을 아리게 했다. 아버지 역시 며느리 사랑 한번 제대로 받지 못하고 떠나신 것이 너무 가슴 아팠다.

"주말에 아버지가 시골에 내려오래? 같이 갈 거지?"

경화의 말에 나는 대답할 수 없었다. 갈 수가 없었다. 경화 부모님을 뵐 수가 없었다. 뵐 용기가 나지 않았다. 경화뿐만 아니라 경화 부모님에게도 너무 큰마음의 짐을 안겨드린 것 같아 죄송스러울 뿐이었다.

"왜 아무 말이 없어?"

경화가 물었다. 깊은 한숨을 내쉬고 경화를 바라보았다. 그리고 말했다.

"아직은 갈 수가 없다. 두 분께 너무 큰마음의 짐을 안겨드린 것 같아 죄송스러울 뿐이다. 앞으로 어떻게 해야 될지 모르겠다."

"어떻게 해야 될지 모르겠다니? 그게 무슨 소리야? 나하고 헤어지기라도 하겠다는 거야?"

경화의 물음에 나는 아무 말을 할 수 없었다. 어쩌면 나는 마음속으로 경화와의 이별을 생각하고 있는지도 몰랐다. 다가올 상황들을 감당할 자신이 없었다.

"아버님 돌아가신 게 오빠 탓이 아니잖아. 물론 아버님 돌아가신 거 가슴 아픈 일이야. 그렇다고 우리 결혼 문제가 아버님 일 때문에 문제가 될 것은 아니잖아. 맘 편히 생각해. 어차피 한번은 시골에 계신 부모님을 찾아 봬야 하니 이번 주말에 같이 가도록 해."

경화의 말에 나는 어쩔 수 없이 알겠다고 고개를 끄덕였다. 그러나 이미 나는 모든 자신감을 잃고 있었다. 결혼이고 뭐고 다 때려치우고 싶었다. 그냥 되는 대로 살고 싶었다. 집으로 돌아와 노트북 앞에 앉았다. 주말에 영광에 그냥 갈 수가 없었다. 경화 부모님에게 죄송스러워 아무런 말을 할 수가 없을 것 같아 간단히 편지를 쓰려고 했다. 막상 노트북 앞에 앉았지만, 어떤 말을 어떻게 써야할 지 아무런 생각이 나지 않았다. 근 한 시간동안 노트북을 켜놓은 채 떠오르는 생각들을 겨우 정리하여 편지를 써내려갔다. 편지를 써내려가는 동안 많은 사람들의 얼굴이 떠올랐다. 아버지의 얼굴, 어머니의 얼굴, 동생들의 얼굴, 그리고 경화의 얼굴, 경화의 부모님의 얼굴, 숙부님의 얼굴, 돌아가신 고모님의 얼굴도 떠올랐다. 편지는 쓰는 동안 많이 울었다. 울지 않으려 했지만, 흘러내리는 눈물을 어찌할 수 없었다.

하나님의 뜻이 무엇인지 늘 생각했다. 크리스천으로서 주어진 인생을 살면서 늘 하나님의 뜻이 무엇인지를 고민하며, 그 뜻에 따라 살아가려고 하는 것이 크리스천으로서의 도리요, 자세라고 생각했다. 그러나 하나님의 뜻을 헤아리기란 참으로 어려운 일이었다. 어찌 이 부족한 죄인이 하나님의 뜻을 이해할 수 있겠는가. 분명 하나님의 뜻이 있으셔서 아버지를 데려가신 것이 분명했다. 아버지의 죽음을 통하여 하나님의 뜻을 헤아리려고 많은 시간 기도했다.

"엄마 생각엔, 너희들이 너무도 아버지를 극진하게 생각해서 하나님이 아버지를 데려가셨다는 생각이 든다."

어머니의 말을 가슴에 새기고 깊이 생각해 보았다. 아버진 아들들밖에 몰랐고, 아들들은 아버지 밖에 몰랐다. 아버지와 아들 사이가 각별했던 것은 분명하다. 아들들 모두가 아버지가 얼마나 많이 고생하며 인생을 살아오셨는지 잘 알기 때문에 아버지를 향한 사랑이 각별했던 것이 사실이다. 그렇다고 아버지를 향한 사랑이 하나님을 향한 사랑보다 크지 않았다고 생각한다. 그러나 하나님은 아버지를 향한 사랑이 당신을 향한 사랑보다 더 크다고 생각하셨던 모양이다. 그래서 아버지를 그토록 일찍 데려가신 것일지도 모르겠다는 생각이 든다.

"맘 편히 생각해라. 하나님이 너를 잘 인도하여 주실 것이다. 경화와의 결혼 문제로 고민할 것 없다. 하나님이 뜻이 있으시면 경화와 결혼하도록 길을 열어주실 것이고, 하나님의 뜻이 없으시면 경화와 결혼하지 못하게 하실 것이다. 그냥 하나님의 뜻에 따라 생각하고 행동해라. 경화네 부모님 만나 뵙고, 무슨 말씀을 하시는 지 잘 듣고 나서 생각하고 행동해라."

어머니의 말에 고개를 주억거렸다. 경화네 부모님을 만나 뵈러 가는 것이 두려웠다. 어찌 아셨는지 어머니가 날 위로하며 격려해 주셨다. 마음을 다잡았다. 하나님이 이끄시는 대로 행동하겠다고 생각했다.

토요일 오후에 경화와 함께 영광에 내려갔다. 영광으로 내려가는 발걸음이 너무도 천근만근 무거웠다. 곧 비라도 쏟아질 것 같은 하늘의 모습이었다. 차라리 비라도 내렸으면 좋겠다는 생각이 들었다.

"아무 걱정 하지 마. 우리 부모님 좋으신 분들이야. 아버님 돌아가신 것 가지고 가타부타 오빠에게 뭐라 하지 않으실 거야. 그러니 너무 걱정 하지 마."

경화의 말이 더 걱정 되게 했다. 걱정하지 않으려 애를 썼지만, 워낙 내 자신이 신경이 예민하고 걱정을 많이 하는 스타일이라 걱정이 많이 됐다. 애써 마음을 비우려고 했다. 마음을 비우고 편안한 마음으로 경화의 부모님을 만나 봬야겠다고 생각했다.

시골에 도착했다. 차를 주차시키고 시골 마당으로 들어서기 위해 걸음을 옮겼다. 경화 아버지가 큰 나무를 가져다가 작업을 하고 계셨다. 조심스럽게 다가가 인기척을 한 후 고개를 숙여 인사를 건넸다.

"왔는가?"

짧은 물음과 함께 내게 손을 내미셨다. 손을 내밀어 악수를 했다. 한없이 측은하게 바라보시는 경화 아버지의 눈빛이 제대로 바라볼 수 없었다.

"방에 들어가 있게. 나도 곧 들어감세."

경화와 함께 방으로 들어갔다. 이삐(애완견의 이름)가 다가와 꼬리를 흔들며 우리를 반겨주었다. 경화 어머니의 모습이 보였다. 고개를 숙여 인사를 건넸다. 방으로 들어가 무릎을 꿇고 앉았다. 가시방석에 앉아 있는 느낌이었다. 이삐가 다가와 꼬리를 흔들며 재롱을 부리기 시작했다. 이삐를 내려다보고 있으니 개 팔자가 상팔자라는 속담이 떠올랐다. 때론 사람 팔자가 개 팔자보다도 못할 때가 있는 것 같았다.

경화의 아버지가 방으로 들어왔다. 나는 자세를 바로 했다. 고개를 푹 숙인 채 방바닥만을 주시했다. 아버지 생각이 스쳐 지나갔다. 나를 향해 미안해하는 아버지의 모습이 떠올랐다.

"아버님은 잘 보내 드렸는가?"

경화 아버지 물음에 네, 라고 짧게 대답했다. 한동안 침묵이 흘렀다. 뭐라 말을 해야 된다는 생각이 떠올랐지만, 어떤 말을 해야 할 지 고민이 되었다. 마른 침을 삼킨 후 어렵사리 말을 했다.

"두 분께 면목이 없습니다. 너무 큰마음의 짐을 안겨드릴 것 같아 죄송스러울 따름입니다."

"그런 생각하지 말게. 우리는 자네가 걱정이네. 우리 걱정하지 말고 자네 맘이나 잘 추스르게."

경화 아버지가 말씀하셨다. 너무 감사했다. 오히려 날 걱정하시는 모습에 너무 감사했다.

"이제 자네 어깨가 무겁겠구먼. 이젠 어머니 잘 모시고, 동생들 잘 이끌려면 자네가 힘을 내야하네. 그러니 마음 잘 추슬러 힘을 내기 바라네. 아버지 돌아가신 것, 정말 가슴 아픈 일이지만, 자네 잘못이 아니니 너무 맘에 담아두지 말게."

경화 아버지는 날 위로하기 위해 조심조심 말씀하셨다. 잘 알겠다는 말밖엔 할 말이 없었다. 경화 어머닌 내가 온다고 하니 닭백숙을 준비해 두셨다. 함께 모여 저녁 식사를 먹는 동안 나는 몇 번이고 가슴이 울컥거려 힘들었다. 턱관절이 심하게 부어 있어 제대로 입을 벌릴 수가 없었다. 음식을 겨우겨우 씹어 목구멍 속으로 흘러 내렸다.

식사를 마치고 잠깐 동안 TV를 보며 시간을 보내다 경화가 그만 돌아가자는 눈치를 보내오자 주머니에서 편지를 꺼냈다.

"제게 두 분께 드릴 말씀이 많은 것 같은데, 제대로 아무런 말씀을 드릴 수가 없어서 편지를 써왔습니다."

경화 아버지에게 편지를 건네 드렸다. 편지를 받아보시고 고개를 주억거리셨다.

"담에 또 찾아뵙겠습니다."

인사를 건네고 뒤돌아 시골집을 빠져 나오는데, 맘이 편안했다. 무거운 마음으로 찾아왔는데, 무거운 마음을 떨쳐버리고 가벼운 맘으로 돌아갈 수 있어 너무 감사했다. 어머니의 말이 떠올랐다. 하나님의 뜻을 생각해 보았다. 너무도 나약한 존재이기 때문에 하나님의 뜻을 잘 헤아릴 수 없지만, 그래도 하나님은 날 사랑하신다는 사실을 헤아릴 수 있었다. 경화와의 문제로 많은 시간 고민하고 걱정했지만, 더 이상 걱정하지 않아도 되겠다는 생각이 들었다. 경화와의 결혼문제, 하나님이 이끄시는 대로 따르겠다고 돌아오는 길에 오랫동안 생각했다.

- 아버님, 어머님, 보시옵소서. -

　지루하게만 느껴졌던 장마가 점점 물러가는 모양입니다. 하루가 멀다 하고 쏟아지던 장맛비도 이젠 자취를 감춰 버리고 소리 없이 내리는 빗줄기만이 거리를 고즈넉하게 만드는 것 같습니다. 뉴스를 보니 전국적으로 국지성 호우로 인하여 많은 비 피해를 입었다는 소식을 접했습니다. 비 피해는 없으신지요? 영광에도 꽤 많은 장맛비가 내렸다는 소식을 들었는데, 비 피해는 없으신지 염려가 됩니다.

　올해 장마는 제게 너무도 큰 아픔을 가져다주었습니다. 아직도 믿어지지가 않습니다. 갑작스런 아버지의 죽음으로 인해 저는 세상을 바라보았던 고개를 그만 떨구고 말았습니다. 아버지를 떠나보내는 고통이 천붕지통의 고통이라고 말하는데, 정말 하늘이 무너지는 고통보다도 더 큰 고통이 저의 영혼과 육체를 짓누르고 있습니다. 많은 분들의 위로를 받고, 또한 많은 분들에게 격려를 받았지만, 아직도 아버지를 향한 그리움을 사라지지 않고 시간이 흘러 갈수록 아버지에 대한 안타까움과 걱정이 더해가는 것 같습니다.

　또한 갑작스런 아버지의 부음으로 인하여 사랑하는 경화와, 그리고 아버님, 어머님 두 분께, 그리고 형님과 동윤이에게 너무도 큰마음의 짐을 안겨드린 것에 대해 면목이 없고 너무도 죄송스러울 따름입니다. 이 죄를 앞으로 어찌 감당해야할 지 모르겠습니다. 소리 죽여 남몰래 울기도 참 많이 울었습니다. 하루에도 여러 번 눈시울을 붉힐 때면 사랑하는 경화와, 그리고 두 분 아버님, 어머님 생각이 참 많이 났습니다. 가슴으로 밀려드는 커다란 고통은 어느덧 삶의 큰 교훈으로 다가왔습니다. 누구나 한번은 겪어야 하는 일이라 하지만, 너무 빨리 다가온 현실이 너무 매정하게 느껴질 따름입니다.

　사람이 살고 죽는 것이 하늘의 뜻에 달려 있다하지만, 환갑도 넘기시지 못하고 세상을 등지신 아버지가 너무도 안타깝고 안타깝습니다.

정말 남의 일로만 생각했던 일이 막상 제 앞에 일어나고 보니 사는 게
아무 것도 아니라는 생각이 듭니다. 오로지 자식 밖에 모르셨던 아버
지…. 그리고 아버지 밖에 몰랐던 아들들…. 세상 모든 자식들에게 아
버지의 존재가 남다르겠지만, 제게 있어 아버지의 존재는 정말 남달랐
습니다. 비록 배운 것 없고, 가진 것 많지 않으셨지만, 그 분은 몸소 행
동으로 주어진 인생을 어떻게 살아야 하는 지를 자식들에게 보여 주
셨습니다.

소싯적에 부모님을 모두 여의시고, 홀로 여동생과 남동생을 데리고
정말 외롭게 인생을 살아오셨습니다. 지독스런 가난 속에서 제대로 된
배움도 가져 보지 못하셨고, 기본적으로 누려야할 행복조차도 누리지
못하셨습니다. 부모님 없이 그 어린 나이에 당신께 주어진 동생들을
어떻게 키워 내셨는지 때론 신기할 때도 있었습니다. 같은 연배의 친
구들은 책가방을 들고 학교에 갈 때 아버지와 숙부님은 지게를 지고
들녘에 나가 일을 하셨습니다. 남의 집 놉 생활을 하시면서도 늘 떳떳
하셨던 아버진 어린 시절 늘 동생들 생각 뿐이셨습니다. 비록 부모님
없이 유년시절과 청소년 시절을 보냈지만, 아버진 동생들을 향한 마음
만큼은 끔찍했습니다. 동생들을 출가시킬 때 당신께서 땀 흘려 모았던
전답을 내어 주셨던 아버진 동생들에게도 큰 귀감이 되었습니다.

저는 집안 어른들을 통해 아버지가 어떻게 살아오셨는지를 어린 시
절부터 듣게 되었습니다. 비록 간접적으로 아버지의 삶을 경험할 수
있었지만, 어린 나이에 얼마나 아버지가 고통스런 삶을 이어오셨는지
를 잘 알 수 있었습니다. 오로지 가족들을 위해 앞만 바라보며 달려오
신 아버지…. 늘 당신께서 세상을 뿌려놓은 세 아들을 위해 자신의 몸
하나 제대로 돌보지 않으셨던 아버지…. 저는 늘 그 분의 건강과 안위
를 걱정했으며, 아들로서, 장남으로서 최선을 다해 효도하려고 노력했

습니다. 그런데, 아버진 제게 제대로 효도할 기회조차 주시지 않고 세상을 떠나셨습니다. 가슴에서 피가 흘러나올 정도로 안타깝고 괴롭습니다.

어린 시절, 비가 오나 눈이 오나 바람이 부나 새벽 5시가 되면 잠에서 깨어 대충 물에 밥을 말아 드시고 일터를 향해 집을 나서시는 아버지의 쓸쓸한 뒷모습을 방안에서 숨어 보며 참 많이 울었습니다. 나중에 자라면 꼭 고생하시는 아버지를 호강시켜 드려야겠다는 생각을 가슴에 새기곤 하였는데, 이토록 아버지가 허망하게 세상을 떠나실 줄 알았더라면, 조금 더 빨리, 조금 더 극진하게 아버지를 생각하며 자식으로서 옆을 지켰을 것인데, 너무도 아쉽습니다. 하늘이 원망스럽습니다.

장례를 마치고 마음을 추스르기 위해 어머니와 동생들과 함께 기도원에 다녀왔습니다. 눈물을 흘리며 기도하는 도중에 성령님의 음성을 듣게 되었습니다. '너무 걱정하지 마라. 내가 그의 영혼을 끌어안았다.'라는 음성을 듣게 되었습니다. 혹 아버지가 하늘에서 편치 않은 모습으로 계실까, 두려웠는데, 다행히 아버진 좋은 곳에서 맘 편이 계십니다. 마음의 위로가 되었지만, 다시는 아버지를 뵐 수 없다는 생각이 들 때면 주체할 수 없이 가슴이 뭉클해지며 눈물이 흘러내리곤 합니다.

시간이 많이 필요할 것 같습니다. 아버지를 향한 그리움과, 그리고 안타까움, 또한 아버지의 죽음을 받아들이기까지 시간이 많이 필요할 것 같습니다. 이겨내려고 애를 쓰고 있습니다. 어머닌 세 아들을 살리시기 위해 너무도 애를 쓰고 계십니다. 어머니의 모습도 너무 안타깝습니다. 이젠 아버지에게 다하지 못하는 효도를 어머니에게 하고자 합니다. 늘 신앙의 힘으로 인생의 우여곡절을 이겨 내오신 어머니를 본받아 앞으로 견디고, 견디고 또 견디어 내어 아버지에게 부끄럽지 않은 큰 아들이 되도록 노력하겠습니다.

두 분 아버님, 어머님께도 최선을 다하겠습니다. 고생하시는 두 분을 생각할 때면 마음이 무거울 때가 많습니다. 본의 아니게 경화와 그리고 두 분 아버님, 어머님께 너무도 큰마음의 짐을 안겨드려 죄송합니다. 앞으로 죄인 된 맘으로 살아가겠습니다. 하루속히 마음을 추스르도록 노력하겠으며, 주어진 삶 속에 큰 행복과 성공을 거두어 나가도록 하겠습니다.

다시 한 번 두 분 아버님, 어머님께 너무도 큰마음의 짐을 안겨드려 면목 없으며 죄송합니다. 앞으로 죄인 된 맘으로 살겠습니다. 지켜봐 주십시오.

2009년 7월 25일
이 성은 올림

19

아버진 낙원에 계십니다

월요일 아침에 어머니와 현우는 짐을 챙겨 장성에 있는 남경산 기도원으로 떠났다. 함께 기도원에 동행하고 싶었지만, 일 때문에 갈 수 없어 마음이 무거웠다. 함께 동행 할 순 없었지만, 늘 마음으로 기도했다. 아버지가 돌아가신 후로 무척이나 기도하는 시간이 많아졌다. 천붕지통(天崩之痛)의 고통 속에서 내가 얼마나 나약한 존재임을 뼈저리게 깨달았다. 하나님이 한시라도, 한순간이라도 도와주시지 않으면 살아 숨 쉴 수 없다는 것을 깨닫게 된 것이었다. 하루에 한 번씩 병원을 찾아가 동생 영은이를 위로했다. 교통사고가 꽤 크게 났지만, 다행히 몸에 큰 부상은 없었다. 다만 허리와 무릎통증이 심하다고 했다. X-RAY 촬영을 했다. 별 이상이 없다고 했다. 그런데 계속 영은이가 허리통증을 호소했다. 어쩔 수 없이 MRI 촬영을 했다. 그런데 디스크 증세가 있다는 결과가 나왔다. 디스크 증세가 있다는 말을 듣고 많이 걱정이 되었다. 해병대 부사관을 제대한 후, 경찰공무원의 꿈을 갖고 공부를 시작해온지 어느덧 3년의 시간이 흐르고 있었다. 군 생활하면서 벌어두었던 돈도 바닥이 났고, 어느덧 동생도 서른을 앞두고 있는 시점이라 스트레스도 많고 걱정도 많을 게 분명했다. 그런데 형으로서 동생에게 아무것도 해준 것이 없어 너무너무 미안했다. 제대로 하나님에게 동생을 위해 기도했던 적이 없었다는 생각과 함께 미안함이 지속되었다.

'영은아!! 너는 경찰공무원 시험에 끝까지 도전해라.'

아버지가 영은이에게 남기신 말이 생각났다. 아버진 영은이가 경찰공무원이 되기를 누구보다도 바라셨다. 그리고 영은이를 많이 걱정하셨다. 영은이가 언젠간 경찰공무원이 되리라 믿는다. 분명 하나님께서 길을 열어주시리라 믿는다. 경찰 제복을 입은 동생의 모습이 눈앞에 그려진다. 경찰 제복을 입은 늠름한 동생의 모습을 보시지 못하고 돌아가신 아버지가 너무 안타까울 따름이었다.

"얼마 전에 본 시험 결과는 나왔니?"

내 물음에 동생이 아직 나오지 않았다고 말했다. 동생의 얼굴이 굳어 있는 것을 보니 이번 시험에도 실패한 모양이었다. 사실 동생은 소방공무원 시험을 준비하려고 했었다. 그런데 소방공무원보다는 경찰공무원이 더 나을 것 같아 동생에게 뜻을 바꾸라고 말했었다. 그런데 경찰공무원 시험이 소방공무원 시험보다 훨씬 어렵고 힘들다는 사실을 나중에게 알게 되었다. 동생은 소싯적부터 공부 머리가 없었다. 그런 동생에게 경찰공무원 시험에 도전하게 했으니, 본인 스스로가 얼마나 힘들고 괴롭겠는가. 그러나 어찌되었든 한번 시작했으니 끝을 볼 때까지 형으로서 동생을 도와주고 싶었다.

"마음을 비워라. 마음을 비우고 때를 기다려라. 분명 언젠간 문이 열릴 날이 다가올 것이다. 아버지가 늘 말씀하셨던 경찰공무원 시험에 끝까지 도전하라는 말씀을 늘 마음에 새기고 노력하고 노력해라. 만약 네가 경찰공무원 시험에 합격한다면 그 누구보다도 아버지가 기뻐하실 것이다. 기뻐하실 아버지를 생각하며 조금만 더 노력해라."

내 말에 동생이 알겠다는 표정으로 고개를 주억거렸다. 침대 옆자리에 성경책이 보였다. 동생이 성경을 읽는 모양이었다. 복잡한 마음을 다스리기 위해서 성경을 읽는 모양이었다. 동생의 어깨를 몇 번 두드려준 뒤 병실을 빠져 나왔다. 병실을 빠져 나온 뒤 깊은 한숨을 내쉬었다. 입에서 하나님, 하나님, 이란 말이 여러 번 흘러 나왔다. 앞길이 캄캄하다는 생각이 들었다. 내 문제도, 동생들 문제도 캄캄했다. 모든 것이 얽히고설켜 풀리지 않을 것처럼 내 앞에 서 있는 듯했다.

교회에 가서 주일날 예배를 드리면 어머니 옆자리에 앉아 계시던 아버지의 모습이 아른거렸다. 돌아가시기 얼마 전부터 아버진 어머니의 뜻에 따라 교회에 나가셨다. 그토록 모질게 교회에 대한 반감을 가지고 계셨던 아버지가 교회에 나가 헌금도 하고 예배를 드린다는 것이 믿어지지 않았다. 또한 가슴으로 얼마나 감사했는지 모른다. 소싯적부터 아버지와 함께 교회 다니기를 그토록 간절히 원했었다. 아버지와 함께 세례를 받기 위해서 일부러 세례를 받지 않고 기다리기도 했었다. 혼자 세례를 받던 날, 얼마나 울었는지 모른다. 아버지와 함께 세례를 받지 못한 것이 너무도 가슴에 남았다.

늘 쓸쓸한 모습으로 예배를 드리던 아버지의 뒷모습을 바라보며 기도했었다. 아버지가 오래오래 사실 수 있도록 해달라고, 아버지가 건강을 회복하게 해달라고, 아버지가 더욱 하나님과 가까워질 수 있게 해달라고 기도했었다. 그런데 하나님은 내 기도를 들어주시지 않았다. 내 기도를 들어주시지 않은 하나님을 많이 원망했다. 그런데 가만히 눈을 감고 생각해 보면 하나님은 내 기도를 들어주신 것이었다. 아버지는 그 누구보다도 하나님과 가까워지셨다. 또 죽음을 뛰어 넘어 영생을 얻으셨다. 그 어떤 것보다도 아버지가 영생을 얻으신 것은 감사하고, 또 감사할 일이었다.

'시편 107편 19-20절 말씀, 꼭 묵상할 것.'

문자가 날아들었다. 동생 현우에게서 날아온 문자였다. 시편 107편 19-20절 말씀을 꼭 묵상하라는 동생의 문자를 받고 곧장 성경책을 펴 구절을 살펴보았다.

'이에 그들이 그들의 고통 때문에 여호와께 부르짖으매 그가 그들의 고통에서 그들을 구원하시되 그가 그의 말씀을 보내어 그들을 고치시고 위험한 지경에서 건지시는 도다. -시편 107편 19-20절 말씀-'

말씀을 여러 번 반복해서 읽었다. 그랬다. 나 역시 고통 때문에 여호와께 수없는 시간들을 부르짖었다. 아버지를 위해서 수없는 시간을 여호와께 부르짖었다. 말씀을 묵상하면 묵상할수록 너무도 가슴에 와 닿아 눈물이 절로 났다. 어머닌 늘 내게 말씀을 묵상하고 그 말씀대로 실천하며 살라고 말씀하셨다. 그러나 돌아보면 말씀대로 살지 못한 점이 너무 많다. 그래서 괴롭고 너무 하나님에게 죄송스럽다.

동생에게 전화를 걸었다. 그런데 동생이 전화를 받지 않았다. 깊은 산속이라 전화가 안 터지는 모양이었다. 동생에게 전화가 걸려오기를 기다리며 말씀을 계속해서 묵상했다. 하나님이 보였다. 아버지가 보였다. 어머니가 보였다. 동생들이 보였다. 말씀 속에 살아있는 역동적인 성령의 힘을 기대했다.

기다리던 동생에게서 전화가 왔다.

"현우야, 보내준 문자는 잘 받았다. 말씀이 너무 가슴에 와 닿는구나."

"형도 같이 올 것 그랬어요. 이곳에 오니 너무 맘이 편하네요."

“어머닌, 어쩌시냐?”

“저녁 먹고 예배 준비하고 계세요.”

“그래, 맘 편히 먹고 아버지를 위해, 그리고 어머니를 위해, 그리고 영은이를 위해 많이 기도해라.”

“예, 걱정 마세요.”

전화를 끊었다. 현우의 목소리가 많이 편안해 진 것 같아 맘에 놓였다. 기도원에 간 것이 참 잘한 일이라 생각되었다. 다른 한편으로 아버지 생전에 모시고 기도원에 가지 못한 것이 너무도 아쉬웠다.

저녁에 다시 어머니에게서 전화가 걸려왔다.

“맘이 확 트이는 것 같구나. 그토록 찾고자 했던 해답을 기도원에 와서 깨닫게 되는구나. 나중에 다시 다함께 기도원에 오자. 김대성 목사님의 말씀이 너무너무 좋구나. 하나님이 목사님의 말씀을 통해 우리를 깨닫게 하시려고 인도하신 모양이다.”

김대성 목사님의 말씀이 너무너무 좋다는 어머니의 말에 목사님의 말씀을 듣고 싶다는 충동이 일었다. 나중에 기회가 되면 꼭 그분의 말씀을 듣겠다고 다짐했다.

다음 날, 또 현우에게서 문자가 날아들었다.

‘이사야 26장 19절 말씀, 여러 번 반복해서 읽어보세요.’

문자를 받고 곧장 성경을 찾았다. 그리고 말씀을 찾아 읽어보았다.

‘주의 죽은 자들은 살아나고 그들의 시체들은 일어나리이다. 티끌에 누운 자들아 너희는 깨어 노래하라. 주의 이슬은 빛난 이슬이니 땅이 죽은 자들을 내놓으리로다. -이사야 26장 19절 말씀 -’

말씀을 묵상하는 도중 나는 소스라치고 말았다. 주의 죽은 자들이 다시 살아난다는 말씀에서 경악을 금치 못했다. 모두 다 알고 있는 사실이지만, 말씀을 통해 다시 한 번 깨닫게 되니 소름이 끼칠 정도로 말씀이 가슴에 와 닿았다. 말씀을 오랫동안 반복해서 읽으며 말씀 속에 들어 있는 하나님의 뜻을 찾으려 노력했다. 말씀이 그토록 가슴에 와 닿을 수 없었다.

다음 날에도 동생에게서 문자가 날아들었다.

'에스겔 37장 12-13절 말씀 묵상할 것. 아버진 분명히 낙원에 계십니다.'

아버지가 낙원에 계시다는 동생의 문자를 받고 한동안 멍하니 허공을 올려다보았다. 동생이 뭔가를 깨달은 모양이었다. 아버지가 낙원에 계신다는 것을 영적으로 본 모양이었다. 곧장 성경을 찾아보았다.

'그러므로 너는 대언하여 그들에게 이르기를 주 여호와께서 이같이 말씀하시기를 내 백성들아 내가 너희 무덤을 열고 너희로 거기에서 나오게 하고 이스라엘 땅으로 들어가게 하리라. 내 백성들아 내가 너희 무덤을 열고 너희로 거기에서 나오게 한즉 너희는 내가 여호와인 줄을 알리라. - 에스겔 37장 12-13절 말씀 -'

말씀은 내 영혼과 골수를 찔러 쪼갰다. 너무너무 말씀이 가슴에 와 닿았다. 이렇게까지 성경말씀이 내 영혼을 흔들어 놓을지 몰랐다. 말씀을 읽고, 읽고, 또 읽고, 읽으면 읽을 때마다 다가오는 감동은 너무너무 컸다.

어머니와 현우와 함께 기도원에 가지 못한 것이 아쉬웠다. 생업을 포기하고라도 함께 기도원에 가서 큰 은혜를 받는 것이 더 소중한 것이었다는 것을 늦게야 알게 되었나. 그러나 동생이 보내준 문자를 통해 알게 된 성경말씀만으로도 나는 충분히 깨우치고 깨달을 수 있었다. 인생에 대한 새로운 시선과, 삶에 대한 남다른 시선을 갖게 된 것 같았다.

어머니와 현우가 5일 간의 기도원 생활을 마치고 집으로 돌아왔다. 어머니가 내게 말씀하셨다.

"8월 넷째 주에 김대성 목사님이 다시 집회하러 기도원에 오신다고 하더라. 그 때는 함께 기도원에 가도록 하자. 이번엔 헌금을 가지고 가야겠다. 너희들을 위해 엄마가 목사님에게 축복기도를 부탁하려니 성은이는 헌금을 준비하도록 해라. 1인당 200만원씩 준비하면 되겠다."

어머니의 말에 나는 갈등했다. 1인당 헌금을 200만원씩이나 준비하라 하시니 갈등이 될 수밖에 없었다. 그러나 어머니의 뜻을 거부할 수 없었다. 하나님으로부터 우리 삼형제 축복받을 수만 있다면 200만원 아닌 더 큰 헌금이라도 할 수 있다는 생각이 들었다.

8월 넷째 주에 하루 날을 잡아 헌금을 들고 남경산 기도원으로 갔다. 어머니와 동생들이 먼저 가고 나는 일을 보고 나중에 갔다. 기도원까지는 꽤 먼 거리였다. 기도원으로 가는 도중 몇 번이고 시험이 들었다. 헌금에 대한 시험이었다. 아깝다는 생각, 헌금을 괜히 하는 게 아닌가, 라는 생각이 들었다. 그러나 생각을 지우고 하나님께서 베풀어 주실 축복만을 생각했다.

기도원에 도착했다. 그런데 김대성 목사님이 바빠서 집회를 오시지 못하셨다고 기도원 관계자가 말했다. 아쉬웠다. 정말 꼭 뵙고 싶었는데, 너무 아쉬웠다. 여름대성회가 끝났지만, 김대성 목사님의 집회를 일주일 연장하려 했는데, 목사님께서 바쁜 일이 있으셔서 올라가셨다고 했다. 대신 그분의 동생이신 김재영 목사님이 대신 집회를 이끄셨다. 김재영 목사님이 이끄시는 집회에 참석하여 은혜를 받았다. 그리고 점심을 먹었다. 점심을 먹고 밖으로 나와 커피를 마시고 있는데, 김재영 목사님이 다가오셔서 날 보더니 악수를 청하시며 이렇게 말씀하셨다.

"큰 분이신 모양입니다. 반갑습니다."

나더러 큰 분이라고 말씀하시니 면구스러웠다. 내 모습이 큰 분으로 보이신 모양이었다. 고개를 숙여 정중히 인사를 건넸다. 어머니가 목사님을 보시고 다가가셔서 인사를 건네고 축복기도를 부탁하셨다. 마침 목사님이 점심 약속이 있으셔서 잠시 밖에를 나갔다오셔야 된다고 말씀하셨다. 축복기도는 오후에 해주신다고 말씀하셨다.

"아니, 김대성 목사님한테 축복기도를 받으러 왔지, 저 목사님한테 축복기도 받으러 온 게 아니잖아요."

어머니에게 말했다.

"어떤 목사님한테 축복기도를 받는 것이 중요한 게 아니고 너희들 마음이 중요하단다. 이곳에 청소년 수련관을 건축하려고 한다더라. 헌금 드리면 좋은 곳에 쓰일 것이니 너무 걱정마라."

어머니의 뜻에 따랐다. 나도 함께 김재영 목사님에게 축복기도를 받고 싶었지만, 오후에 일이 있어 점심 먹고 광주로 돌아왔다. 대신 오후에 어머니와 동생들이 목사님으로부터 축복기도를 받았다. 그리고 목사님이 나를 위해서 축복기도를 해주셨다고 어머니가 나중에 말씀해 주셨다.

축복기도를 받았다는 것에 대해서도 감사했지만, 무엇보다도 하나님에게 우리 삼형제가 하나의 마음으로 다가섰다는 것에 대해 감사했다. 일평생 살면서 형제지간에 우애하면서 하나님 안에서 베풀어주실 축복을 기대하며 열심히 살겠다고 마음으로 다짐했다. 언젠간 분명히 하나님께서 우리 삼형제에게 큰 축복을 내려주시리라 믿어 의심치 않는다.

현우가 김대성 목사님의 설교 테이프를 사가지고 왔다. 테이프를 가져다가 반복해서 들었다. 말씀을 통해 영혼을 깨우게 하는 귀한 말씀

이었다. 말씀을 듣는 동안 그동안 알지 못했던 성경의 진리를 깨닫게
되었다.

20

길고도 긴 8월을 보내며

무더운 8월이 시작되었다. 지루하게 계속되던 장마가 끝이 났다. 장마가 끝이 나자 매일 쏟아지는 햇살 속에서 느껴지는 더위는 사람을 무척이나 초라하게 만드는 것 같았다. 아버지를 떠나보낸 뒤 나는 내심 하루속히 시간이 흘러갔으면 했다. 시간이 모든 것을 해결해준다는 말을 믿고 시간의 흐름 속에 내 맘과 영혼을 맡겼다. 시간은 멈추지 않고 흘러갔다. 어디로 흘러가는 것인지 모를 일이지만, 정확한 간격을 두고 시간은 유유히 흘러갔다. 시간이 쌓이고 쌓이면 세월이 된다. 세월이 흐르면 모든 것이 변하기 마련이다. 세월은 사람의 생각과 감정까지도 변하게 만드는 강력한 힘이 있는 듯하다. 그래서 세월이 약이란 말도 있는 모양이다. 제아무리 과학이 발달하고 문명이 발달한다 하여도 인간이 결코 넘어설 수 없는 영역이 있다. 바로 시간이다. 시간의 흐름 앞에 인간은 너무도 나약한 존재임을 거부할 수 없다. 세상을 뒤엎을 만한 능력이 있는 사람도, 셀 수 없을 만큼의 재물이 있는 사람도, 무소불위의 권력을 가진 사람도 시간 앞에 무릎을 꿇을 수밖에 없는 것이다. 이처럼 시간은, 세월은 무서운 것이다. 하지만 많은 이들이 시간의 무서움, 세월의 무서움을 알지 못하고 살아가는 것 같다.

나는 아버지가 돌아가신 후로 시간이, 세월이 빨리 흘러갔으면 했다. 그래서 아버지를 떠나보낸 슬픔을 빨리 이겨내고 싶었다. 그러나 세월은 결코 빨리 흘러가지 않았다. 소리 없이 유유히 흘러 갈 뿐이었다.

어머닌 자식들을 위해, 그리고 교회를 위해 힘을 내려 애쓰셨다. 아들로서 지켜보는 어머니의 모습은 안타까움, 그 자체였다. 내가 어머니를 위해 할 수 있는 것은 오직 기도뿐이었다. 늘 마음으로 기도했다. 아침에 눈을 뜨자마자 나는 늘 기도했다. 제일 먼저 아버지를 위해 기도했다. 아버지의 평안과 안녕을 위해 기도했다. 그리고 어머니를 위해 기도했다. 어머니의 건강과 신앙을 위해 기도했다. 또한 동생들을 위해 기도했다. 동생들이 마음의 품고 있는 슬픔을 이겨내고 자신들이 계획하고 있는 소망들을 이룰 수 있도록 힘을 달라고 기도했다. 밤에 잠자리에 들 때도 아침에 드린 기도와 똑같이 가족을 위해 기도했다. 기도만이 오직 살 길이었다.

아침저녁으로 다소 서늘한 바람이 불기 시작했다. 가을이 성큼성큼 다가오고 있었다. 무더위와 함께 했던 슬픔도 어느덧 조금씩 사그라들기 시작했다. 아버지를 떠나보내 드린 것이 엊그제 같았는데, 어느덧 49제가 다가왔다. 아버지를 떠나보낸 후로 49일이나 지났다는 것이 새삼 믿기지 않았다. 지나간 시간들을 반추해 보았다. 슬픔을 이겨내기 위해 애를 썼던 시간들 속에서도 소중한 것들을 발견할 수 있어 마음에 위로가 되었다. 아버지라는 거대한 산을 잃어버렸지만, 그 거대한 산을 오를 수 있는 힘을 얻게 되었다. 아버지 살아생전에는 몰랐던 것들을 아버지가 돌아가신 후로 하나하나 깨달을 수 있었다. 깨달음이 아버지라는 거대한 산을 오를 수 있는 힘으로 다가오기 시작했다. 아버지를 떠나보내 보지 않고는 결코 깨달을 수 없는 큰 깨달음이 내 몸과 영혼을 굳세게 붙들기 시작했다.

새벽부터 비가 내린 모양이었다. 아침에 일어나보니 온 대지가 촉촉이 빗물에 젖어 있었다. 일어나 한동안 움직임 없이 창밖을 바라보았다. 하얀 안개가 짙게 내려앉아 있었다. 한동안 창밖을 바라보고 있는데, 어머니에게 전화가 걸려왔다. 어머니의 전화를 받고 정신을 차렸다. 정신을 차리고 정결한 마음을 갖기 위해 노력했다. 아버지를 찾아간다는 생각에 가슴이 떨렸다. 아들들을 기다리고 계시는 아버지의 모습이 눈앞에 아른거렸다. 어머니의 집으로 가 어머니와 동생들과 함께 아침식사를 했다. 식사를 마치고 동생들과 함께 영광 대마로 향했다. 아버지가 남기신 유품들과 아버지의 성함이 하나라도 적힌 사소한 종잇조각이라도 버리지 않고 모아둔 것들을 가지고 영광 대마로 향했다. 동생들은 아무런 말이 없었다. 다들 마음속으로 뭔가를 골몰히 생각하는 모습이었다. 내가 아버지를 추억하듯이 동생들도 아버지를 추억하는 모양이었다.

독일의 작가 잔 파울은 '우리들이 쫓겨나지 않고 지낼 수 유일한 낙원은 추억이다.' 라고 말했다. 아버지와 함께 만들었던 추억들을 마음에 새겨둘 수 있어 감사했다.

영광 대마로 향하던 길에 구멍가게에 들려 우유 500cc를 하나 샀다. 아버지에게 드리려고 우유를 샀다. 아버진 살아생전에 술을 전혀 못하셨다. 맥주 한잔만 마셔도 얼굴이 벌겋게 상기될 정도였다. 술을 한잔 드시고 벌겋게 상기된 얼굴로 웃으시던 아버지의 모습이 그리워진다. 술을 못하시는 아버지를 위해 소주대신 우유를 샀다. 영광 대마 선산에 도착했다. 멀리 아버지의 무덤이 보였다. 금방이라도 눈물이 날 것 같았다. 차를 세워두고 삽과 호미, 그리고 아버지의 유품들, 그리고 태워버려야 할 것들을 가지고 동생들과 함께 선산에 올랐다. 선산에 오르는 마음이 천근만근 무거웠다. 아버지의 주검과 함께 선산을 찾았던 날이 생각났다. 그 때의 기억이 머릿속에 또렷이 기억되었다. 숨쉬기조차도 힘들게 느껴졌던 그 때의 기억이 어느덧 하나의 추억으로 다가왔다.

아버지 무덤 앞에 섰다. 비가 잦아들어 이슬비가 내리기 시작했다. 아버지 무덤 주위로 잡초들이 무성하게 자라 있었다. 잡초들을 본 순간 아버지에게 너무 죄송스러웠다. 아버지 무덤 앞에 쪼그리고 앉아 마음으로 기도를 했다.

'하나님, 우리 아버지 주님 품안에서 평안하게 하소서. 주님 품안에서 평안하게 하소서.'

기도를 마치고 제초작업을 시작했다. 현우에게는 아버지의 유품들과 온갖 서류와 우편물들을 태우게 했다. 현우에게 정성들여 태우도록 당부를 했다. 남루하기 그지없는 아버지의 옷가지들을 보니 얼마나 아버지가 검소한 삶을 살아오셨는지를 다시 느낄 수 있었다. 영은이와 나는 무덤 주위에 무성하게 자라 있는 잡초와 풀들을 삽과 호미를 가지고 제거하기 시작했다. 작업은 2시간 가까이 진행되었다. 다행이 비가 세차게 내리지 않아 작업엔 지장이 없었다. 나는 잡초를 제거하는 동안 마음으로 장례식 때에 기억을 떠올리며 시를 한편 마음속에 써내려갔다. 시를 써내려가는 동안 나는 마음으로 눈물을 흘렸다. 마음으로 흐르던 눈물이 어느덧 눈에서도 흘러 내렸다.

- 비오는 날, 빗물이 눈물이 되어 -

슬프디 슬픈 장맛비가 추적추적 내리던 오후

전화기 저편에서 들려오는 울먹이는 어머니 목소리
빗속에 서서 하염없이 하늘을 올려다보며 울부짖자
두 눈에서 눈물이 흐르고 가슴엔 설움의 핏물이 흐르네.

싸늘한 주검이 되어 버린 아버지를 붙들고 오열하며
'아버지! 아들 왔어요. 아버지! 아들 왔어요.' 라고 외치는 내 모습
두 눈에 맺힌 잔인한 슬픔이 편안한 아버지의 얼굴 위에 떨어지고
'하나님! 이럴 순 없습니다. 정말 이럴 순 없습니다.' 라고 외치자
어느새 아버지 얼굴 위로 피어나는 슬프디 슬픈 하얀 꽃.

응급실 침대 옆에서 기적을 고대하며 아버지를 내려다보는 사람들
천붕지통의 고통이 가족들의 영혼과 몸을 잔인하게 짓눌러 오고
20분 동안 지속되던 심폐소생술이 멈추고 하얀 시트로 아버지의 얼굴을 덮자
그제야 아버지의 운명을 받아들이고 다시 오열하는 남겨진 사람들

장례기간 동안 계속되던 장맛비는 먼 길 떠나시는 아버지의 눈물 같고
남겨진 사람들의 눈에서 흐르는 눈물은 어느덧 한편의 인생이 되었네.
아버지가 영면하실 영광 대마로 떠나는 차 안에서 아버지와의 추억이 살아나고
한 평생 고생만 하신 아버진 세 아들에게 큰 별이 되었네.

큰 별이 지네. 큰 별이 지네. 너무도 슬프게 큰 별이 지네.

삼베옷 입고 한줌 흙으로 돌아가시는 아버지여!!

부디 평안하소서. 무거운 삶의 짐을 내려놓고 주님 품 안에서 편히 쉬소서!

어느덧 비는 멈추고 산바람 불어와 내 몸과 영혼을 위로하네.

도저히 발길 떨어지지 않아 오랫동안 아버지 무덤 앞을 서성거리네.

하늘을 올려다보니 기러기 한 마리 먼 하늘 위로 유유히 날아가네.

2009년 8월 30일

칠칠제(七七齊)에 아버지 무덤 앞에서

　마음으로 시를 써내려가는 동안 잡초들로 무성했던 아버지의 무덤은 깔끔하게 정리가 되었다. 또한 아버지가 살아오면서 남기신 유품들과 옷가지들은 어느덧 한줌 재로 변해버렸다. 한줌 재로 변해버린 아버지의 유품들과 옷가지들을 내려다보고 있으니 인생이 참으로 허무하다는 생각이 떠올랐다. 한줌 재로 변해버린 아버지의 흔적들을 땅속에 다시 묻어드렸다. 그리고 동생들과 함께 아버지 무덤 앞에 섰다. 하늘을 올려다보니 다시 비가 내릴 모양이었다. 잠시 후 빗줄기가 굵어지기 시작했다. 한동안 아버지 무덤 앞에 서 있었다. 도저히 발길이 떨어지지 않았다. 어디선가 익숙한 소리가 들려왔다. 들려오는 소리에 귀 기울려 보았다.

　'아들아! 걱정하지 마라. 걱정하지 마라. 아버진 괜찮다.'

　아버지의 목소리였다. 어디서 들려오는 소리일까. 주위를 두리번거려 보았다. 그러나 들려오는 소리는 내 마음에서 들려오는 소리였다. 마지막으로 눈을 감고 아버지를 생각하며 기도했다. 동생들 역시 눈을 감고 아버지를 위해 기도했다.

　뒤돌아 선산을 내려오는데, 너무도 발걸음이 무거웠다. 천근만근 무거운 발걸음을 겨우겨우 이끌고 선산을 빠져 나왔다. 도로변에 차를 세워두고 선산을 바라보았다. 아버지의 무덤은 보이지 않았다. 선산 위에 아버지의 얼굴이 그려졌다. 편안한 모습으로 아들을 바라보는 아버지의 얼굴이 보였다. 아버지를 향해 고개를 숙였다. 그리고 다시 차를 타고 집으로 돌아왔다. 집으로 돌아오는 길에 동생들에게 이런저런 얘기를 해주었다. 서로가 서로를 의지하며 돌아가신 아버지의 유지(有志)를 받들어 형제지간에 우애하며 살아가자고 동생들과 약속했다.

　그렇게 길고도 긴 8월이 지나가고 있었다. 슬픔의 8월이 지나가고 있었다.

21

사랑이 오다

"오빠, 나 몸이 좀 이상해."

갑작스런 경화의 말에 조금 당황스러웠다. 며칠 전부터 경화는 내게 몸이 좀 이상하다는 말을 자주했다. 몸이 이상하다는 말을 듣고 처음에는 감기몸살이 걸린 모양이라 생각했지만, 자꾸 몸이 이상하다는 말을 듣게 되니 몸살이 아닌 다른 뜻이 있는 것 같다는 생각이 들었다.

"몸이 어떻게 이상한데?"

내 물음에 경화는 단박에 대답하지 못하고 이맛살을 찌푸리고 깊은 한숨을 내쉬었다. 그리고 어렵게 입을 열어 말을 이어갔다.

"아마도 나 임신한 것 같아."

임신한 것 같다는 경화의 말에 나는 순간 온몸이 굳어버리는 듯한 느낌을 받았다. 나는 아무런 말을 하지 못하고 경화의 얼굴을 빤히 쳐다볼 뿐이었다. 뭐라 말을 해야 할 것 같았지만, 너무 당황스러워 아무 말을 하지 못했다.

"뭐라 말을 좀 해."

"어, 그래. 확실한 거야?"

"그냥 느낌이 그래."

느낌이 그런다는 말이 좀체 이해가 가지 않았다. 확실히 검사를 해 보지도 않고 임신한 것 같다고 말하는 경화가 어리숭하게만 느껴졌다. 경화를 데리고 약국으로 갔다. 임신 테스트기를 하나 구입하여 집으로 가 테스트를 해보았다. 경화가 욕실에 들어가 임신테스트를 하는 동안 내 머릿속에는 이런저런 생각들이 끊임없이 이어졌다. 평소 나는 하루빨리 아빠가 되고 싶다는 생각을 자주했다. 이런 생각에 비추어 보면 경화가 임신한 것은 너무도 기쁜 일이었다. 반면 결혼도 안한 상태에서 임신이 되어 버린다면 많은 사람들에게 비웃음거리가 될지도 모른다는 생각이 들어 마음이 무거웠다.

"오빠, 어떡해?"

경화가 욕실에서 나오면서 날 불렀다. 경화의 얼굴을 보니 임신이 확실했다. 순간 나는 헛웃음을 웃고 말았다. 뭐라 말을 해야 할지 몰랐다. 축하한다고 말을 해야 할지, 아님 버럭 화를 내야할 지 한동안 생각이 정리가 되지 않았다. 나는 한동안 아무 말 없이 의자에 앉아 있었다. 경화도 의자에 앉았다. 경화는 내가 무슨 말을 해주기를 바라고 있었다. 나 역시 무슨 말이든 해야 한다는 생각이 들었지만, 좀체 입이 떨어지지 않았다. 아버지가 생각났다. 어머니가 생각났다. 아버지가 어떻게 생각하실지, 어머니가 어떻게 생각하실지, 또한 동생들은 어떻게 생각할지 걱정이었다. 또한 경화네 아버지, 어머닌 어떻게 생각하실지 걱정이었다. 기쁨도 잠시 걱정이 끊임없이 이어졌다.

"오빠, 서운하다. 내가 임신한 것이 잘못한 거야? 오빠도 빨리 아이 갖고 싶다고 했잖아. 막상 내가 아이 갖게 되니깐, 당황스러워?"

경화가 많이 서운한 얼굴로 말했다. 살며시 경화를 끌어안았다. 한동안 끌어안고 있었다. 아무런 말을 하지 않았다. 한 아이의 아빠가 된다는 것에 대해 깊이 생각해 보았다. 내가 아빠가 된다는 것이 믿어지지 않았다.

"내일 병원에 가보자."

내 말에 경화가 고개를 끄덕였다. 경화가 많이 실망한 얼굴로 나를 오랫동안 바라보았다.

밤새도록 잠을 이루지 못했다. 돌아가신 아버지 생각이 참 많이 났다. 아버지에게 손자손녀 하나 안겨드리지 못한 것이 가슴이 아팠다. 아버지 역시 내게 하루빨리 결혼하라고 재촉하시며 손자손녀를 품에 안고 다니는 친구 분들이 부럽다는 말을 자주했었다. 아버지에게 손자손녀 하나 안겨드리지 못한 것이 그토록 가슴이 아플 수가 없었다. 조금만 더 일찍 서둘러 결혼하여 가정을 꾸리고 아이를 낳았더라면 아버지에게 할아버지로서의 행복과 기쁨을 누리게 해드렸을 것인데, 라는 아쉬움과 후회가 막심했다. 아버지 생각이 밤새도록 이어졌다. 경화가 임신한 것에 대해 아버지도 무척 기뻐하실 거라는 생각이 들었다.

아침 일찍 산부인과 병원을 찾았다. 병원에 들어서니 얼굴이 화끈거렸다. 좀체 얼굴을 제대로 들 수가 없었다. 병원 소파에는 진료를 기다리고 있는 산모들이 몇 명 있었다. 경화가 진료 등록을 하고 소파에 앉았다. 나는 자리에 앉지 못하고 서 있었다. 경화도 많이 긴장이 되는 모양이었다. 경화의 어깨를 두드리며 마음 편히 가지라고 말했다. 잠시 후 간호원이 경화의 이름을 불렀다. 경화가 내 얼굴을 올려다보았다.

"들어가자."

경화가 자리에서 일어났다. 그리고 진료실 안으로 들어갔다. 나도 무거운 마음으로 진료실 안으로 들어갔다. 아리잠직하게 보이는 젊은 여의사가 앉아 있었다. 가볍게 인사를 나눴다.

"임신 여부를 알고 싶어서 찾아왔습니다."

경화가 약간은 떨리는 목소리로 말했다. 나는 아무 말 없이 경화를 지켜보았다.

"그러세요. 자, 안으로 들어가시죠."

여의사가 초음파실로 경화를 안내했다. 내게도 안으로 들어오라고 말했다. 나도 초음파실로 들어갔다. 경화가 침대 위에 누워 배를 들어냈다. 의사가 초음파기를 통해 경화의 뱃속을 들여다보았다.

"축하드려요. 임신하셨네요. 임신 7주차가 되셨네요."

경화가 날 바라보았다. 엷은 미소를 지어보이며 경화를 안심시켰다. 모니터로 보이는 태아의 모습이 너무 신기하게 보였다. 검사가 끝나고 진료실로 나왔다. 여의사는 밝은 미소를 지어보이며 이런저런 얘기를 해주었다. 경화는 여의사의 말에 귀 기울였다.

"임신 초기이시니 주위를 하셔야 됩니다. 아직은 안정기가 아니니깐 주위하시고 2주 후에 다시 병원에 나오시면 되겠네요."

여의사의 말에 경화가 고개를 주억거렸다. 여의사에게 이것저것 묻고 싶은 것이 많았지만, 머릿속이 정리가 되지 않아 제대로 묻지 못하고 진료실을 빠져 나왔다.

"성은이 오빠 아니세요?"

병원비를 지불하고 있는데 한 간호원이 다가와 내게 말을 건넸다. 간호원의 얼굴을 자세히 보니 어디서 많이 본 듯한 얼굴이었다.

"저 남희예요? 박남희!!"

"아, 송희 동생!!"

한 동네 살던 동생이었다. 성형수술을 했는지 어린 시절의 얼굴이 많이 남아 있질 않았다. 남희와 잠시 이런저런 얘기를 나누다 돌아왔다.

경화가 몸이 많이 피곤하다고 하여 일찍 집에 데려다주었다. 그리고 사무실로 돌아왔다. 사무실로 돌아오는 길에 무척이나 아버지 생각이 많이 났다. 사무실을 빠져 나와 곧장 영광 대마로 향했다. 아버지에게 경화의 임신 소식을 제일 먼저 알리고 싶었다. 분명 아버지도 기뻐하실 것 같았다. 비록 고인이 되어버리셨지만, 그토록 바라던 손자 손녀를 얻게 되셨으니 얼마나 기뻐하시겠는가. 영광 대마로 향하는 길 내내 무척이나 마음이 편안했다. 영광 대마로 가던 길에 슈퍼에 들려 여느 때와 같이 우유를 하나 샀다. 아버지 무덤가에 뿌려드리기 위해서 우유를 샀다. 선산에 다다라 차를 농로에 주차시키고 산을 올랐다. 어느덧 가을이 성큼 다가와 있었다. 들녘은 황금빛으로 변해 있었다. 아버지 무덤 앞에 서니 갑자기 눈물이 쏟아졌다. 아버지를 향한 그리움이 가슴을 찢는 듯했다. 한동안 아버지 무덤 앞에 무릎을 꿇고 앉아 마음으로 기도했다. 아버지의 음성이 마음속에서 들려오는 듯했다. 환하게 웃고 계시는 아버지의 모습이 마음속에 보였다.

'아버지, 아들 왔어요. 아버지 아들 왔어요.'

'그래 성은이 왔냐? 기쁜 소식을 가져 온 모양이구나!?'

'예, 기쁜 소식을 가져 왔네요. 아버지 몇 달 뒤에 할아버지 되시겠네요.'

'그래, 그렇구나. 내가 드디어 할아버지가 되는 모양이구나!'

할아버지가 된다는 말에 아버진 무척이나 기뻐하셨다. 그러나 나는 아버지가 기뻐하신 만큼 가슴이 아팠다. 그토록 바라시던 손자손녀를 품에 안아보시지 못하시고 세상을 떠나신 아버지가 너무 안타까웠다.

'성은아! 아버지를 원망하니?'

'아뇨. 아버지를 제가 왜 원망하겠습니까? 그저 죄송스러울 따름이죠.'

'아버지 걱정하지 마라. 아버진 마음 편히 잘 있다. 너의 결혼식도 지켜보지 못하게 되어 가슴 아프구나. 곧 태어날 아이를 위해서 아버지가 많이 기도하마. 앞으로 네 어깨가 무거울 게다. 어머니 잘 모시고, 동생들 잘 거느리고, 결혼하면 경화에게도 태어날 아이에게도 잘 해주거라. 아버지가 늘 너의 곁에서 지켜보마.'

아버지의 말에 나는 소리 없이 눈물을 흘렸다. 친분이 남달랐던 선배의 말이 문득 떠올랐다. 그 선배도 오랫동안 미칠 것 같았다고 말했다. 그 선배 역시 아버지를 떠나보내 드린 지 3년 정도 되었다고 했다. 3년이 지났지만, 아버지를 생각하면 미칠 것 같다고 말했다. 그리고 아버지의 자리가 얼마나 큰 자리임을 새삼 깨닫게 되었다고 했다. 선배의 말이 옳았다. 아버지의 자리는 너무도 큰 자리였다. 그 누구도 대신할 수 없는 큰 자리였다. 그 자리를 내가 대신해야한다는 생각에 너무도 마음이 무거웠다.

선산을 내려오기가 무척이나 힘들었다. 오랫동안 아버지 옆에 머물고 싶었는데, 날이 어둑어둑 저물고 있었다.

'아버지, 또 오겠습니다. 걱정 말고 편히 쉬세요.'

선산을 내려와 차를 타고 돌아오는 길에 돌아가신 아버지와 곧 태어날 아이를 생각했다. 가슴 속에는 슬픔과 기쁨이 오랫동안 함께 머물러 있었다.

며칠 뒤에 어머니를 찾아뵈었다. 어머니와 마주하고 있으면 어쩐지 마음이 편안했다. 어머니를 많이 걱정했지만, 어머닌 신앙의 힘으로 모든 것을 극복하고 계셨다. 아들들을 위해 늘 기도하시는 어머니를 생각할 때면 마음이 한없이 아려오곤 한다. 그런 어머니를 위해서 내가 큰 도움이 되어드려야 된다고 생각했다.

"저, 어머니 드릴 말씀 있습니다."

내 말에 어머니가 날 바라보셨다. 옆에 앉아 있던 동생들도 나를 바라보았다. 나는 마른 침을 삼키고 마른세수를 했다.

"무슨 일이냐? 할 말 있으면 해라."

어머니의 말에 용기를 내어 말을 했다.

"어머니, 곧 있으면 할머니 되시겠네요. 경화가 임신을 했습니다."

내 말에 어머니가 자못 놀란 표정을 지었다. 놀란 표정도 잠시, 어느새 얼굴에 웃음기가 돌기 시작했다. 동생들도 많이 놀란 표정을 지었지만, 고개를 끄덕이며 잘 됐다는 표정을 지어 보였다.

"하나님이 한 생명을 데려가시더니 슬픔을 이겨내라고 또 한 생명을 주시는구나. 감사할 일이다. 너무너무 감사할 일이야."

어머니의 말이 많은 생각을 하게 만들었다. 슬픔을 이겨내라고 한 생명을 주셨다는 어머니의 말에 크게 동감했다. 아버지를 잃은 슬픔을 이겨내라고 한 생명을 주셨다는 생각에 하나님에게 너무도 감사했다.

"앞으로 너도 한 아이의 아빠가 되니 말과 행동을 조심하고 경화에게 잘해 주어라."

"예, 알겠습니다. 어머니도 경화와 아이를 위해서 기도 많이 해주세요."

"알았다. 엄마가 늘 기도하고 있다."

동생들도 축하한다는 말을 했다. 동생들에게도 기도 부탁을 했다. 돌아오는 길에 어머니의 말을 여러 번 반추(反芻)해 보았다. 하나님이 한 생명을 데려가시더니 그 슬픔을 이겨내라고 또 다른 한 생명을 주신 것 같다는 어머니의 말이 너무도 가슴에 와 닿았다. 아버지를 사랑하고, 어머니를 사랑하고, 동생들을 사랑하며, 아내로 맞이하게 될 경화를 사랑하고, 그리고 태중에 자라고 있는 생명을 사랑하는 것이 내가 해야 할 가장 소중한 일임을 깨닫게 되었다. 그래서 태중에 자라고 있는 생명의 태명을 '사랑이'로 정했다. 아들인지, 딸인지 아직은 모르지만 내 아이 사랑이가 경화의 뱃속에서 자라고 있었다.

며칠 뒤에 어머니가 성경 말씀을 한 구절 알려주었다. 사랑이를 위해서 기도하는 중에 성령께서 주신 말씀이라고 하셨다. 성경을 찾아 읽어 보았다.

'하나님이 그에게 이르시되 나는 전능한 하나님이라 생육하며 번성하라 한 백성과 백성들의 총회가 네게서 나오고 왕들이 네 허리에서 나오리라. -창세기 35장 7절 말씀-'

창세기 35장은 하나님이 야곱에게 복을 주시는 내용이 실려 있었다. 하나님이 야곱에게 큰 복을 내려주신 것처럼 우리 사랑이에게도 큰 복을 내려주시겠다는 예언의 말씀처럼 다가왔다. 나는 말씀을 가슴에 새기고 새겼다. 그리고 늘 말씀을 묵상했다.

경화도 사랑이라는 태명을 무척이나 맘에 들어 했다. 임신 사실을 알게 된 처음과는 달리 경화도 자신이 엄마가 되었다는 사실에 순응하기 시작했다. 아이를 생각하고 어떻게 하면 태교를 잘할까, 고민하는 경화의 모습이 너무도 사랑스러웠다. 유아교육과 관계된 책들을 사서 읽고, 태교에 좋은 음식들을 찾아 먹기도 하고, 태교음악 CD를 구입하여 열심히 듣는 모습이 너무도 고맙고 사랑스러웠다.

경화네 아버지와 어머니를 찾아뵈었다. 그리고 어렵사리 경화의 임신 사실을 알렸다. 두 분 다 많이 놀란 표정을 지으셨지만, 당신들의 딸이 어느덧 한 아이의 엄마가 되었다는 사실에 조금은 당황스러운 표정을 지으시기도 하였다. 사실 두 분이 결혼도 하기 전에 임신부터 했다고 나무라실 줄 알았는데, 나무라기보단 축하와 격려의 말씀을 해주셔서 너무 감사했다.

22

아들을 주소서

한 아이의 아버지로 살아간다는 것에 대해 오랫동안 생각하며, 앞으로 어떤 아빠가 될 것인가를 깊이 생각했다. 그 누구보다도 훌륭한 아빠가 되겠다고 내 자신과 다짐했다. 아버지가 보여주셨던 자식을 향한 큰 사랑을 머지않아 태어날 내 아이에게도 베풀어주겠노라고 내 자신과 다짐했다. 그런데 태어날 아이가 아들인지, 아님 딸인지 무척이나 궁금했다. 아들이던, 딸이던, 하나님이 주시는 대로 감사하게 잘 키우겠노라 다짐했지만, 기왕이면 아들이 좋겠다는 생각이 들었다.

"엄마는 딸이었으면 좋겠다. 첫딸은 살림 밑천이라고 했다."

아들을 원한다는 말에 어머닌 딸이 좋겠다고 하셨다. 딸을 원하신다는 어머니의 말에 선뜻 공감할 수 없었지만, 어머니의 마음을 조금은 이해할 수 있었다. 세 아들을 키우기 위해 고생하셨을 어머니를 생각하니 첫 손자손녀로 딸을 원하실 만하다는 생각이 들었다.

"어머닌 저를 가지셨을 때에 어떤 태몽을 꾸셨나요?"

기실 나는 태몽을 믿지 않았다. 태몽을 무시하지는 않지만, 태몽을 전적으로 믿지 않는다.

"내가 너를 가졌을 때는 작은 집 할머니가 소쿠리를 하나 들고 오셨는데, 소쿠리 뚜껑을 여니깐 세 마리에 큰 뱀이 나오더니 한 마리는 내 입으로 들어가고, 두 마리는 내 허리를 감싸더라. 얼마나 무섭고 끔찍했는지 모른다. 세 마리에 뱀이 나온 걸 보면 아들이 셋 태어날 것이라는 암시가 아니었나, 생각되는구나."

어머니의 태몽을 듣고 있으니 절로 미소가 지어졌다. 어머니도 태몽을 꾸셨다는 것이 신기하게 느껴졌다. 믿음의 사람으로 평생을 살아오신 어머니도 태몽을 꾸셨고, 그리고 세 아들을 낳으셨다는 것이 신기하게 느껴졌다. 사실 어머닌 나를 뱃속에 회임하고 계셨을 때에 대소가(大小家) 어른들과 동네 어른들이 딸만 셋 날 것이라고 악담을 했었다고 했다. 어머닌 당신이 만약 딸을 낳게 되면 집안어른들과 동네 어른들로부터 받을 모진 구박이 싫어 하나님에게 아들만 셋을 달라고 간절하게 기도를 했었다. 하나님은 어머니의 기도를 들어주셨고, 어머니는 원하시는 대로 아들만 셋을 얻게 되었다. 막내 영은이를 가졌을 때에 아버지와 어머닌 딸을 낳기를 원하셨는데, 막내마저 아들로 태어나니 어머닌 괜히 아들만 셋 달라고 기도를 했었다고 웃으면서 말씀하셨다.

태몽은 태어날 아이의 미래를 예지하는 꿈이라 한다. 태몽을 통해 임신 여부를 예측할 수 있으며 태아의 성별뿐 아니라 성격, 직업, 일생에 대한 암시를 받을 수 있다한다. 그렇다고 뱃속에 아이를 품고 있는 경화는 무슨 태몽을 꾼 것일까.

"오빠, 나 태몽을 꾼 것 같아!?"

경화의 말에 나는 엷은 미소와 함께 경화를 바라보았다. 드디어 경화가 태몽을 꾼 모양이었다. 어떤 태몽을 꾸었는지 무척이나 궁금했다.

"영광 시골집에서 낮잠을 자고 있는데, 두 마리의 뱀이 마당을 기어

오더니 그 중에서 노란색 뱀이 문턱을 기어 올라오는 거야. 나중에 기어오던 뱀은 문턱을 오르지 못하고 마당을 서성거리고 있는 거야. 나중에 기어오던 뱀은 아마도 초록색이었던 같아."

경화의 말에 나는 경화의 뱃속에 들어 있는 아이가 아들임을 직감할 수 있었다. 집으로 돌아와 인터넷에 접속하여 태몽과 관련된 정보를 정독해 보았다. 그런데 인터넷에 나와 있는 정보들 중에 태몽으로 노란색 뱀이 나왔으면 딸일 가능성이 높다는 것이었다. 오히려 초록색 뱀이 나오면 아들일 가능성이 높다고 하였다. 그렇다면 경화가 꾼 태몽에서 노란색 뱀이 문턱을 기어 올라왔고, 초록색 뱀이 문턱을 기어 오르지 못했으니, 노란색 뱀이 첫 아이의 태몽임을 알 수 있었다. 노란색 뱀이 딸을 의미한다는 것을 알고 나는 급 실망하고 말았다. 첫아이는 아들이기를 원했다. 아버지가 첫아이를 아들을 얻으신 것처럼, 나 역시 첫아이가 아들이기를 원했다. 그런데 태몽으로 예측해 보니 경화의 뱃속에 들어 있는 아이가 딸인 것 같아 실망이 이만저만이 아니었다. 어머니도 첫아이는 딸이었으면 좋겠다고 말씀하신 것이 생각났다. 어머니가 이미 첫아이로 딸을 달라고 기도를 해버리서서 경화가 노란색 뱀 꿈을 꾼 것이 아닌가 하는 생각이 들었다. 그러나 하나님을 원망하지 않았다. 아들이던, 딸이던, 하나님이 주시는 대로 감사하게 여기며 태어날 아이를 위해 최선을 다하겠노라고 다짐했다.

며칠 후 경화가 태몽을 다시 꾸었다. 태몽을 다시 꾸었다는 경화의 말이 좀 생뚱맞았다. 이미 태몽을 꾸었는데, 또 태몽을 꿀 수 있단 말인가.

"꿈에 아주 큰 황소가 머리에 왕관을 쓰고 자색옷을 입고 진수성찬 앞에 늠름하게 앉아 있는 거야. 내가 그 황소를 보고 얼마나 웃었는지 몰라. 소가 날 보고 배시시 웃는데, 그 모습이 너무 웃겼어."

경화의 말에 나 역시 웃고 말았다. 태몽으로 소가 나왔다는 것은 뱃속의 아이가 조상이 점지한 자식으로 집안에 경사를 가져다주거나, 오랫동안 기다렸던 자식일 가능성이 높다고 하였다. 황소가 머리에 왕관을 쓰고 자색옷을 입고 있었다는 말에 나는 어머니가 일러주신 성경말씀이 생각났다. 창세기 35장 11절 말씀이 머릿속에 주마등처럼 스쳐지나갔다.

'하나님이 그에게 이르시되 나는 전능한 하나님이라 생육하며 번성하라. 한 백성과 백성들의 총회가 네게서 나오고 왕들이 네 허리에서 나오리라. - 창세기 35장 11절 말씀-'

어머니는 내 허리에서 왕이 나올 것이라고 여러 차례 말씀하셨다. 경화가 꾼 태몽으로 비추어보면 뱃속에 자리고 있는 아이가 평범한 아이는 아닐 거라는 생각이 들었다. 아버지를 데려가시고, 그 아버지를 대신하여 주신 첫 생명이기에 평범한 아이는 아닐 거라는 생각이 들었다. 어머니 말씀처럼 이 땅을 다스리는 왕으로 세움 받지 못한다하더라도 뱃속에 자라고 있는 생명은 내게 왕이나 다름없는 귀한 존재였다. 사랑이가 왕이 되던, 되지 않던, 그것이 중요한 게 아니었다. 무엇이 되느냐 보다 어떻게 사느냐가 중요하다는 것을 아버지의 죽음을 통해서 뼈저리게 배웠다. 나는 내 아이가 무엇이 되는 것보다 어떻게 사느냐에 더 관심을 가지고 주어진 삶에 최선을 다해주길 바랄 뿐이었다.

아침에 일어나면 늘 아버지의 평안을 위해서 기도하고, 또 어머니와 동생들을 위해서 기도하고, 그리고 마지막으로 경화와 뱃속에 자라고 있는 사랑이를 위해 기도했다.

　'하나님!! 이 부족한 죄인을 사랑하시죠? 이 부족한 죄인을 사랑하시는 것 저는 잘 압니다. 간절히 바라고 바라오니, 제게 아들을 주세요. 첫 아이는 딸보다 아들이었으면 합니다. 그 아들을 통해 많은 것을 이루고 싶습니다. 아버지가 못 이루신 것들, 그리고 제게 이루지 못한 것들, 그 아들을 통해 이루고 싶습니다. 하나님, 아들을 주소서. 하나님, 아들 주실 거죠?'

　산부인과를 갈 때마다 나는 의사에게 아들인지, 딸인지를 물어보았다. 의사는 처음에는 알려줄 수 없다고 했다. 그러나 여러 차례 진료를 받고 부탁을 하니 힌트 정도는 줄 수 있다고 했다.

　"여기 보이시죠? 뭔가 뾰족하게 나와 있죠?"

　초음파 검사를 하는 도중 의사가 웃으면서 말했다. 뭔가 뾰족하게 나와 있다는 것은 사랑이의 잠지였다. 사랑이는 딸이 아닌 아들이었다. 순간 하나님이 내 기도를 들어주셨구나, 라는 생각에 가슴이 울컥했다. 곧 눈물이라도 쏟아질 것 같은 느낌을 받았다. 아버지 생각이 났다. 아버지도 사랑이가 아들이라는 사실에 무척이나 기뻐하실 거라 생각되었다. 어쩜 아버진 사랑이가 아들이라는 것을 이미 알고 계셨는지도 모르겠다는 생각도 들었다.

　돌아오는 길에 경화와 이런저런 얘기를 나누면서 아이를 위해 최선을 다하자고 약속했다. 경화는 자신의 몸속에서 한 생명이 자라고 있다는 사실이 믿기지 않는 모양이었다. 자신이 어느덧 한 아이의 엄마가 되었다는 사실에 크게 기뻐했다. 한편으론 마음에 큰 부담을 안고 있는 듯도 했다. 나는 경화를 위로하며 격려했다.

　집으로 돌아와 어린 시절 사진들이 정리되어 있는 앨범을 꺼내보았다. 백일사진과 돌 사진을 꺼내보았다. 그 어려운 시절에도 어머닌 아들들의 백일사진과 돌 사진 만큼은 찍으셨다. 돌 때 찍은 흑백사진은 너무도 내겐 귀한 사진이었다. 사진 속에서 빙그레 웃고 있는 아이의 모습이 과거 나의 모습이었다는 사실이 믿기지 않았다. 어느덧 세월이 흐르고 흘러 사진 속에서 해맑게 웃던 아이가 곧 있으면 아빠가 된다는 사실이 꿈만 같았다. 오랫동안 사진을 내려다보고 있으니 아버지 생각이 났다. 아버지도 첫 아들인 나로 인하여 많이 행복해하셨을 것이다. 세상을 다 얻은 듯한 기분이 드셨을 것이다. 나 역시 사랑이를 얻은 것이 세상을 얻은 것보다도 더 기쁘고 행복하다. 세월이 또 다시 흐르고 흐르면 나는 죽고 사랑이가 자신의 아들을 품에 안게 되는 날이 다가올 것이다. 내가 사랑이를 생각하며 아버지를 그리워하듯 사랑이가 내가 죽은 후 자신의 아들을 품에 안고 나를 그리워하게 되는 날이 어김없이 다가올 것이다. 아버지 사진도 꺼내 보았다. 사진 속에 아버진 너무도 편안해 보였다. 아버지의 사진을 내려다보고 있으니 눈물이 주르륵 흘러내렸다. 주체할 수 없는 슬픔이 아버지를 향해 달려갔다. 돌 때 찍은 내 사진과 아버지 젊은 시절 사진을 번갈아 바라보며 마음으로 기도했다. 아버지의 평안과 곧 태어날 사랑이를 위해 기도했다. 나는 아들로서의 마음과 아버지로서의 마음을 함께 마음속에 품기 시작했다.

23

세월은 흐르고 흐른다

영국의 철학자 베이컨의 말이 문득 떠오른다.

- 시간은 가장 위대한 개혁자이다. -

시간은 가장 위대한 개혁자라는 베이컨의 말에 절대적으로 동감하게 된다. 시간은 세상 삼라만상뿐만 아니라 인간의 모든 것도 바꾸어 버릴 수 있는 위대한 힘을 가지고 있는 것 같다. 그 힘은 절대자이신 하나님에게서 오는 힘이 아니겠는가.

사람은 세 세상을 산다고 한다. 어머니 뱃속에서 한 세상, 태어나서 한 세상, 그리고 죽어서 한 세상, 사람은 누구나 세 세상을 살게 되어 있다. 어머니 뱃속에서 열 달 간 한 세상을 살게 된다. 어머니 뱃속에서 사는 동안 열 달이라는 시간이 얼마나 긴 시간인지, 아님 짧은 시간인지 구별해 낼 수 없다. 또한 어머니 뱃속에서 무슨 일들이 일어났는지 알 수 없다. 어머니 뱃속에서 태어나 또 다시 한 세상을 살아야 한다. 그리고 죽어서 한 세상을 살아야 한다. 어머니 뱃속에서 무슨 일들을 겪으며 살았는지 모르듯이, 인간이 죽으면 이 땅 위에서 살았던 기억이나 추억들이 모두 기억할 수 없을 거라는 생각이 든다. 뱃속에선 다음 세상이 어떤 세상인지 알 수 없듯이, 이 땅 위에 살면서 사후 세계를 알 수 없는 것 또한 같은 진리가 아니겠는가.

요즘들이 부쩍 시간의 위대함을 새삼 깨닫게 된다. 엊그제 같았던 소싯적이 지나고 어느덧 청년의 시기를 지나고 있으니, 시간의 흐름은 무서우리만치 강하게 다가온다. 어느덧 아버지가 세상을 떠나신지 100일이 되었다. 100일이라는 시간 동안 하루하루 살면서 무수히 많은 생각과 무수히 많은 일들이 있었지만, 떠오르는 생각도, 일어났던 일도 아무것도 기억나지 않는다. 오로지 아버지가 돌아가시던 그 날의 기억, 그리고 아버지를 향한 그리움, 또한 어머니와 동생들을 향한 안타까움만이 내 가슴에 남아 있을 뿐이다.

가을비가 내렸다. 비가 내리면 더더욱 아버지를 향한 그리움이 뼈에 사무쳤다. 아버지가 떠나신 날에 비가 내렸듯이 비가 내리는 날이면 아버지를 향한 그리움 속에서 고독에 잠기곤 했다. 고독이 너무 심하게 다가오면 무턱대고 노트를 꺼내 이것저것, 생각되는 대로 글을 쓰곤 했다. 글을 쓰면서 시간을 보냈던 적이 많았다.

아침에 일어나 마음을 정결하게 했다. 여느 때와 마찬가지로 두 손을 모으고 마음으로 기도했다. 아버지를 위해 기도하고, 어머니를 위해 기도하고, 동생들을 위해 기도했다. 그리고 경화와, 그녀의 뱃속에 있는 사랑이를 위해서 기도했다. 기도를 마치고 아침을 먹었다. 대충 아침을 먹고 옷을 갈아입은 뒤 집을 나섰다. 우산이 필요할 정도로 비는 제법 내리고 있었다. 차에 몸을 싣고 아버지의 산소가 있는 영광 대마로 향했다. 아버지가 돌아가신 지 100일을 맞아 어머니와 동생들과 함께 선산을 찾아가려 했지만, 혼자 가는 것이 좋을 것 같아 홀로 영광 대마로 향했다. 빗속을 달리며 영광 대마로 향하던 길에 많은 생각들이 머릿속을 들어왔다가 나갔다. 가게에 들려 평소 아버지가 좋아하시던 캔 커피를 샀다. 그리고 다시 선산을 향해 갔다. 때론 아버지 생각에 소리 없이 눈물이 흘러내리기도 했다. 억지로 눈물을 닦지 않았다. 그냥 흘러내리는 대로 두었다. 거울을 보니 얼굴이 눈물로 범벅이 되어 있었다. 눈물로 범벅이 되어버린 얼굴을 바라보고 있는 내 자신이 너무 안쓰럽게 느껴졌다.

차를 세워두고 우산을 쓰고 산을 올랐다. 산을 오르니 점점 아버지의 무덤이 보이기 시작했다. 아버지의 무덤이 보이기 시작하니 나도 모르게 '아버지, 아버지' 라는 말이 입에서 흘러나오며 눈물이 흘러내리기 시작했다. 아버지 무덤 앞에서 섰다. 잔디가 꽤 많이 자리 있었다. 제법 무덤가의 모습이 안정이 되어 있었다. 무덤 앞에 쪼그리고 앉았다. 그리고 두 손을 모으고 마음으로 기도했다. 하나님을 향해 신실한 마음으로 기도했다. 하나님의 음성이 들려오는 듯했다. 날 위로하시는 하나님의 음성이 마음 속 깊은 곳에서 들려오는 듯했다. 하나님의 음성으로 인해 마음이 많이 편안해졌다.

눈을 뜨고 무덤을 바라보며 아버지를 향해 마음으로 얘기했다.

'아버지, 아들 왔어요. 성은이 왔어요. 오늘도 비가 오네요. 아버지가 떠나시던 날 비가 내렸듯이 오늘도 비가 내리네요. 비가 내리는 날이면 아버지 생각이 많이 납니다. 앞으로도 비가 내리는 날이면 아버지 생각이 많이 날 것 같군요. 늘 아버지의 평안을 위해 기도하고 있습니다. 그 누구보다도 아버진 평안히 계시리라 믿습니다. 아무 것도 걱정하지 마시고 맘 편히 계세요. 그냥 아버진 세 아들을 지켜 봐 주시면 됩니다. 제가 더욱 노력하렵니다. 어머니를 위해서, 동생들 위해서, 또 경화를 위해서, 그리고 아버지 손자 사랑이를 위해서도 노력하렵니다. 그러니 아무 걱정하지 마시고 맘 편히 계세요.'

아버지와의 대화는 너무 감미로웠다. 단방향적인 대화이지만, 아버지와의 대화는 내 마음을 편안하게 했다. 내가 마음이 편안하듯 아버지도 마음 편하실 것이라 생각됐다. 점점 비가 그치고 있었다. 더 이상 우산을 쓰지 않아도 될 정도로 비가 그쳐 있었다. 우산을 개고 멀리 보이는 철길을 바라보았다. 기차가 지나는 모습이 희미하게 보였다. 한동안 눈에 보이는 풍경을 바라보며 아버지에게 그리고 어머니에게 마음으로 편지를 써내려갔다.

- 사랑하는 아버지, 보시옵소서. -

아버지!!

어제는 하루 종일 비가 내렸습니다. 아침에 시작되었던 비가 저녁 늦게까지 계속 내렸습니다. 아침에 졸린 눈을 비비며 거실로 나와 한동안 창밖을 내다보니 추적추적 내리는 빗줄기들이 왠지 서글퍼 보였습니다. 지독스럽게 무더웠던 여름이 가고 어느덧 추수의 계절, 가을이 다가왔네요. 창 밖에서 추적추적 내리는 비는 가을을 재촉하는 비인 것 같습니다. 어느덧 가을이 되고 보니 아버지를 향한 그리움이 더욱 사무칩니다.

아버지!!

평안하신지요? 정말로 평안하신지 궁금합니다. 어머니도 이젠 평안하시고, 동생들도 평안히 잘 있습니다. 아직도 가끔은 아버지 생각에 눈시울을 붉히곤 합니다. 비가 오는 날이면 더욱 아버지 생각에 가슴이 사무칩니다. 세상엔 많은 힘이 존재합니다. 그러나 결코 인간이 넘을 수 없는 힘이 존재하는 것 같습니다. 제 아무리 과학기술이 발달하고 문명이 발달한다 하여도 인간의 힘으로 결코 넘을 수 없는 힘이 존재합니다. 그 힘이 무엇인 줄 아세요? 바로 시간입니다. 흐르는 시간, 흐르는 세월을 막을 순 없습니다. 끊임없이 흐르는 시간 속에서 인간은 누구나 알게 모르게 나이 들어가기 마련이죠. 지나온 시간들을 되돌아보면 너무도 시간이 빨리 흘러간다는 생각이 들곤 합니다.

평소 아버지에게 농담처럼 했던 말이 생각나네요.

'아버지, 걱정하지 마세요. 아버진 거뜬히 팔순을 넘기실 겁니다.'

정말 그랬습니다. 저는 아버지가 거뜬히 팔순을 넘기실 줄 알았습니다. 가끔 마음 약한 말씀을 하실 때면 아버지를 격려하기 위해 했던 말인데, 이젠 다시 아버지에게 격려의 말을 할 수 없다는 것이 너무도 안타깝습니다. 환갑도 넘기지 못하시고 쓸쓸하게 세상을 등지신 아버지 생각에 너무도 가슴이 저려옵니다. 정말 남의 일로만 생각했던 일이 막상 제 앞에 일어나고 보니 한없이 인생이 느껴집니다.

아버지!! 평안히 잘 계시죠? 정말 평안히 잘 계시죠? 두 눈을 감고 마음 깊이 아버지를 불러 보지만 아버진 아무런 대답이 없으시네요. 아버지의 모습이 눈앞에 아른 거립니다.

지난 7월의 여름은 악몽의 시간이었습니다. 정말 남의 일로만 생각했던 일이 막상 제 앞에 일어나고 보니 하늘이 원망스러웠습니다. 도저히 살아갈 힘이 없었습니다. 비가 추적추적 내리던 토요일 오후, 전화기 저편에서 들려오는 어머니의 울먹이는 목소리가 아직도 귓가에 울립니다.

'성은아!! 아버지 돌아가셨다. 아버지 돌아가셨다.'

어머니의 목소리를 듣고 나는 한동안 멍하니 하늘을 올려다보았습니다. 이윽고 눈에서 눈물이 쏟아져 내리며 하늘을 향해 소리쳤습니다.

'하나님!! 이럴 순 없습니다. 정말 이럴 순 없습니다.'

빗줄기는 더욱 거세졌습니다. 비를 맞으며 눈물을 흘리며 정신없이

세월은 흐르고 흐른다 **175**

집으로 돌아왔습니다. 어느덧 눈에서 흘러내리는 눈물이 피눈물로 변하기 시작했습니다. 집으로 돌아와 안방에 들어서니 아버진 방바닥에 참으로 편한 모습으로 누워 계셨습니다. 아버지를 본 순간 제 온몸은 사시나무 떨듯 떨렸습니다.

'아버지, 아들 왔어요. 아들이 왔어요.'

아버지의 주검을 붙들고 오열하며 아버지의 얼굴을 내려다보았습니다. 아버진 편안한 모습으로 눈을 감고 계셨습니다. 순간 아버지와의 추억이 주마등처럼 스쳐 지나기 시작했습니다. 많은 사람들이 아버지를 향해 바보 같다 하였죠. 일밖에 모르는 사람이라고 놀려댔죠. 그러나 저는 잘 압니다. 아버지가 부모 없이 자라 평생 고통 속에서 살아오신 것을…. 그래서 자식들에게만큼은 그런 고통을 안겨주지 않기 위해 그토록 모질게 일만 하셨다는 것을…. 그러나 다른 한편으론 너무도 안타깝습니다. 너무 고생만 하고 세상을 떠나신 것 같아 마음이 아픕니다. 제대로 된 효도 한번 해드리지 못해 너무 죄송스러울 따름입니다.

아버지!!

때론 아버지를 원망하기도 합니다. 어머니를 볼 때마다 아버지가 자꾸 생각납니다. 얼마 전 여태까지 한 번도 보지 못했던 어머니의 눈물을 보았습니다. 이른 새벽에 안방에서 아버지 영정사진을 붙들고 소리 죽여 눈물을 흘리시는 어머니의 모습을 보았습니다. 서럽게 우시는 어머니의 모습이 눈에 선합니다. 눈물 흘리시는 어머니의 모습을 보며 아버지를 원망했습니다.

아버지 돌아가신 후, 어머닌 세 아들을 살리기 위해 정말 악지 세게 노력하셨습니다. 만성 빈혈로 인해 건강이 좋지 않으면서도 큰 슬픔에 빠진 세 아들을 살리시기 위해 노력하시는 모습을 보면서 장남으로서 힘을 내야겠다는 생각을 하였습니다. 어머닌 세 아들에게 이젠 삶의 큰 기둥이 되셨습니다. 지금까지 아버지가 저희들의 큰 기둥이셨지만, 이젠 어머니가 저희들의 큰 기둥이 되십니다. 이젠 아버지에게 못 다한 효도를 어머니에게 하고자 합니다. 그리고 언젠가는 찾아올 어머니와의 이별을 늘 마음에 새기며 늘 효도하는 마음으로 하루하루 살아가겠습니다.

아버지!!

어느덧 결혼식이 두 달 앞으로 다가왔네요. 장남의 결혼식도 지켜보지 못하시고 떠나신 아버지 생각에 눈물이 납니다. 제 결혼식에 아버지의 자리가 비게 될 줄은 정말 몰랐습니다. 그래서 늘 아버지 안 계신 결혼식을 어떻게 치룰까, 걱정을 많이 했습니다. 그러나 눈에는 보이지 않지만 분명 아버진 제 결혼식에 참석하시어 못난 큰 아들과 큰 며느리를 위해 축복기도를 해주시리라 믿습니다.

아버지!! 좋은 소식이 있습니다. 아버지 큰 며느리가 임신을 했답니다. 임신 소식을 듣고 제일 먼저 아버지에게 알리기 위해 아버지 무덤을 찾아왔었죠. 아버지 무덤 앞에 무릎 꿇고 한동안 눈물 흘렸습니다.

'하나님이 아버지를 잃은 슬픔을 이겨 내라고 새 생명을 선물로 주신 모양이구나!'

임신 소식을 듣고 어머니가 말씀하셨습니다. 어머니의 말씀을 듣고 보니 하나님이 아버지를 잃은 슬픔을 어서 빨리 이겨내라고 새 생명을 선물로 주신 것 같습니다. 정말 감사할 따름입니다. 아버지도 기쁘시죠. 아버지도 할아버지가 되시겠네요. 손자손녀의 손을 잡고 거리를 지나는 친구 분들을 그렇게 부러워하셨는데…. 아버진 태어날 손자손녀의 손도 잡아보시지 못하시고 돌아가셨네요. 아버지, 자꾸만 눈물이 납니다.

아버지!!

보고 싶습니다. 많이 그립습니다. 그러나 이젠 힘을 내렵니다. 아버지가 가족들을 위해 헌신하고 헌신하셨듯이 저 또한 어머니와 동생들, 그리고 제 가족들을 위해 헌신하겠습니다. 아버지가 보여주신 삶의 교훈들 절대로 잊지 않고 가슴에 새기고 새겨 주어진 삶에 최선을 다하겠습니다. 아버지도 이 못난 큰 아들을 위해 하늘에서 기도 많이 해 주세요. 세월이 흘러 저 또한 세상을 떠나게 될 때에 아버지처럼 부끄럽지 않도록 더욱 노력하고 노력하겠습니다.

아버지!! 사랑합니다.

- 2009년 10월 20일 -
아버지 떠나신지 100일 되던 날
당신의 큰 아들 올림

- 사랑하는 어머니에게 -

어머니! 어머니! 어머니!

어머니란 단어가 참 마음을 편하게 하네요. 어머니란 단어처럼 사람의 마음을 편하게 하는 것도 없을 것 같습니다. 어머니를 생각하면 참 마음이 편해집니다. 또 한편으로 어머니를 생각하면 마음이 아파옵니다.

어머니!!

세상엔 참 많은 힘이 있지만, 인간이 결코 넘지 못할 힘이 존재하는 것 같습니다. 제아무리 과학기술이 발달하고 문명이 발달한다하여도 인간이 결코 넘지 못할 힘이 존재합니다. 그 힘이 무엇인줄 아세요? 바로 시간입니다. 끊임없이 흐르는 시간만큼은 인간의 힘으로 넘지 못할 신의 영역이 아닌가 생각됩니다.

어느덧 시간은 유유히 흘러 가을이 되었네요. 결코 다가올 것 같지 않던 가을이 어느새 다가오니 지금까지 살아온 날들에 대한 회한으로 가득해지는 것 같습니다. 마음이 너무도 허전하네요.

어머니!!

요즘들이 어머니를 바라볼 때면 가슴이 너무 아파 저도 모르게 눈시울이 붉어집니다. 어머니의 손을 잡고 한동안 목 놓아 울고 싶은 생각도 간절해지지만, 나이 서른을 넘긴 다 큰 아들이 눈물을 흘리는 모습을 보고 어머니가 더 가슴 아파 하실 것 같아 그렇게도 하지 못하고 있습니다.

세 아들 살리기 위해 제 몸 하나 가눌 힘도 없으시면서 그토록 악지세게 너울처럼 다가온 고통을 이겨내시는 어머니의 모습을 보며 너무도 감사하고, 또 한편으로 너무도 가슴이 아픕니다. 만성 빈혈로 고생하시면서도 날마다 간병인 일을 나가신다는 소식을 들을 때마다 너무 마음이 아팠습니다. 간병인 일 그만두시라고 다그치기도 하였지만, 어머닌 늘 웃으시면서 괜찮다는 말을 하시곤 하셨죠. 늘 강인하게만 생각되었던 어머니도 연약한 존재, 한없이 여리고 여린 여인이라는 걸 요즘 세삼 느끼게 됩니다.

어머니!!

그날의 기억은 결코 잊을 수가 없습니다. 평생을 살아도, 아니 죽어서도 잊지 못할 것 같습니다. 생각하고 싶지 않지만, 자꾸 생각이 나 많이 힘들 때가 많습니다.

비가 추적추적 내리던 토요일 오후, 전화기 저편에서 들여오던 어머니에 울먹이는 음성이 자꾸 귓가에 들려옵니다.

'성은아, 아버지 돌아가셨다. 아버지 돌아가셨다.'

이게 무슨 소리란 말인가. 아버지가 돌아가셨다니…. 거짓말 같았습니다. 어머니가 거짓말을 하는 것 같았습니다. 그러나 서럽게 울먹이는 어머니의 목소리가 거짓이 아님을 금방 알 수 있었습니다. 멍하니 비 내리는 하늘을 한동안 올려다보다 '아버지, 아버지' 라고 소리치며 서럽게 울던 제 모습이 생각납니다. 부리나케 정신없이 집으로 돌아와 보니 아버진 안방 방바닥에 한없이 편안한 모습으로 누워 계셨습니다. 아버지의 주검을 붙들고 '아버지, 아들 왔어요. 아들이 왔어요.' 라고 외쳐도 아버지는 아무런 대답이 없었습니다. 아버지를 붙들고 울어도, 울어도 가슴 속으로 끓어오르는 슬픔과 고통을 이겨낼 수 없었습니다.

어머니!!

늘 장난스럽게 '아버진, 거뜬하게 팔순을 넘기실 겁니다. 걱정하지 않으셔도 됩니다.' 라고 말했던 일이 생각나네요. 그랬습니다. 전 아버지가 거뜬히 팔순을 넘기실 거라고 장담을 했었죠. 그런데 환갑도 넘기지 못하시고, 결혼을 앞둔 장남의 결혼식도 보시지 못하고 돌아가신 아버지가 너무도 불쌍하고 너무도 안타깝습니다. 사람이 살고 죽는 것이 하늘의 뜻에 달려 있다 하지만, 정말 남의 일로만 생각했던 일이 막상 제 앞에 일어나고 보니 삶에 대한 숭고하는 마음이 생기길 않습니다.

어느덧 아버지가 세상을 떠나신지 100일이 되었습니다. 심장을 도려내는 것 같은 고통도, 멈추지 않던 눈물도 어느덧 시간 앞에서 점점 고통도 무뎌지고, 눈물도 말라가는 것 같습니다.

어머니!!

　며칠 전 어머니의 눈물을 보았습니다. 아무도 없는 방안에서 아버지의 영정사진을 붙들고 눈물 흘리시는 어머니의 모습을 보았습니다. 그 누구보다도 힘들고 괴로워하시는 어머니를 무어라 위로해야할 지 모르겠네요. 세 아들을 살리시기 위해 당신 몸 하나 제대로 돌보시지 않는 어머니, 저는 어머니를 가슴 깊이 사랑하고 존경하고 있습니다.

　비록 아버진 안타깝게 세상을 떠나셨지만, 이제 홀로 남으신 어머니를 위해 제가 할 수 있는 모든 정성을 다하여 효도할 생각입니다. 단순한 효도가 아닌 세상 그 어느 것 보다도 고결하고 숭고한 마음으로 어머니를 향해 효도할 생각입니다.

어머니!!

　아버지 살아생전엔 몰랐습니다. 아버지란 자리가 얼마나 크고 귀한 자리인질 전엔 몰랐습니다. 아버지가 떠나시고 보니 아버지의 그 빈자리가 너무도 크게 느껴집니다. 이젠 제가 아버지의 빈자리를 대신해야 한다는 생각에 마음이 무겁고 너무 걱정스럽습니다. 동생들을 위해서 어떻게든 힘을 내야한다고 생각하며 지금까지 버텨왔지만, 앞으론 어떻게 해야 할 지 참으로 막막하기만 합니다. 그래도 다행인 것은 어머니가 제 옆에서 큰 힘이 되어 주서서 너무도 다행입니다.

어머니!!

　또 세월을 흐르고 흘러 아버지가 세상을 떠나신 것처럼 어머니도 언젠간 우리 곁을 떠나시겠죠. 이젠 언제고 찾아올 어머니와의 이별을 생각하며 어머니에게 최선을 다하도록 노력하겠습니다. 못난 이 아들을 지켜봐 주시고, 지금까지 그래왔듯이 이 못난 아들을 위하여 기도 많이 해 주세요. 어머니의 기도가 우리 세 아들을 살리고 있다는 것 누구보다도 잘 알고 있습니다.

얼마 남지 않는 결혼식, 비록 아버지가 참석하시지 못하는 너무도 안타까운 결혼식이지만, 잘 준비하여 돌아가신 아버지도 기뻐하시고, 홀로 남으신 어머니도 기뻐하시는 결혼식이 되도록 준비하겠습니다.

어머니!! 지금 이 편지를 쓰고 있는 이 순간에도 제 눈에선 눈물이 끊이지 않고 흘러내리네요. 이젠 눈물을 흘리지 않도록 노력하겠습니다. 두 손을 불끈 쥐고 어머니를 위해서, 동생들을 위해서, 집안에 큰 기둥이 되도록 노력하고 노력하겠습니다.

마지막으로 어머니!! 이 못난 아들이 어머니를 가슴 깊이 사랑하고 있습니다.

그리고 제 가슴에 늘 살아계시는 아버지!! 이 못난 아들이 가슴 깊이 아버지를 사랑하고 존경하고 있습니다. 좋은 곳에서 부디 평안하세요.

2009년 10월 20일
아버지 돌아가신 지 100일이 되던 날에….
당신의 큰 아들 올림

24

산다는 건

가끔은 산다는 것에 대해 깊이 생각할 때가 있다. 사는 것이 무엇이며, 사는 이유가 무엇이며, 무엇 때문에 살아야 하는가를 두고 많은 시간 고민했다. 살고 싶어 사는 것도 아니고, 살아 있기 때문에 사는 것도 아니며, 죽지 못해 사는 것도 아닌 것 같다. 가끔은 내 자신에게 왜 사느냐고 묻곤 한다. 그러나 나는 이 질문에 대해 아무런 답을 낼 수가 없다. 그냥 단순히 죽지 못해 사는 것이라고 말할 뿐이다.

아라비아 속담에 '인생은 천국에 가기 위한 검역 기간이다,' 라는 말이 있다. 나는 이 말을 책에서 읽고 오랫동안 사색에 잠기곤 했다. 몇 자 안 되는 단순한 문장인 것 같지만, 문장 속에 내포되어 있는 의미가 너무도 깊게 내 가슴과 영혼에 다가왔다. 산다는 건, 하나님 나라에 가기 위해 검증을 받는 것이라고 생각이 되어졌다. 그렇다면 지금의 내 모습은 하나님 나라에 가기 위해 얼마나 많은 검증을 받았으며, 하나님 나라에 갈 만큼 검증에 통과가 되었는지를 깊이 생각해 본다. 생각하면 할수록 자신이 없어지는 이유는 무엇일까. 하나님을 믿는다 하면서도 제대로 된 신앙을 가슴 속에, 육신 속에 간직했던 적이 없었던 것 같아 마음이 무거웠다. 늘 하나님을 바라보기 위해 노력하고, 늘 하나님 말씀에 순종하며 살아가지만, 아직은 하나님의 나라에 들어가기 위해선 더 많은 검증을 받아야한다는 생각이 들 때에 나는 절로 고개를 숙이게 된다.

갑작스레 건강이 나빠지기 시작했다. 온 몸에 힘이 빠져나가버린 듯한 느낌이 들었으며, 하루에도 여러 번 찾아오는 극심한 두통으로 인해 생활에 리듬이 깨져버릴 정도였다. 약간에 구토증세도 느껴졌다. 어머니가 한방병원에 가서 진료를 받아보고 탕약을 달여 먹으라고 말씀하셨다. 어머니의 뜻에 따라 한방병원을 찾아 진료를 받아보았다.

"몸이 많이 안 좋으시네요. 고작 30대 초반이신데, 신체나이는 50대 중반으로 나왔습니다. 얼굴 혈색도 안 좋으시고, 많이 피곤해 보이십니다. 근래에 무슨 안 좋은 일이라도 있으셨나요?"

한의사의 물음에 나는 문득 아버지가 생각났다. 아버지가 돌아가신 후 너무도 많은 것들에 신경을 써서 몸이 많이 나빠졌다는 생각은 했지만, 신체나이가 50대 중반이라는 소리에 깜작 놀라고 말았다.

"앞으로 건강에 신경을 많이 쓰셔야겠습니다. 약을 좀 달여 드릴 테니 잘 드시고 자주 병원에 나오셔서 건강관리 받으세요."

한의사의 말에 알겠다고 대답했다. 침 치료와 물리치료를 받고 병원에서 달여 준 약을 들고 집으로 돌아왔다. 온 몸이 천근만근 무거웠다. 모든 것을 떨쳐버리고 운동을 다시 해야겠다는 생각이 들었다. 그래서 풋살 동호회에 가입하여 운동을 시작했다. 풋살은 축구 경기장 3분의 1정도 하는 경기장에서 행해지는 미니 축구다. 미니 축구이다 보니 운동이 와일드하고, 운동량이 상당했다. 처음 동호회에 가입하여 운동을 시작했지만, 워낙 몸 상태가 좋지 못해 운동을 제대로 소화해내지 못했다. 일주일 정도하니 극심한 몸살이 걸려 한동안 운동을 못할 정도였다. 그러나 운동을 하고 나면 스트레스도 풀리고 건강도 점점 회복되는 듯하였다.

　운동을 시작한지 한 달 정도 지났다. 그런데 그만 심하게 왼쪽 다리와 오른쪽 무릎을 다치고 말았다. 한참 운동에 열중하고 있는데, 함께 운동하던 동호회 회원이 내 왼쪽 다리를 걸어버리는 바람에 왼쪽 발목이 180도 꺾여 버렸다. 순간 벼락을 맞는 듯한 고통이 밀려들었다. 도저히 운동을 할 수가 없어 그대로 풋살 경기장을 빠져 나왔다. 경기장을 빠져 나와 겨우 풋살화를 벗었다. 극심한 고통 때문에 절로 입에서 신음소리가 흘러 나왔다. 발목이 심하게 부어 있어 풋살화를 벗는 것조차 힘이 들었다. 겨우 풋살화를 벗고 슬리퍼로 갈아 신었다. 시간이 흐를수록 통증이 더욱 심해졌다. 겨우 차를 몰고 집으로 돌아왔다. 집으로 돌아와 양말을 벗어보니 생각했던 것보다 발목 상태가 좋질 못했다. 응급실에라도 가야할 것 같았지만, 하룻밤 지내보기로 마음을 먹었다. 겨우 샤워를 하고 잠자리에 들었는데, 발목 통증 때문에 밤새도록 잠을 이룰 수 없었다. 새벽에 소변이 보기 위해 일어나 욕실로 걸어가는데, 제대로 일어나 걸을 수조차 없었다. 몸의 중심을 잡는 것조차 힘이 들었다.

　아침에 일어나 보니 발목은 더욱 심하게 부어 있었다. 대충 옷을 입고 양말도 신지 못한 상태에서 병원을 찾아갔다. 살아오면서 단 한 번도 발목을 걷는 것조차 힘들 정도로 다쳐본 적이 없었다. 발목을 다쳐 병원을 찾으니 문득 돌아가신 아버지 생각이 났다. 환자복을 입고 병실에 누워 계시던 아버지의 모습이 눈앞에 아른거렸다.

　"어이쿠, 발목을 심하게 다치셨네요. 우선 X-ray이 촬영을 해봐야겠습니다."

의사도 심하게 부은 발목을 보더니 혀를 차며 놀란 표정을 지었다. 그런데 갑자기 왼쪽 발목뿐만 아니라 오른쪽 무릎에도 통증이 느껴지기 시작했다. 왼쪽 발목이 걸리는 바람에 앞으로 넘어지면서 오른쪽 무릎을 바닥에 심하게 찧고 말았다. 워낙 왼쪽 발목이 심하게 다쳐서 오른쪽 무릎에 통증이 느껴지지 않았는데, 병원에 찾아 검사를 받으려고 하니 오른쪽 무릎에도 통증이 느껴지기 시작했다. 할 수 없이 오른쪽 무릎도 X-ray 촬영을 하였다.

"오른쪽 무릎은 괜찮은 것 같습니다. 관절도 깨끗하고 연골조직도 깨끗하게 나왔네요. 그런데 왼쪽 발목이 문제가 있습니다. 바깥쪽 복숭아 뼈에 금이 간 것 같습니다. 사진 상으로 금이 간 것 같이 보이는데, 아무래도 CT 촬영을 해봐야 할 것 같습니다."

다시 CT 촬영실로 가 촬영을 하였다. 점점 걸을 수조차 없을 정도로 고통이 심해지기 시작했다. 고통이 심해지면 질수록 아버지 생각이 더 자주 났다. 죽음 앞에 이르도록 아버진 고통스러워 하셨을 것이다. 그리고 수많은 시간들을 고독 속에서 보내셨을 것이다. 아버지 생각에 눈가에 눈물이 고이기 시작했다.

"CT 상으로 보니 다행히 금은 가지 않은 것 같습니다. 뼈에는 이상이 없는 것 같네요. 그런데 인대랄지, 근육이 손상이 많이 된 것 같습니다. 우선 입원하셔서 치료를 받으시는 게 어떠신지요?"

의사가 입원을 권했다. 그러나 입원하고 싶지 않았다. 병원에 입원하면 아버지 생각에 하루도 버틸 수 없을 것만 같았다.

"아뇨, 입원은 하지 않겠습니다. 그냥 통원 치료 받겠습니다."

"통원 치료 받으신다고요? 당분간 무리하시면 안 되는데, 걷는 게 많이 힘드실 텐데…."

의사가 고개를 가로저으며 말했다. 의사의 말을 따르고 싶었지만, 아버지 때문에 병원에 입원할 수 없었다.

"그러시면 발목 깁스를 하시고 당분간은 절대로 안정을 취하십시오. 매일 나오셔서 진찰받으시고 물리치료도 받으세요."

"선생님, 얼마나 걸릴 것 같습니다. 완쾌 되려면…."

"못해도 한 달 정도는 조심하셔야할 것 같습니다."

한 달 정도는 조심해야한다는 의사의 말에 나도 모르게 이맛살을 찌푸리고 말았다. 결혼식이 얼마 남지 않았는데, 발목을 다쳐 낭패라는 생각이 들었다. 건강을 회복하기 위해 시작했던 운동이 오히려 건강을 망쳐놓았다는 생각에 할 말이 없었다.

응급실로 가 발목 깁스를 했다. 단 한 번도 몸에 깁스를 해본 적이 없던 나로선 발목 깁스가 많이 답답했다. 깁스를 하고 나서 총무과에서 진료비를 지불하고 약국으로 갔다. 깁스를 한 채 약국으로 걸어가는 것조차 무척이나 힘들었다. 약국에서 약을 타 집으로 돌아오는데, 갑작스레 짜증이 몰려들었다. 너무 짜증이 나 나도 모르게 주먹으로 운전대를 수차례 내리쳤다. 손목에 강한 통증이 느껴질 정도로 운전대를 수차례 내리쳤다. 가슴이 너무도 답답했다. 아버지가 돌아가신 후 모든 것이 엉망이 되어 버렸다는 생각이 들었다. 마음을 다잡으려 했지만, 순식간에 밀려든 혼란스런 감정은 쉽사리 사라지지 않았다.

집으로 돌아와 왼발을 쿠션 위에 올려놓은 채 거실에 멍하니 앉아 있었다. 왼쪽 발목에 느껴지는 심한 통증 때문에 자꾸만 짜증이 났다. 깊은 한숨을 여러 차례 내쉬기를 반복하며 멍하니 거실에 앉아 있었다. 멍하니 앉아 있으니 이런저런 생각들이 머릿속에 들어왔다 나갔다를 반복했다. 어떤 사람이 생각에 골몰해 있을 때에 그 사람에게 '무슨 오만(五萬)가지 생각을 하느냐?' 라고 묻곤 한다. 인간은 하루를 살면서 평균 5만 가지 정도에 생각을 한다고 한다. 아침에 일어나서 저녁에 잠들 때까지 무수히 많은 생각들이 머릿속에 들어왔다 나갔다를 반복하는데, 그 생각의 수가 약 5만 가지 정도 된다고 한다. 그래서 생각에 골몰이 빠져 있는 사람에게 '무슨 오만가지 생각을 하느냐?' 라고 묻는 것이다.

오랫동안 거실에 앉아 오만가지 생각을 하고 있는데, 문득 소싯적에 강물에 종이배를 띄우던 기억이 머릿속에 떠올랐다. 종이배를 접어 강물에 띄우고, 종이배를 향해 손을 흔들던 소싯적의 기억이 머릿속에 떠올랐다. 어떤 종이배는 흐르는 강물을 따라 잘 흘러 내려가기도 하지만, 어떤 종이배는 흐르는 강물에 흘러가다 예기치 못한 장애물을 만나 걸려 더 이상 강물을 따라 흘러가지 못하기도 하고, 또는 전복(顚覆)이 되어 물속에 가라앉기도 했다. 소싯적에 강물을 따라 흘러가는 종이배를 보면서 느끼지 못했던 감정이 어느덧 이립(而立)의 나이를 넘어서고 보니 강물을 따라 흘러가는 종이배가 어쩌면 나의 인생인지도 모르겠다는 생각이 들었다. 흐르는 강물은 나의 인생이고, 강물을 따라 흘러가는 종이배는 나의 꿈일 거라는 생각이 들었다. 인생의 강물 위에 꿈이라는 종이배를 띄우는 것, 어쩌면 이것이 살아가는 의미일지도 모르겠다는 생각이 들었다. 종이를 꺼냈다. 그리고 느껴지는 감정들을 한 편의 시로 그려보았다.

- 산다는 건 -

산다는 건
강물에 종이배를 띄우는 것이다.
인생이라는 강물 위에
꿈과 소망을 종이배에 실어

인생의 강물에 띄우는 것
이것이 삶의 의미이다.
산다는 건
드넓은 광야를 홀로 걷는 것이다.
인생이라는 광야 위에
하늘의 소망을 마음에 품고
인생의 강물을 건너는 것
이것이 삶의 의미이다.

지독스러웠던 고난과 역경이 지나고
거침없이 살아온 삶은 어느덧 인생이 되었고
뒤돌아 삶 위에 새겨진 발자국을 바라보며
안타까워하고 아쉬워하는 것
이것이 사는 것이 아니겠는가.

인생의 강물 위에 종이배를 띄웠다.
종이배는 돌아오지 않았다.
그러나 비록 그 종이배가 다시 돌아오지 않는다 해도
오늘도 어김없이 인생의 강물 위에 종이배를 띄운다.

종이 위에 새겨진 한편의 시는 단순한 시가 아닌 삶의 의미로 다가
왔다. 오랫동안 종이 위에 그려진 시를 바라보며 사색에 잠겼다. 사는
것이 무엇이며, 살아간다는 것이 무엇이며, 살고 있다는 것 또한 무슨
의미인지를 깊이깊이 생각해 보았다. 오랫동안 지속되던 생각은 더 이
상 지속되지 않았다. 생각하면 할수록 답을 찾을 수 없었다. 답은 어

쩌면 단순한 곳에 있을지도 모르겠다는 생각이 들었다.

산다는 건, 산다는 건, 산다는 건…?

나는 오늘도 살아간다. 죽음을 향해 달려간다. 아니, 영생을 향해 달려간다.

25

새로운 시작을 위하여

1992년 12월 18일에 실시되었던 제 14대 대통령 선거에서 김영삼 후보가 42% 득표율로 대통령에 당선된다. 반면 호남의 희망이었던 김대중 후보는 득표율 33.8%에 그치며 그만 낙선하고 만다. 그 시절 나는 고등학교 2학년에 재학 중이었다. 그 누구보다도 김대중 후보가 대통령에 당선되기를 희망했었다. 학교에서 교무실을 청소하던 중에 TV를 통해 개표가 완료되고 김영삼 후보가 대통령에 당선되었다는 뉴스를 접한 뒤 나는 한동안 멍하니 TV를 바라보며 안타까워했었다. 이번만큼은 김대중 후보가 대통령에 당선되리라 굳게 믿었는데, 김영삼 후보와 190만 표 차이로 김대중 후보가 낙선하는 것을 바라보며 그 누구보다도 가슴 아파 했다.

그리고 개표 다음 날, 김대중 후보는 정계 은퇴 선언을 하게 된다. 정계 은퇴 선언하는 모습을 TV를 통해 지켜보면서 한편으로 너무도 큰 아쉬움을 갖고 있었지만, 또 한편으론 언젠간 다시 김대중 선생이 대통령 후보로 돌아오리라는 생각을 했었다.

김대중 선생은 영국으로 건너가 케임브리지 대학에서 6개월간 연구 활동을 하게 된다. 연구 활동하는 틈틈이 책을 지필 하여 '새로운 시작을 위하여' 라는 책을 출간하게 된다. 나는 고등학교 3학년 시절에 새로운 시작을 위하여, 라는 책을 읽고 크게 감명을 받았었다. 수능시험 준비에 여념이 없었지만, 평소 김대중 선생을 마음 깊이 흠모하였기에 그 분이 정계 은퇴 후 지필하신 '새로운 시작을 위하여' 라는 책 내용이 너무 궁금하여 구입하여 읽었다. 책을 읽고 난 후 선생을 향한 새로운 시선을 갖게 되었으며, 왜 선생이 위대한 인물인지를 가슴 깊이 깨닫게 되었다. 그 후로 나는 김대중 선생이 직접 지필하신, 또한 그 분과 관련된 책들을 모두 섭렵해 나가기 시작했다.

다시 5년의 세월이 흘렀고, 1997년 12월 19일 김대중 선생은 다시 정계에 복귀하여 제 15대 대통령에 당선되었다. 다섯 번의 죽을 고비를 넘기고, 네 번의 도전 끝에 대통령에 당선된 것이었다. 1997년 12월, 그 시절에는 나는 해병대에 입대하여 군 복무 중에 있었다. 새벽에 가슴 조이며 개표현황을 지켜보던 중, 김대중 후보가 제 15대 대통령으로 당선되었다는 소식을 듣고 얼마나 기쁘던지, 눈에서 눈물이 흘러내릴 정도였다. 모두가 끝이라고 생각했지만, 김대중 선생은 포기하지 않고 네 번의 도전 끝에 대통령의 자리에 올라서게 되었다. 김대중 선생은 늘 자신과 국민들에게 새로운 시작을 위하여, 라는 메시지를 던지며 모두가 끝이라고 말할 때에 그 분은 새로운 시작이라고 말하는 위대한 리더십을 보여주었다.

대통령 취임식을 끝난 후, 김대중 대통령은 '다시, 새로운 시작을 위하여' 란 책을 세상에 내놓게 된다. '다시, 새로운 시작을 위하여' 란 책을 읽게 된 것은 김대중 대통령이 서거하신 후에 일이다. '다시, 새로운 시작을 위하여' 란 책을 읽고 참 많은 생각을 하게 되었다. 비록 김대중 대통령이 서거하셔서 우리 곁에 더 이상 함께 하시지 않지만, 그 분이 남기신 발자취와 역사는 영원히 사라지지 않고 우리 곁에 남아 큰 교훈을 주고 있다. 그런 점에서 본다면 김대중 대통령은 당신의 서거를 통하여 끝이 아닌 새로운 시작을 우리에게 보여주신 것이라 생각된다.

김대중 대통령이 남기신 책들을 아주 감명 깊게 읽었다. 김대중 옥중서신, 행동하는 양심으로, 대중경제론, 나의 삶 나의 길, 대중 참여 경제론, 새로운 시작을 위하여 등등. 그 중에서도 김대중 옥중서신을 가장 감명 깊게 읽었다. 옥중서신은 김대중 대통령이 군사정권에 의해 사형선고를 받고 감옥에 갇혀 있을 때인 1980년부터 1982년까지 그의 가족들에게 쓴 편지들을 묶은 책이다. 교도소 당국은 김대중 대통령에게 오직 한 달에 한 번, 단 한 장의 봉함엽서로, 그것도 가족들에게만 편지 쓰는 것을 허용했다. 그에게 주어진 유일한 적을 거리인 손바닥만 한 우편봉함엽서에다 그는 깨알만한 크기로 그의 감정들을 쏟아부었다. 가족들을 향한 간절한 사랑, 운명과 임박한 죽음의 의미에 대한 단상, 한국 역사와 문화, 정치에 관한 그의 관점, 신앙과 감옥생활 등을 언급하고 있는 옥중서신을 읽고 나는 얼마나 큰 충격과 감동을 받았었는지 모른다. 봉함엽서 앞뒷면에 빽빽하게 깨알 같은 글씨로 원고지 100장 분량의 사연을 적어 넣은 실제 엽서를 보고 입이 떡 벌어질 정도로 나는 큰 감명을 받았었다. 특히 가톨릭 신자이신 김대중 대통령이 갖고 계신 남다른 신앙과, 신앙 속에서 흘러나오는 잔잔한 감동 또한 남달랐다.

1973년 8월 8일에 김대중 대통령은 동경에서 중앙정보부원에 의해서 강제로 납치되어 그들의 공작선에 태워졌다. 처음엔 중앙정보부원들은 김대중 대통령을 호텔 목욕탕에서 죽여 시신을 토막을 내어 배낭에

넣어서 버리려고 했다. 그러나 상황이 나빠지자 김대중 대통령을 차에
태워 대여섯 시간을 도로를 달리다 조그마한 항구 2층집에 데리고 가
서 얼굴에 테이프를 붙이고 손발을 묶었다. 그러다가 다시 한 시간쯤
달려서 어느 해안에서 큰 선박으로 옮겨 싣고는 깊은 바다를 향해 달
리기 시작했다.

그 다음날 아침, 중앙정보부원들은 김대중 대통령 양쪽 팔에다가
30-40킬로쯤 되는 물체를 달아서 물에 던질 준비를 마쳤다. 그런 와중
에 김대중 대통령은 당신이 물에 던져지면 한 3분 만에 허덕이다가 죽
겠다고 생각하며 차라리 잘됐다는 생각을 하였다. 그러던 중에 김대
중 대통령은 예수님이 홀연히 나타나 옆에 서 계시는 모습을 보게 되
었다. 김대중 대통령은 예수님의 옷자락을 붙잡고 매달렸다.

"살려 주십시오. 저는 아직도 해야 할 일이 많습니다. 제발 살려 주
십시오."

그런데 갑자기 눈앞에서 빛이 번쩍번쩍 하더니 '펑' 하는 소리가 났다.
선실에 있던 4-5명의 청년들은 "비행기다!" 라고 외치더니 선창 밖으로
뛰어 나갔다. 배는 미친 듯이 속력을 내어 달렸다. 그렇게 긴박한 시간
이 한 30분 쯤 계속된 후 배가 속력을 낮추기 시작했다. 그 순간 김대
중 대통령은 생사의 갈림길에 서 있었다. 생사의 갈림길에서 예수님을
만나게 되었고, 예수님을 만난 후 죽음이 아닌 새로운 삶을 얻게 되
었다.

그 후 김대중 대통령은 예수님을 만난 것이 실제로 일어난 사건인
지, 아니면 절체절명의 순간에 정신이 혼미해진 상태에서 단순히 환상
을 본 것인지를 자신할 수 없었다. 뒷날 김수환 추기경에게 예수님을
만난 체험을 얘기하고 물었다. 추기경께서는 "당신이 그때 기도하고 있
었다면 환상을 보았을 가능성이 있습니다. 그런데 당신이 다른 생각에

잠겨 있을 때 예수님을 본 것이라고 하니, 그분이 실제로 당신에게 나타났을 가능성이 큰 것 같습니다. 하지만 중요한 것은 그것이 환상이냐, 아니냐가 아니라고 생각합니다. 결국은 믿음의 문제입니다." 라고 대답을 해주셨다.

그렇다. 결국은 믿음의 문제인 것이다. 김대중 대통령은 바다 한 가운데서 예수님을 만난 체험을 통하여 신의 존재성을 의심치 않았으며 그 누구보다도 굳건한 신앙 속에서 모든 어려움과 고통을 이겨내신 것이었다.

1980년 5월에 김대중 대통령은 전두환 장군의 신군부에 의해 내란 음모죄로 구속되어 11월에 계엄군법회의에서 내란음모 혐의로 사형선고를 받게 된다. 사형 선고를 받은 후 김대중 대통령은 감옥에서 꿈을 하나 꾸게 된다. 그 꿈을 꾼 후, 사형수에서 무기수로 전향이 되었고, 다시 무기수에서 20년으로 감형이 되고, 그 후 1982년 12월에 석방이 되어 두 번째 망명길에 오르게 된다.

감옥에서 꾼 꿈의 내용은 이렇다.

날이 몹시 차고 눈보라가 극심하게 치던 어느 겨울 새벽이었다. 사형장으로 김대중 선생을 데려가기 위해 교도관들이 리어카를 끌고 왔다. 실오라기 하나 걸치지 않은 선생을 리어카에 실고 사형장으로 가던 중에 하늘에서 뜨거운 빛이 김대중 선생이 쓰러져 있는 리어카 주변에 쏟아지기 시작했다. 날이 몹시 차고 눈보라가 극심하게 불고 있었지만, 김대중 선생이 쓰러져 있는 리어카 주변에는 봄날처럼 아주 따뜻했다. 김대중 선생은 의식을 차리고 봄날처럼 따뜻한 기운을 느끼며 사형장까지 무사히 이르게 되었다. 그리고 꿈에서 깨었다. 이 꿈을 꾼 후로 김대중 선생은 사형수에서 무기수로, 무기수에서 유기수로, 그리고 석방에 이르게 되었다. 김대중 선생은 꿈속에서 보았던 그 따뜻한 빛이 예수님이 주신 빛이었다고 훗날 말씀하셨다. 그리고 끝이라 생각되었을 때에 반드시 새로운 시작이 기다리고 있다고 말씀하셨다.

끝이라 생각되었을 때에 이미 새로운 시작이 기다리고 있다는 말이 너무도 가슴에 와 닿는다. 시작이 있으면 끝이 있고, 끝이 있으면 시작이 있는 법이다. 태초에 하나님께서 천지를 창조하셨듯이 마지막에는 하나님께서 천지를 멸하실 것이다. 그리고 새로운 시작을 우리에게 안겨주실 것이다. 사람은 누구나 자신의 의지와는 상관없이 세상에 태어난다. 그리고 자신의 의지와는 상관없이 주어진 삶을 살아가게 된다. 주어진 삶 속에서 큰 성공을 이룬 사람도 있고, 큰 실패를 이룬 사람도 있을 것이다. 그러나 성공을 이룬 사람이나, 실패를 이룬 사람이나 마지막에는 하나님의 심판대 위에 서게 될 것이다.

아버지가 세상을 떠나시면서 아버지와의 인연이 끝이 났다. 아버지가 세상을 떠나시면서 아버지와의 추억이 끝이 났다. 아버지가 세상을 떠나심으로 참을 수 없는 고통 속에서 오랜 시간을 보냈다. 아버지를 향한 그리움이 너무도 간절하여 많은 시간 눈물을 흘렸다. 그렇지만 내가 느낀 그리움도, 내가 흘린 눈물도 끝이 아닌 또 하나의 시작이었다. 아버지가 남기신 발자취를 따라 태어날 나의 아들을 위하여 최선을 다해 주어진 삶을 살아가는 것, 이것이 나의 사명인 것이다.

김대중 대통령을 생각하면 늘 '새로운 시작을 위하여' 라는 말이 가슴 속에 떠오른다. 끝이라 생각되었을 때에 새로운 시작이 늘 우리 앞에 기다리고 있다는 김대중 대통령의 말씀이 가슴 깊이 다가온다.

- 옥중단시 -

면회실 마루 위에 세자식이 큰절하며

새해와 생일하례 보는 이 애끓는다.
아내여 서러워마라 이 자식들이 있잖소.

이 몸이 사는 뜻을 뉘라서 묻는다면
우리가 살아온 서러운 그 세월을
후손에 떠넘겨주는 못난 조상 아니고저.

추야장 긴긴밤에 감방 안에 홀로 누워
나라일 생각하며 전전반측 잠 못 잘 때
명월은 만건곤하나 내 마음은 어둡다.

둥실 뜬 저 구름아 너를 빌려 잠시 돌자.
강산도 보고 싶고 겨레도 찾고 싶다.
생시에 아니 되겠으면 꿈이라면 어떨까.

지난겨울 모진 추위 눈물로 지샜는데
무정한 꽃샘바람 끝끝내 한을 맺네.
우습다 천지이치를 심술 편들 어쩌리.

내게도 올 것인가 자유의 기쁜 날이
와야만 할 것인데 올 때가 되었는데
시인의 애타는 심정 이내 한을 읊었나.

가족이 보고 싶다 벗들이 보고 싶다.
강산도 보고 싶고 겨레도 보고 싶다.

그렇다 종소리 퍼지는 날 얼싸안고 보리라.

봄비는 소리 없이 옥창 밖을 내리는데
쪼록쪼록 낙수소리 밤의 정적 깨는구나.
만상이 새 봄이 왔다고 재잘대는 소리인가.

망각의 뜰에도 봄은 찾아오는가.
진달래 개나리 나비도 쌍쌍이네.
묶은 몸 한 많은 세월 너와 같이 살리라.

저기 오는 저 구름아 북풍 따라 온 구름아
무슨 소리 가졌기에 하그리 바삐온가.
지난밤 꿈자리 사나 가슴 설레 있는데

하늘이 무너져도 솟아날 구멍 있고
범에게 물려가도 살아오는 길이 있다.
이 겨레 반만년의지 이 말 속에 담겼다.

주님의 손목잡고 만당원정 하닐 적에
눈물은 강이 되고 한숨은 뭉친 구름
언제나 이한을 풀고 기쁜 날을 살거나.

- 1982년 청주교도소에서 -
〈김대중 선생님의 옥중서신에서 발췌〉

26

경인년(庚寅年) 백호(白虎) 해가 밝아오다

일 년 중, 사망률이 제일 높은 달이 어떤 달인지 아는가? 바로 11월이다. 통계학적으로 11월에 사람이 가장 많이 죽는다고 한다. 여러 가지 이유가 있겠지만, 그 이유 중 하나가 바로 11월에는 공휴일이 없다는 것이다. 말이 안 되고 웃기는 얘기일지 모르지만, 11월에 일요일 말고 공휴일이 없다는 사실이 사망률을 높인다는 통계가 나와 있다. 단순히 통계에 불과하다 말할지 모르지만, 가만히 생각해 보면 그럴 만도 하다는 생각이 든다. 1월에는 신정이 있고, 새해를 맞이하는 들 뜬 마음으로 한 달을 보내고, 2월은 구정이 있고, 졸업식이 있고, 그리고 일 년 중 가장 짧은 달이고, 3월은 신학기이며 3·1 절이 있으며, 4월은 식목일이 있고, 5월은 어린이날과 어버이날, 그리고 석가탄신일, 6월은 현충일이 있고, 7월은 제헌절이 있고, 8월은 광복절, 9월은 추석이 있고, 10월은 개천절과 한글날이 있으며, 12월은 연말이고 성탄절이 있다. 그런데 11월은 공휴일이 없다. 그리고 딱히 기념할 만한 날도 없다. 그래서일까, 일 년 중 유독 가장 길게 느껴지는 달이 11월이다. 가을에서 겨울로 넘어가는, 가장 고즈넉하게, 쓸쓸하게, 우울하게 느껴지는 달이 11월이다. 그래서 11월에 사람들이 가장 많이 죽는 모양이다.

11월 1일엔 학창시절부터 지금까지 내게 음악적으로 많은 영향을 끼친 고 김현식이 세상을 떠난 날이다. 학창시절부터 그의 음악과 함께 지금까지 살아왔다. 그의 음악을 통하여 세상을 보는 눈을 키웠고, 그의 음악을 통해 인생을 알게 되었다. 한 땐 그의 음악을 들으며 나 역시 음악을 하고자 노력했지만, 음악을 시작하면서 내 자신이 점점 염세적으로 변해간다는 사실에, 음악에 대한 회의를 느끼기 시작했다. 하나님을 믿는 신앙인이 세상을 염세적으로 산다는 것은 신앙적으로 앞뒤가 맞지 않는 듯했다. 염세적으로 변해가는 내 모습을 보며 하나님을 향한 죄송스러움을 갖지 않을 수 없었다. 하나님을 향한 죄송스러움이 음악을 향한 열정을 포기하게 만들었다. 음악을 포기한 뒤, 오랫동안 공허함에 휩싸여 있었다. 찾아온 공허함이 정말 때론 날 괴롭게 했다. 그래서 시작하게 된 것이 문학이었다. 음악이 아니면 문학을 통해 세상을 바라보는 눈을 키워나가고 싶었다. 음악에 대한 미련이 아주 없는 건 아니지만, 만약 하나님이 내게 음악적 재능을 주셨다면 내 명예를 위해 음악을 하는 것이 아닌 하나님을 찬양하기 위해 음악적 재능을 쓰고 싶을 뿐이다. 문학도 마찬가지다. 비록 문학공부를 체계적으로 배운 건 아니지만, 만약 하나님이 내게 문학적 재능을 주셨다면 오로지 하나님을 향한 뜨거운 마음으로 문학을 해나가고 싶을 뿐이다.

11월 17일은 내가 세상에 태어난 날이다. 내가 세상에 태어나던 날, 눈이 참 많이 내렸다고 했다. 새하얗게 변해버린 세상이 나의 탄생을 축복하기라도 한 듯 참 많은 눈이 내렸다고 했다. 11월에 눈이 내리기라도 할 때면 나는 내가 태어나던 날을 생각하곤 한다. 비록 내가 세상에 태어나던 날의 기억이 머릿속에 하나도 남아 있지 않지만, 11월에 눈이 내릴 때면 제일 먼저 떠오르는 생각은 내가 세상에 태어나던 날의 기억이다.

음악을 통해 세상을 바라보는 눈이 염세적으로 변해버렸을 시절엔 일 년 중 나는 11월을 가장 좋아했다. 남들은 11월을 가장 싫어한다고 하지만, 나는 유독 11월을 좋아했다. 가을에서 겨울로 넘어가는 분위기를 나는 좋아했다. 가을에서 겨울로 넘어갈 때에 만들어지는 고즈넉한 분위기와 공허함을 나는 좋아했다.

11월이 지나가고 있었다. 10월 말 경에 풋살 경기 중에 다쳐버린 발목 때문에 생활에 지장이 많았지만, 11월에만 느낄 수 있는 풍경들과 감정들을 벗 삼아 11월을 보냈다. 11월을 보내고 12월이 되면서 본격적인 결혼식 준비에 들어갔다. 결혼식을 준비하는 일이 보통일이 아니었다. 어머니는 어머니 나름대로 결혼식 준비에 바빴고, 나는 나 나름대로 정신이 없었다. 결혼식을 준비하는 내내 어머니를 향한 감사한 마음과 그리고 죄송스런 마음이 서로 교차하였다. 아버지가 없이 어머니 혼자 장남의 결혼식 준비하는 것이 힘들 텐데도 어머닌 힘든 내색 한번 하지 않고 모든 것이 하나님의 축복이라고 생각하며 감사한 마음으로 결혼식 준비를 하고 있다고 말했다. 어머니의 말에 가슴이 울컥거렸다. 분명 내 눈엔 어머니가 많이 힘들어 하는 모습이 역력한 대도 애써 힘든 내색을 하지 않는 어머니의 모습에 마음이 아팠다.

결혼식장을 예약하고, 웨딩촬영을 하고, 이바지음식을 준비하고, 예복을 준비하고, 일가친척들에게 드릴 예단을 준비하고…, 참으로 정신없이 12월 한 달이 결혼식 준비하느라 바삐 지나갔다.

12월 31일 송구영신 예배를 드리기 위해 예배당을 찾았다. 눈이 너무 많이 내려 본 교회에 갈 수가 없어 경화와 함께 가까운 교회를 찾아 송구영신 예배를 드렸다. 예배를 드리는 도중 자꾸만 눈물이 났다. '지금까지 지내온 것' 이라는 찬송을 부를 때에 머릿속으로 스쳐지나가는 수많은 생각들이 날 울게 했다. 그 수많은 생각들 중에 가장 머릿속에 오래 기억된 일은 바로 아버지의 죽음이었다. 아버지가 세상을 떠나기 전의 모습과, 그리고 세상을 떠나시던 날의 모습, 그리고 아버지가 세상을 떠난 후에 내가 느낀 생각들과 감정들이 하나하나 내 머리를 거쳐 내 가슴을 거쳐 내 영혼까지 스쳐 지나가는 것이었다. 아버지 생각에 정말 눈물이 주르륵주르륵 흘러 내렸다. 눈물을 닦고 싶었지만, 닦지 않고 흐르는 눈물을 그대로 두었다. 경화는 옆자리에 누워 잠들어 있었다. 경화가 잠든 모습을 지켜보며 눈물을 흘렸다. 경화의 뱃속에 자라고 있는 사랑이 때문에도 눈물을 흘렸다. 아버지를 떠나보낸 슬픔이 채 가시지도 않았는데, 갑자기 찾아온 새로운 만남 때문에도 눈물이 흘러 내렸다. 그리고 어머니 생각에 눈물을 흘리고, 동생들 생각에도 눈물을 흘렸다. 눈물을 흘리며 하나님과 마음으로 대화를 했다. 마음속으로 하나님의 음성이 들려오는 듯했다. 하나님을 향해 원망의 목소리가 가슴 속에서 솟구치는 듯했지만, 하나님을 향한 원망의 목소리가 아닌 하나님을 향한 감사의 목소리를 내기 위해 노력했다. 감사보다는 원망이 내 가슴 속에 더 많은 공간을 차지하고 있지만, 감사한 마음만이 하나님에게 드릴 수 있는 유일한 마음이라는 생각에 원망의 목소리를 가슴에서 내려놓았다. 예배 시간 내내 가슴으로 찾아온 슬픔, 그 슬픔을 이겨낸 뒤에 찾아오는 기쁨, 기쁨을 넘어선 하나님의 사랑을 가슴 깊이 느낄 수 있었다.

인생은 새옹지마(塞翁之馬)란 말이 있다. 어떤 늙은이가 기르는 말이 도망쳤다가 준마(駿馬)를 이끌고 돌아왔는데, 아들이 그 말을 타다가 떨어져 절름발이가 되었으나 그로 말미암아 전쟁에 나가지 않게 되어 죽지 않았다는 회남자(淮南子) 인간훈(人間訓)에 나오는 고사(故事)에서 유래된 말이다. 인생의 길흉화복은 정해진 것 없이 늘 바뀌므로 예측할 수 없다는 뜻이다. 하지만 하나님의 사랑만큼은 정해진 것 없으며 바뀌지도 않고 예측할 수 없는 것도 아니다. 하나님의 사랑은 예측할 수 있으며 가름할 수도 있는 것이다. 비록 지독스런 아픔도 있었지만, 하나님이 주신 귀한 사랑도 있었음을 부인할 수 없다. 하나님의 사랑이 있었기에 지난 한 해를 보낼 수 있었다는 생각이 들었다.

소의 해 기축년(己丑年)이 지나고 호랑이해 경인년(庚寅年)이 밝았다. 60년 만에 찾아온 백호(白虎)의 해가 밝은 것이다. 백호는 실제 흰털을 가진 호랑이를 애기하거나 동양권의 신화나 민화에 나오는 상상의 동물을 의미하기도 한다.

결혼식 일주일을 앞두고 아버지의 묘소를 찾아갔다. 안주머니에 청첩장을 안고 아버지 묘소에 찾아갔다. 결혼식 준비하는 동안 참 많이도 아버지 생각을 했다. 아버지 없이 결혼식을 준비하게 될 줄은 정말 몰랐다. 결혼식 준비하는 내내 아버지의 빈자리가 너무도 크게 느껴졌다. 아버지의 빈자리가 느껴질 때마다 나는 머지않아 태어날 내 아들을 생각했다. 아버지를 잃은 슬픔이 곧 태어날 아들을 얻는 기쁨과 하나 되어 내 가슴 속에 머물렀다.

녹지 않는 눈들이 고스란히 아버지 무덤가에 쌓여있었다. 아버지의 무덤 앞에 섰을 때 감정이 북받쳐 눈물이 솟구쳤다. 흐르는 눈물을 닦지 않고 그대로 두었다. 무릎을 꿇고 아버지 무덤 앞에 쓰러졌다. 그리고 두 손을 모으고 기도했다. 아버지를 위해 오랫동안 기도했다. 아버지가 너무도 보고 싶었다. 아버지가 보고 싶어 미칠 지경이었다. 안주머니에게 청첩장을 꺼냈다. 그리고 아버지 무덤 앞에 내려놓았다. 청첩장 속에 쓰인 아버지의 이름이 보였다. '故 이종곤' 이라고 쓰인 청첩장을 내려다보니 가슴이 미여지는 듯했다. 눈에서 눈물이 떨어져 청첩장 위해 박혔다. 머릿속이 멍했다. 아무 생각 없이 오랫동안 청첩장 속에 쓰인 아버지의 이름을 내려다보았다. 차가운 바람이 불어와 내 머리칼을 흩날리게 했다. 불어온 바람이 차갑게 느껴졌다.

'아버지, 아들 왔어요. 아버지, 아들 왔어요. 청첩장 들고 아버지를 뵈러 왔습니다. 결혼식 준비하는 동안 아버지 생각 많이 했어요. 아버지 없이 결혼식을 치르게 되다니… 정말 믿어지지 않습니다. 제 결혼식 준비하느라 어머니가 많이 고생하셨습니다. 동생들도 많이 도왔습니다. 모든 결혼식 준비 끝내고 이제 결혼식만 남았습니다. 결혼식만 남기고 아버지가 보고 싶어 이렇게 찾아왔습니다. 결혼식장 공간 안에서 아버지의 모습을 뵐 수 없다고 생각하니 가슴이 미여집니다. 그러나 아버지가 못난 아들의 결혼식을 그 누구보다도 축복하여 주시리라 믿습니다. 아버지가 계셨기에 아들이 있고, 못난 아들이 있기에 또 제 아들이 있는 게 아니겠습니까? 아버지, 제가 아들을 얻게 되니 아버지와 아들의 관계가 느껴집니다. 아버지와 당신의 아들인 제가 맺었던 관계, 그리고 제가 제 아들과 맺어야할 관계를 생각할 때면 아버지의 가르침을 생각하게 됩니다. 비록 아버지가 가난하여 많이 배우시진 못하였지만, 아버지가 아들인 제게 가르쳐주신 것은 많이 배워서 얻을 수 있는 것이 아닌, 주어진 인생 가운데 가장 소중하고, 가장 중요한 것들을 가르쳐 주셨습니다. 아버지의 가르침을 아들인 제가 너무도 잘 알기에 당신을 향한 그리움이 오랫동안 사라지지 않고 제 가슴에 남아 있는 모양입니다. 아버지, 노력하겠습니다. 제 아들을 위해 노력 하

겠습니다. 제 아들을 위해 헌신하겠습니다. 아버지가 당신의 아들들에게 베푸셨던 것처럼….'

바람이 거세게 불어왔다. 불어오는 바람에 소나무들이 심하게 요동쳤다. 바람소리와 소나무소리가 귓가에 쓸쓸하게 들려왔다. 오후의 햇살이 설핏해지면서 노을이 지기 시작했다. 어디서 날아왔는지 이름 모를 세 떼들이 하늘 위를 뱅뱅 돌고 있었다. 자리에서 일어나 아버지의 무덤을 뒤로 한 채 산을 내려오다가 몇 번이고 뒤돌아 아버지의 무덤을 바라보았다. 하얀 눈에 싸여버린 아버지의 무덤이 너무도 차갑게 느껴졌다.

'아버지 결혼식 잘 마치고 경화와 함께 인사드리러 오겠습니다.'

마음으로 아버지를 향해 얘기했다. 마지막으로 아버지의 무덤 가 주변을 톱은 뒤 뒤돌아 산을 내려왔다. 산을 내려오는 길에 뉘엿뉘엿 저물고 있는 노을을 보았다. 뉘엿뉘엿 저물고 있는 일몰 위에 아버지가 아들을 향해 웃고 있는 모습이 보였다. 그리고 머지않아 태어날 사랑이가 웃고 있는 모습도 보였다.

27

결혼에 대하여

결혼 - 그것은 하나의 것을 창조하겠다는 두 사람의 의지이다. 그러나 그 하나의 것은 그것을 만드는 두 개의 것보다 나은 것이다. 이러한 의지를 의지하는 자로서 서로 품는 외경의 염(念)을 나는 결혼이라고 부른다. - 니체 (독일의 철학자)

결혼식을 며칠 앞두고 많은 생각을 했다. 일말의 긴장감도 느껴졌지만, 머릿속을 가득 매운 무수히 많은 생각들 때문에 두통이 생기기도 했다. 결혼에 대해 오랫동안 생각해 보았다. 결혼을 해도 후회, 안 해도 후회라는 말이 있다. 이왕 후회할 거면 결혼을 해보고 후회하는 것이 낫다는 얘기도 있다. 나는 결혼을 앞두고 후회하지 않았다. 모든 것이 하나님의 축복이라고 생각되었다. 그러나 다른 한편으론 결혼에 대한 회의도 없지 않았다. 아버지가 세상을 떠난 지 채 반년도 되지 않아 결혼식을 올린다는 것도 생경스럽게 느껴졌다. 아버지의 빈자리가 너무도 크게 느껴졌다. 아버지의 빈자리가 느껴질 때마다 마음속에 가득 메우고 있는 짐이 더욱 무겁게만 느껴졌다.

결혼은 하나의 것을 창조하는 두 사람의 의지라고 독일의 철학자 니체는 말했다. 남(男)과 여(女)가 만나 하나의 것을 창조한다는 의미는 무슨 의미일까. 두 사람이 만들어갈 하나의 것이 두 개의 것보다 나은 것이란 말은 또 무슨 의미일까. 보다 나은 두 개를 만들겠다는 의지가 외적으로 표현되는 것이 결혼이란 말인가. 결혼식을 하루 앞두고 깊이 생각해보지 않았던 결혼에 대해서 깊이 생각하게 되었다.

결혼식을 며칠 앞두고 어머니와 동생들에게 편지를 썼다. 편지를 써 우편으로 부쳤다. 신혼여행 떠난 후 받아볼 수 있도록 우편으로 부쳤다. 편지를 써내려가는 동안 눈시울을 붉혔다.

- 사랑하는 어머니, 보세요. 큰아들입니다. -

어머니!!

어느덧 한 해가 저물고 경인년 새해가 밝았습니다. 새해 벽두부터 내리는 눈 때문에 세상이 온통 새하얗게 변해 버렸습니다. 결혼식이 얼마 남지 않았는데, 걱정이 이만저만이 아닙니다. 결혼식 날 만큼은 날씨가 좋아야 할 텐데, 많이 걱정이 되지만, 모든 것을 하나님의 뜻에 맡기려 합니다. 분명 하나님이 좋은 날씨를 주시리라 믿습니다.

어머니!!

지난 한 해를 눈을 감고 되돌아보면 눈물부터 흘러내립니다. 수없이 많은 일들이 한 해 동안 일어났지만, 그 어떤 일들보다도 가장 머릿속에 또렷이 기억되는 일은 바로 아버지의 기억입니다. 아버지를 생각하면 가슴이 너무너무 아픕니다. 아버지를 생각하면 하염없이 눈물만 흘러내립니다. 아버지를 생각하면 자꾸만 하나님을 원망하게 됩니다. 하나님이 너무하시다는 생각마저 듭니다. 남의 일로만 생각했던 일이 막상 제 앞에 일어나고 보니 산다는 것에 대한 회의로 가득합니다. 앞으로 어떻게 살아야할지도 막막했습니다. 그러나 홀로 되신 어머니를 위해서도, 안타까운 동생들을 위해서도 힘을 내야한다는 생각으로 지금까지 지내왔습니다. 시간이 흐르면서 아버지를 잃은 슬픔이 어느덧 하나님의 깊은 뜻으로 다가옵니다. 하나님의 깊은 뜻을 헤아리려고 얼마나 기도하고 노력했는지 모릅니다. 비록 하나님은 아버지를 잃은 슬픔을 우리에게 안겨주셨지만, 하나님과 더 가까워지는 기쁨을, 그리고 새 생명을 얻는 기쁨을, 하나님의 깊은 뜻을 조금이라도 헤아릴 수 있는 믿음을 주셨습니다. 그래서 감사한 마음으로 하루하루 최선을 다하고 있습니다. 비록 지금은 힘들고 괴롭고 고통스러울 지라도 언젠간 하나님은 우리에게, 우리 가족에게 더 큰 사랑과 소망과 믿음을 안겨주시리라 믿습니다. 또한 돌아가신 아버지도 하나님은 분명 외면하지 않으시고 아버지를 그 누구보다도 가엾게 여기셔서 하나님 품에서 편히 쉬게 하여주시리라 믿습니다.

그러나 마음 한편으로 너무 안타깝습니다. 제가 아버지 없이 결혼식을 올리게 될 줄은 정말 꿈에도 몰랐습니다. 늘 옆에 계실 것이라 생각했던 아버지가 결혼식이 점점 다가오니 더 그립고 더 안타깝습니다. 아버지도 아마 안타까워하실 겁니다. 평생 한으로 남을 것 같습니다. 아버지 없이 결혼식을 올린 것에 대한 아픔이 평생토록 제 어깨를 짓눌러 올 것만 같습니다. 그러나 아버지를 원망하지 않습니다. 아버진 그 누구보다도 가족들을 위하셨고, 아들들을 위하셨습니다. 너무 고생만 하시다 떠나셔서 안타깝지만, 가족들 고생하지 않도록 넉넉히 남겨주신 점도 감사하게 여기고 있습니다.

아버지도 아마 하늘나라에서 제 결혼식을 누구보다도 축하해주시고, 이 못난 아들이 행복하게 살기를 기도하여주시리라 믿습니다.

아버지!! 너무 걱정하시 마시고 맘 편히 계세요. 이 못난 아들을 위해서 많이 기도해 주세요. 아버지!! 너무 보고 싶네요.

어머니!!

어느덧 결혼식이 3일 앞으로 다가왔습니다. 결혼식을 준비하면서 참 어려움이 많았다는 생각이 듭니다. 결혼한다는 것이 이처럼 어려운 일인 줄 몰랐습니다. 애쓰시는 어머니의 모습이 너무 안타까워 죄송스런 마음도 없지 않았습니다. 이 못난 자식을 결혼 시키려고 애쓰신 어머니의 모습이 한없는 고마움으로 다가옵니다. 어머니, 고맙습니다. 비록 제가 지금은 세상을 향해 내세울 것 없지만, 하나님 안에서 열심히 살아 하나님의 이름 드높이며, 또한 어머니에게 효도하며 최선을 다해 주어진 삶을 살아가겠습니다. 또한 동생들을 잘 이끌어 형으로서의 역할에 충실하겠으며, 가장으로서 무너지지 않도록 늘 한결같은 마음으로 가족들을 바라보겠습니다. 곧 태어날 우리 사랑이에게도 아비로서 베풀 수 있는 최고의 사랑을 베풀도록 노력하겠습니다. 너무 걱정하지 마시고, 늘 건강 주의하세요. 이젠 어머니 밖에 우리 곁에 없습니다. 이 못난 자식들을 위해 늘 기도하시는 어머니, 어머니의 기도가 있기에 우리가 살고 있다는 생각도 듭니다. 이젠 제가 기도해야할 차례라고 생각합니다. 어머니가 기도로서 가족을 이끌어 오셨던 것처럼 제가 기도로서 가족을 이끌어야할 차례라고 생각합니다. 어머니를 위해서, 동생들을 위해서, 아내를 위해, 자식을 위해서, 교회를 위해서, 주위사람들을 위해서 늘 끊임없이 기도하도록 노력하겠습니다. 이렇게 사는 것이 어머니에게 효도하는 길이라 생각됩니다.

어머니!!

밖에는 여전히 눈이 내리고 있습니다. 결혼식이 얼마 남지 않아 맘이 혼란스럽기까지 합니다. 어머니가 이 편지를 받으시면 저는 결혼식을 마치고 신혼여행을 떠나있을 겁니다. 결혼식 준비하시느라 고생하셨다는 말을 직접 전해드려야 하는데, 조금은 면구스러워 이렇게 편지로서 고마운 마음을 전합니다. 어머니, 그동안 이 못난 자식을 잘 키워주셔서 고맙습니다. 그리고 결혼식 준비 애써주셔서 고맙습니다. 하루하루 최선을 다해 살면서 어머니가 보여주신 사랑과 고마움을 하나하나 갚아 나가겠습니다.

늘 건강하시고, 늘 행복하시고, 늘 기쁨 충만하시길 빕니다. 앞으로 이 못난 자식을 지켜봐주세요. 그리고 어머니에게 살면서 단 한 번도 해보지 못한 말을 끝으로 편지를 마무리할까 합니다.

어머니!! 사랑합니다. 고맙습니다.

2010년 1월 5일
당신의 큰 아들 올림

- 사랑하는 동생, 현우 보거라. -

가슴 뜨겁게 살아왔던 한 해가 저물고 어느덧 경인년 새해가 밝았구나. 지난 한 해 동생, 고생 많았다. 그리고 다가오는 새해엔 그 누구보다도 큰 복을 받기 바란다. 늘 삶에 대해 후회가 되지 않도록 최선들 다해주기 바란다. 가슴 속에 뜨거운 열정을 품고 네가 꿈꾸고자 하는 것들을 이루기 위해 노력하고, 노력하고 또 노력하길 바란다. 돌아가신 아버지를 생각하며 늘 마음이 흔들리지 않도록 노력하고, 아버지가 보여주신 것들을 생각하며 자식으로서 최선을 다해주길 바란다.

결혼식을 준비하면서 참 많은 것들을 생각했다. 그 많은 생각들 중에 아버지가 남기신 말들이 참 많이 생각났다.

'성은아!! 어머니와 동생들을 잘 부탁한다.'

어머니와 동생들을 잘 부탁한다는 아버지의 마지막 목소리가 늘 내 귓가에 메아리 치고 있다. 아들로서 형으로서 노력하고, 노력하고 노력해야 된다는 것을 그 누구보다도 잘 알고 있지만, 형이 때론 너무 무능하다는 생각이 들 때면 어머니에게도 동생들에게 미안하다는 생각을 할 때가 많다. 하지만 내가 무너지면 집안이 무너지고, 또한 동생들도 무너진다는 생각으로 최선을 다하고 있다. 앞으로 형이 현우 너를 잘 이끌도록 노력할 것이다. 그리고 영은이도 잘 이끌 것이다. 또 작은집 동생들도 잘 이끌도록 노력할 것이다. 그러니 현우 너도 이 형에게 힘을 보태 주길 바란다. 다른 힘이 아니다. 네가 맡은 일에 최선을 다하고 어머니와 형의 뜻에 잘 따르며 집안 곳곳을 돌보며 네가 해야 할 일들을 알아서 찾아 하는 것, 이것이 바로 어머니와 형에게 힘을 실어주는 것이다. 형이 이젠 한 가정을 이끌게 되었다. 너도 언젠간 한 가정을 이끌게 될 것이다. 형이 모범을 보일 것이니, 너 또한 영은이에게 모범이 되도록 노력해 주길 바란다.

아버지를 생각하고, 어머니를 생각하고, 이 형을 생각하고, 네 자신을 생각하고, 또한 영은이를 생각해라. 늘 기도하고 하나님의 말씀 따라 살려고 노력해라. 그러면 언젠간 하나님이 너의 이름을 드높여 주실 것이다. 이 형도 너를 위해 늘 기도했으며, 늘 기도하고 있단다.

현우야!!

눈이 많이 오는 구나. 내리는 눈을 하염없이 바라보며 앞으로 다가올 미래를 생각해 본다. 정말 이젠 다가올 미래엔 고통도 슬픔도 괴로움도 없었으면 한다. 우리가 사는 인생사가 새옹지마(塞翁之馬)라 하지만, 우리가족에는 늘 기쁨과 행복만이 함께 했으면 한다.

형의 결혼식을 준비하느라 고생 많았다. 고맙게 생각한다. 이 편지를 읽을 때면 형은 신혼여행을 가 있을 것 같구나. 어머니에게 편지를 쓰면서 동생들에게 몇 자 남겨야겠다는 생각으로 이렇게 편지를 쓴다.

앞으로 우리 삼형제 그 누구도 부럽지 않는 우애와 사랑으로 집안을 이끌어 가도록 노력하자. 형을 믿고 따라주라. 형도 현우 너를 믿겠다.

사랑한다. 현우야~~~^^

2010년 1월 5일
부족한 형이

- 사랑하는 동생, 영은이 보아라. -

영은아!!

공부하느라 고생이 너무 많구나. 지난 몇 해 동안 공부하느라 얼마나 고생이 많았느냐? 너를 볼 때면 공부가 얼마나 어려운지 깨닫게 된다. 공부한다고 책가방을 들고 집을 나서는 모습이 때론 너무 쓸쓸하게 느껴질 때도 있다. 공부가 힘들어서 어깨가 축 처져 있는 모습을 볼 때면 형으로서 너무 안타까울 때도 많다. 그러나 어찌 하리!! 이왕 시작한 공부이니 끝을 봐야하지 않겠니? 비록 지금은 괴롭고 힘들겠지만, 언제고 찾아올 합격의 기쁨을 위해 최선의 노력을 다해주길 바란다. 가슴을 열고 늘 하나님께 기도하며, 네 능력은 비록 낮지만, 하나님의 능력은 그 어떤 것보다도 높고 높으니 하나님의 능력을 믿고 기도하며 공부하기를 바란다. 형은 믿는다. 언제고 하나님이 길을 열어 주시리라 믿어 의심치 않는다.

어느덧 새해가 시작되었구나. 올 해는 정말 너로 인해 큰 기쁨을 얻게 해달라고 기도하고 있다. 어머니도, 현우도 기도하고 있을 것이다. 너 또한 늘 기도하면서 최선을 다해 주길 바란다.

영은아!!

어느덧 형이 결혼식을 올리게 되었다. 결혼식 준비하느라 애써 준 것 고맙게 생각한다. 조금 일찍 서둘러 결혼했으면, 아버지 없이 결혼식을 올리는 일은 없었을 것인데, 라는 생각이 들면서 아버지를 향한 그리움이 뼈에 사무쳐온다.

'영은아! 경찰 공무원 시험에 끝까지 도전하길 바란다.' 라는 아버지의 말씀 기억하고 있니? 가끔은 아버지가 남기신 말씀들을 생각해본다. 그리고 아버지의 뜻을 받들려고 노력하고 있다. 영은이 너도 아버지의 뜻을 잘 알고 있을 것이다. 힘들지만 좀 더 노력하여 돌아가신 아버지에게 큰 기쁨을 안겨드리길 바란다.

영은아!!

눈이 많이 오는구나. 내리는 눈을 보고 있으니 마음이 허전하구나. 그러나 힘을 내련다. 이 형이 힘을 내야 너도 힘을 낼 것이다. 비록 형이 능력이 많지 않지만, 형으로서 동생인 널 잘 이끌도록 노력하겠다. 너 또한 이 형을 믿고 잘 따라주길 바란다. 우리 삼형제 노력하고 노력하여 집안을 일으켜 세우자. 하나님 보시기에 합당한 집안으로, 그리고 세상 사람들이 부러워하는 집안으로 일으켜 세우도록 노력하자. 형이 앞장 설 테니, 영은이 너도 힘을 더해주길 바란다.

늘 어머니에게 효도하도록 노력하고, 형들에게 동생으로서 잘 따라주길 바란다. 이 형은 널 믿는다. 이 편지를 읽은 때면 형은 신혼여행을 떠나 있을 것이다. 결혼식 준비하느라 고생 많았다. 고맙게 생각한다.

사랑한다, 영은아~~~^^

2010년 1월 5일
부족한 큰 형이

결혼식을 앞두고 눈이 많이 내렸다. 새해 벽두부터 하루가 멀다 하고 눈이 내렸다. 내리는 눈을 바라보며 결혼식 걱정을 많이 했다. 결혼식 날 만큼은 눈이 내리지 않고 춥지도 않고 하객들이 오고가는데 큰 문제가 없게 해달라고 마음으로 빌었다. 다행이도 결혼식 날에는 눈이 내리지 않았고 날도 그리 춥지 않았다. 얼마나 다행스런 일인지 몰랐다.

결혼식 전날 나는 한숨도 제대로 자지 못했다. 밤새도록 뒤척이다 새벽을 맞이하게 되었다. 잠을 자기 위해 노력했지만, 좀체 잠이 오지 않았다. 기실 나는 신경이 예민한 편이어서 큰일을 앞두고는 종종 잠이 오지 않는 경우가 많았다. 결혼식이라는 대사를 앞두고도 역시나 잠이 오지 않았던 것이었다.

아침에 일어나 보니 눈이 충혈 되어 있었고 부어 있었다. 거울을 보고 깊은 한숨을 내쉰 뒤 간단히 샤워를 했다. 샤워를 마치고 간편한 옷차림으로 갈아입고 경화와 그리고 그녀의 친구들과 웨딩숍으로 갔다. 웨딩카는 평소 친동생처럼 나를 잘 따르던 후배가 준비해 주었다. 웨딩숍으로 가는 길에 흐린 하늘을 올려다보았다. 만감이 교차했다. 유년시절부터 소싯적시절, 그리고 학창시절, 군대시절의 기억들이 새록새록 머릿속에 떠올랐다. 살아온 날보다 살아가야할 날들이 훨씬 많다는 생각에 인생이 어찌 보면 참 긴 인생이라는 생각이 들었다.

웨딩숍에 도착하여 분주하게 움직였다. 메이크업을 하고 턱시도로 갈아입었다. 경화도 메이크업을 하고 웨딩드레스로 갈아입었다. 고등학교 친구인 성석이가 아침 일찍 찾아와 도움을 주었다. 모든 걸 준비하고 웨딩카를 타고 웨딩홀로 향했다. 웨딩홀로 향하는 차 안에서 마음으로 기도했다. 결혼식 무사히 마칠 수 있게 해달라고 기도했다. 웨딩홀에 도착하여보니 생각했던 것과는 다르게 너무도 혼란스러웠다. 차들로 빼곡한 주차장이 답답하게 느껴졌다. 그리고 문전성시를 이루고 있는 사람들의 모습도 답답하게 느껴졌다. 웨딩카에서 내려 경화와 함께 웨딩홀로 올라갔다. 수많은 사람들의 시선이 나와 경화에게 쏟아지는 기분이었다. 사람들의 시선이 면구스럽게 느껴졌다. 홀에 도착하여보니 어머니와 숙부님이 계셨다. 그리고 장인어른과 장모님의 모습도 보였다. 흰 면장갑을 끼고 하객들을 맞이하기 위해 서 계셨다. 수없이 많은 사람들이 내게 찾아와 축하인사를 건네고 악수를 청했다. 정신이 하나도 없을 지경이었다. 지난밤에 잠을 자지 못해서 그런지 온몸에 힘이 하나도 없고 머리가 쪼개질 정도로 아팠다. 이마에서 식은 땀이 다 날 정도였다.

결혼식 시간이 되었다. 주례자가 주례 강단에 섰다. 어머니와 장모님이 중앙 행진대 위에 두 손을 잡고 섰다. 스크린에서는 사진들과 경화가 쓴 편지가 방영되고 있었다.

'아버지, 결혼식 시작합니다. 아버지, 보고 계시죠?'

마음으로 아버지를 불러보았다. 결혼식 시작을 알리는 방송이 나오자 식장 안은 사위스러울 정도로 조용해졌다. 어머니와 장모님이 화촉을 밝힌 뒤 자리에 앉자 신랑 입장이 선포되었다. 나는 어깨에 최대한 힘을 빼고 터벅터벅 주례강단을 향해 걸어갔다. 떨지 않으려 노력했지만, 온 몸이 덜덜 떨리는 듯했다. 주례선생님에게 인사를 드리고 뒤돌아 하객들을 향해 인사를 건넸다. 그리고 곧 이어 신부 입장이 선포되었다. 경화와 장인어른이 손을 잡고 주례강단을 향해 걸어 나왔다. 다가가 장인어른에게 인사를 건네고 경화의 손을 잡았다. 그리고 뒤돌아 주례강단을 향해 걸어갔다. 주례선생님 앞에 섰다. 주례는 하남교회 임준태 목사님께서 맡아주셨다. 임준태 목사님은 어머니와 상당한 친분이 있었다. 또한 나 역시 어린 시절 목사님을 통하여 신앙을 키웠었다.

결혼식은 경건하게 치러졌다. 기독교식으로 치러지는 결혼식이다 보니 하객들이 많이 지루해할 것이라 염려했는데, 염려완 달리 결혼식이 너무도 경건하고 아름답게 치러져 다행이었다. 주례선생님의 주례사는 감동이었다. 주례선생님의 축복기도는 감동이었다. 주례사가 끝나고 축가가 이어졌다. 축가는 복된 교회 전도사님이 해주셨다. 사실 오래전부터 결혼식 축가는 내가 직접 부르겠노라고 생각했었는데, 어머니의 뜻을 따라 복된 교회 전도사님에게 맡겼다.

축가가 끝나고 양가 부모님에게 인사를 건네는 시간이 되었다. 먼저 신부 측 부모님에게 인사를 드렸다. 그리고 신랑 측 부모님에게 인사를 드리는 시간이 되었다. 그런데 어머니가 순간 입을 막고 오열하시는 것이었다. 눈물을 흘리시는 어머니의 모습에 나도 그만 눈물을 흘리고 말았다. 큰절을 올리는데 눈물이 펑펑 쏟아졌다. 옆에 서 있던 경화도 눈물을 흘렸다. 오열하는 어머니의 모습이 너무도 안타까웠다. 그런데 오열하는 어머니의 모습 뒤로 아버지의 모습이 보이는 것이었다. 아버지가 날 향해 손을 흔드시며 눈시울을 붉히시는 모습이 보이는 것이었다. 아버지의 모습이 너무도 선명하게 보였다.

'성은아, 축하한다. 세상 그 누구보다도 아버지가 너의 결혼을 축하한다. 언제나 아버지가 너의 행복을 위해 기도하겠다. 그러니 경화에게 늘 잘해 주거라.'

아버지의 음성이 귓가에 들려오는 듯했다. 마음으로 아버지, 아버지, 아버지, 라고 여러 번 불러보았다.

"오늘 하나님의 축복 가운데 하나가 된 신랑과 신부가 행진하겠습니다. 하객여러분께서는 우레와 같은 박수로 축하해주시기 바랍니다. 신랑신부 행진!!"

주례선생님의 말에 결혼행진곡에 맞추어 경화와 함께 행진하였다. 눈물을 닦아내며 행진하였다. 새로운 인생을 위해, 새로운 삶을 위해, 새로운 미래를 위해, 경화의 손을 잡고 행진하였다. 하늘에서 축복이 쏟아져 내렸다.

결혼사진 촬영 내내 어머니의 손을 놓지 않았다. 어머니의 모습이 너무도 외로워 보여 사진 촬영 내내 어머니의 손을 놓지 않았다. 어머니의 손은 참 따뜻했다. 어머니의 손을 잡고 있으니 아버지의 거친 손을 잡고 있는 듯하였다. 어머니의 손을 꼭 잡고 있는 내 모습을 보고 어떤 이는 하나님의 모습을 보았다고 말했다. 사진 촬영 내내 사진 속에 그려지지 않을 아버지의 모습이 생각났다. 사진 속에 아버지의 모습이 그려질 공간이 없을 거라는 생각에 마음이 무거웠다. 그러나 알 수 있었다. 결혼식장 어느 공간에 아버지의 영혼이 함께 하고 있을 거라는 것을 알 수 있었다.

결혼사진 촬영이 끝나고 폐백식이 행해졌다. 폐백식 도중에서 많이 늙어버리신 작은 할머니를 보듬고 눈물을 흘리기도 하였다. 폐백식을 마치고 피로연장으로 이동하여 하객들에게 일일이 인사를 건넸다. 하객들에게 모두 인사를 건네고 겨우 식사를 할 수 있었다. 좀체 입맛이 없어 음식을 입 속에 넣을 수 없었다. 대충 요기를 하고 일어나 서울로 돌아가는 일가친척들을 배웅하는 것으로 결혼식 모든 행사를 마치게 되었다.

웨딩카를 타고 집으로 돌아왔다. 신혼여행은 일요일 오전 예배를 드린 후 오후에 출발하게 되어 있었다. 집으로 돌아오니 모든 것이 허무하게만 느껴졌다. 그토록 분주하게 준비되었던 결혼식이 너무 허무하게 끝나버리니 인생이 느껴지는 듯했다. 몸이 극도로 피곤하였지만, 좀체 잠이 오질 않았다. 밤이 깊도록 잠이 오지 않아 거실 의자에 앉아 창밖을 멍하니 바라보았다. 칠흑 같은 어둠이 온 세상을 뒤덮고 있었다. 어둠 속에서 빛나고 있는 한 줄기 빛이 나의 결혼식을 축하해 주는 듯하였다.

28

계절은 음악처럼 흐른다

시간은 유유히 흘러갔다. 흐르는 시간 속에서 세상은 조금씩 변해만 갔다. 세상이 변하지 않는 것 같지만, 흐르는 시간 속에서 조금씩, 조금씩 변해 갔다. 흐르는 시간과 변해가는 세상 속에서 숨 쉬며 하루하루 살고 있다는 것이 때론 회의적으로 느껴질 때가 있다. 흐르는 시간과 변해가는 세상이 때론 배신자처럼 느껴지는 이유는 무엇일까. 결코 변하지 말아야할 것들이 흐르는 시간 때문에 어쩔 수 없이 변해가는 것을 지켜볼 때면 산다는 것에 대한 회의감에 휩싸이곤 한다. 그토록 변하지 않을 것 같았던 아버지를 향한 그리움도 흐르는 시간과 함께 조금씩, 조금씩 희미해져 가는 것 또한 내 자신이 배신자처럼 느껴지는 한 이유이다. 아버지를 떠나보낸 뒤 세상을 향한 남다른 시선을 갖게 되어 주어진 삶 속에서 흔들림 없이 세상을 이기겠노라, 생각했던 내 모습도 조금씩 변해가는 것 또한 내 자신이 배신자처럼 느껴지는 이유이다.

- 자연은 결코 배신하지 않는다. 우리 자신을 배신하는 것은 항상 우리들이다. -

- 루 소 -

프랑스의 철학자 루소의 말이 문득 생각났다. 시간이 흐르는 것도, 세상이 변하는 것도, 우리를 배신하지 않는다. 우리를 배신하는 것은 바로 우리 자신들이라는 말이 너무도 가슴에 와 닿는다. 내 자신을 바라볼 때면 점점 변해가는 내 모습 속에서 인생을 느끼곤 한다. 세상이 모두 변해도 내 모습만큼은 변하지 않겠노라고 호언장담을 했었는데, 이런 내 생각과는 달리 나 조차도 점점 변해가는 것에 대해 너무나도 아쉬울 따름이다.

그러나 세상엔 결코 변하지 않는 것도 있기 마련이다. 세상 모든 것이 변한다 해도 결코 변하지 않는 것이 있다. 모든 것이 변해도 변하지 않고 때가 되면 어김없이 찾아오는 것은 바로 계절이다. 계절은 유유히 흐르고 흘러 때가 되면 봄이 되고, 때가 되면 여름이 되고, 때가 되면 가을이 된다. 그리고 가을이 지나면 겨울이 된다.

아버진 장맛비가 추적추적 내리던 여름에 세상을 떠나셨다. 가을엔 하나님께서 다가온 슬픔을 이겨내라 내게 아들을 주셨다. 그리고 겨울엔 그토록 바라던 결혼식을 올리게 되었다. 그렇다면 다가올 봄에는 또 내게 무슨 일이 일어날 것인가. 겨울이 가면 분명 봄이 올 것이다. 생명력을 잃었던 대지는 다시 생명력이 움트게 될 것이며 온통 사위스럽게만 느껴졌던 거리의 풍경은 실록으로 가득하게 될 것이다. 다가오는 봄에는 더 이상 슬픔도 좌절도 고통도 더 이상 우리 곁에 머물지 않기를 바란다. 오직 사랑과 소망과 기쁨만이 우리 곁에 머물기를 바랄 뿐이다.

결혼식이 끝난 뒤로 나는 극심한 두통에 시달렸다. 아침에 잠에서 깨어 자리를 털고 일어나는 것조차 힘들 정도였다. 아침에 잠에서 깨어 자리를 겨우 털고 일어나더라도 찾아온 두통 때문에 좀체 정신을 차릴 수가 없었다. 결혼식이 끝나자마자 찾아온 두통이 시간이 흐르면 좋아질 거라 생각했지만, 보름이 넘도록 두통이 좋아지지 않고 날 괴롭게 했다. 병원에 가지 않으려고 일부러 두통을 참았는데, 도저히 힘들어 안 되겠다는 생각으로 신경과 병원을 찾아 진료를 받아보았다. 진료 결과 특별한 이상은 없다고 했다. 단순히 신경성 두통인 것 같지만, 증상이 지속되면 정밀검사를 받아보는 것도 좋겠다고 신경과 의사가 말했다.

약국에서 약을 받아 집으로 돌아와 식사 후 약을 먹었다. 약을 먹으니 두통이 좀 나아지는 듯했다. 하지만 약을 제때 챙겨 먹진 않았다. 두통이 느껴질 때만 약을 먹었다. 약을 먹고 나면 이상스러울 만큼 가슴이 답답하기도 했다. 답답한 가슴을 움켜쥐고 숨을 캑캑 내쉬기도 했다. 숨을 쉬는 것조차 힘이 들 때면 때론 이대로 죽어버렸으면 하는 무서운 생각까지도 들기도 했다. 죽고 싶다는 생각이 들 때면 이대로는 안 되겠다고 생각하며 운동을 하던, 글을 쓰던, 뭔가에 집중을 해야겠다는 생각이 들었다. 그러나 운동은 할 수 없었다. 풋살 경기 도중에 다친 왼쪽 발목상태가 좋지 못해 운동을 할 수가 없었다. 운동을 할 수 없으니 자꾸만 몸이 불어났다. 평소 80kg 정도를 유지하던 체중이 급기야 90kg을 넘어서기 시작했다. 왼쪽 발목 상태가 좋지 못하여 운동에 신경을 쓰지 않았는데, 몸무게가 급격히 늘어 버린 것을 알고 조금씩 운동을 해나갔다. 그러나 운동으로만은 내 생각을 지배할 순 없었다. 하루에도 무수히 많은 생각들이 머릿속에 연출이 되지만, 내 영혼과 육신에 해악이 되는 생각들은 그 어떤 것으로도 제재할 수 없다는 것을 깨닫게 되었다. 그래서 어쩔 수 없이 글을 쓰기 시작했다. 평소 책을 읽는 것을 좋아하고, 사색을 즐기고, 때론 사색 속에서 그려진 것들을 글로 표현하는 것을 나는 무척이나 좋아했다. 어떤 글을 쓸 것인가를 두고 오랫동안 숙고한 끝에 돌아가신 아버지에게도, 그리고 머지않아 태어나게 될 내 아들에게도 큰 의미가 될 만한 글을 써야겠다고 생각했다. 그래서 쓰기 시작한 글이 바로 '아버지와 아들' 이다. 글을 쓰기 시작한 지 어느덧 6개월이 지나갔다. 지난 6개월 동안 매일 밤 나는 책상 앞에 앉아 돌아가신 아버지를 생각하며, 머지않아 태어날 내 아들을 생각하며 글을 써내려갔다. 글을 쓰는 동안 많은 눈물이 눈에서, 아니 영혼에서 쏟아져 내렸다. 눈물을 흘릴 때면 눈물이 그토록 아름답게 느껴질 수가 없었다. 누군가를 그리워하며, 누군가를 생각하며 흘리는 눈물은 인간이 만들어 낼 수 있는 아름다운 것들 중에 최고라는 생각이 들었다.

　글을 쓰기 시작하자 그토록 날 힘들게 했던 두통이 사라졌다. 더 이상 두통이 날 괴롭히지 않았다. 오히려 머리가 맑았다. 죽고 싶다는 생각도 더 이상 들지 않았다. 글을 쓰기 시작하자 세상이 달리 보였다. 글을 쓰기 시작하자 보이지 않았던 또 다른 내 모습이 보이기 시작했다.

　아버지 생전에 나는 매일 밤 8시 30분이 되면 아버지에게 안부전화를 드렸다. 거의 매일같이 밤 8시 30분에 아버지에게 안부전화를 드렸다. 어머니는 전화요금 많이 나오게 뭣 하러 매일 같이 전화를 하느냐고 볼멘소리를 자주 했었다. 그러나 나는 아랑곳하지 않고 매일 같이 아버지에게 안부전화를 드렸다. 그러나 아버지가 돌아가신 후로 더 이상 아버지에게 전화를 걸 수가 없었다. 처음엔 나도 모르게 밤 8시 30분에 죽어버린 아버지의 핸드폰으로 전화를 걸기도 했었다. 아버지 핸드폰으로 전화를 걸면, '지금 거신 전화를 결번이오니 다시 확인하시고 걸어주시기 바랍니다.' 라는 한 여인의 목소리가 들려오곤 했다. 여인의 목소리를 듣고 나면 나는 한참 동안 전화를 끊고 멍하니 하늘을 올려다보곤 했었다.

더 이상 아버지에게 안부전화를 드릴 수가 없으니 어머니에게 전화를 드려야겠다고 생각했다. 매일 밤 8시 30분이 되면 어머니에게 전화를 걸었다. 처음엔 어머닌 쓸데없이 전화를 자주 건다고 볼멘소리를 하셨지만, 시간이 흐르면서 안부전화는 습관이 되어 어머니하고 하루라도 전화를 주고받지 않으면 불안한 생각이 들곤 했다. 현우가 여수로 발령이 나게 되어 더 이상 어머니와 생활을 못하게 되었다. 어머니가 현우가 많이 걱정이 되시는 모양이었다. 그래서 현우에게도 매일같이 어머니에게 안부 전화를 드리라고 당부했었다. 현우도 일이 끝나면 매일 같이 어머니에게 전화를 걸어 안부를 전하기 시작했다.

"밤에 잠을 자다보면 갑자기 다리가 심하게 쑤신다. 몸 상태가 많이 안 좋아진 것 같다. 며칠 병원에 입원치료를 해야 할 모양이다."

갑작스런 어머니의 말에 나도 모르게 소스라치듯 놀라고 말았다.

"갑자기 왜 다리가 아프신데요?"

"요즘 일을 며칠 했더니 힘이 드는 구나."

"무슨 일을 하신다는 겁니까? 간병일 다시 하세요?"

내 물음에 어머닌 단박에 대답하지 않았다. 그냥 엷은 미소를 지으실 뿐이었다. 몇 번이고 무슨 일을 하시느냐고 물었더니 그제야 어머닌 어렵사리 대답을 하셨다.

"박스 정리하는 일을 한다. 시간당 임금도 괜찮더라."

공장에서 박스를 정리하는 일을 한다는 어머니의 말에 깊은 한숨과 함께 고개를 숙이고 말았다.

"몸도 별로 좋지 못하시는 분이 무슨 박스 정리를 하신다고 그러세요. 어머니 일 안하셔도 되니깐, 그냥 집에서 편히 쉬세요."

나도 모르게 어머니에게 목소리를 높여 얘기하고 말았다. 어머니가 간병 일을 하신다고 했을 때도 나는 어머니에게 일하지 마시고 집에서 쉬시라고 말했었다. 그러나 어머닌 자식들에게 짐이 되기 싫다는 이유로 계속해서 일을 하셨다. 교회일로도 바쁘신데, 시간을 쪼개어 공장에 나가 일을 하신다는 말에 너무도 마음이 아팠다. 만성 빈혈로 고생하시면서도 자식들에게 짐이 되지 않기 위해 노력하시는 어머니의 마음이 아들의 눈에서 눈물이 흘러내리게 만들었다.

인간이면 누구나가 욕심이 있게 마련이다. 하나라도 더 가지려고 하는 것이 인간의 본성이다. 많이 갖고 있음에도 더 많은 것을 갖기 위해서 노력하고, 때론 그 노력이 타인에게 고통을 주기도 한다. 자기 것이 아님에도 자기 것처럼 생각하고, 남의 것을 빼앗으려 안간힘을 쓰는 것이 인간의 본능일 수도 있다. 그런데 소싯적부터 지켜보는 어머닌 전혀 욕심이 없는 분 같았다. 때론 너무 욕심이 없어 남에게 빼앗기기만 하는 듯한 어머니의 모습을 이해할 수 없었다. 늘 베풂에 인색하지 않으셨던 어머니는 비록 세상에 내놓을 만한 것들을 많이 가지진 않았지만, 어머니가 살아오면서 세상을 향해 베푸셨던 따뜻한 마음은 사라지지 않고 오랫동안 지속될 것이다.

아버지가 돌아가신 후 아들들에게 짐이 되지 않기 위해 당신의 몸도 제대로 돌보지 않으시고 시간이 나면 한 푼이라도 벌기 위해 노력하시는 어머니의 모습이 예전 아버지가 보여주셨던 땀방울을 연상케 했다. 아버지가 보여주셨던 땀방울, 그리고 어머니가 보여주시는 땀방울이 나에게 있어 세상 그 어떤 것보다도 소중한 것임을 가슴 깊이 아로새긴다.

춘삼월이 시작되면서 찾아온 완연한 봄기운이 대지를 변화시키기 시작했다. 겨우내 쓸쓸하게 봄을 기다리던 자연들이 불어오는 봄기운을 타고 새 생명을 일으키기 시작했다. 황무지와 같았던 들녘에 새로운 생명들이 여기저기서 소리 없는 아우성을 내지르며 세상을 향해 고개를 내밀고 있었다. 겨울의 흔적이 사라지고 봄의 기운이 느껴지기 시작하면서 봄과 함께 머지않아 내 가슴에, 내 삶에 찾아올 작은 우주를 기다렸다. 작은 우주를 기다리는 기쁨은 인생을 살아오면서 단 한 번도 느껴보지 못했던 기쁨이었다. 나로 인하여 아버지와 어머니가 30년 전에 느끼셨을 그 기쁨이 점점 내게 찾아오고 있는 것이었다. 결코 내게 찾아오지 않을 것 같았던 기쁨이 하루하루가 지나면서 더 충만해지기 시작했다. 또한 작은 우주를 통해 내가 느끼게 될 생각과 감정들이 세상 그 어떤 것과도 바꿀 수 없는 소중한 것임을 깨달아 가고 있었다.

아침에 잠에서 깨면 늘 마음으로 기도했다. 우선 아버지를 위해서, 어머니를 위해서, 동생들을 위해서, 경화를 위해서, 그리고 나의 작은 우주를 위해서 기도했다. 작은 우주를 위해서 기도할 때면 하염없이 눈물이 흘러 내렸다. 하루가 다르게 변해가는 모습이 너무도 신비롭게 느껴졌다.

초음파 사진 속의 작은 우주의 모습을 많은 이들이 보고 나를 꼭 빼닮은 것 같다고 말했다. 초음파 사진을 거울 위에 꽂아 두고 매일 작은 우주의 모습을 바라보며 하나님에게 마음으로 기도하고, 또한 작은 우주와 마음으로 대화를 했다. 작은 우주가 전해주는 마음의 대화에 귀 기울이며 봄과 함께 찾아올 작은 우주와의 만남을 기다렸다. 기다림이란 때론 견딜 수 없는 고통이지만, 작은 우주를 기다리는 것은 견딜 수 있는 행복이었다. 작은 우주의 태동이 느껴질 때면 나도 모르게 눈물이 주르륵 흘러내리고, 태담을 들려주면 태동으로 반응하는 작은 우주의 모습에 어린 아이처럼 해맑게 기뻐하는 내 모습이 사뭇 면구스럽게 느껴질 때도 있었다.

봄이 점점 다가오고 있었다. 봄이 다가오자 작은 우주도 점점 내 품을 향해 달려오고 있었다. 새싹이 돋아난 들녘 위를 아장아장 걸어 내 품으로 달려오는 작은 우주를 향해 나는 두 팔을 벌리고 이렇게 외친다.

'작은 우주여!! 어서 내게로 오라.'

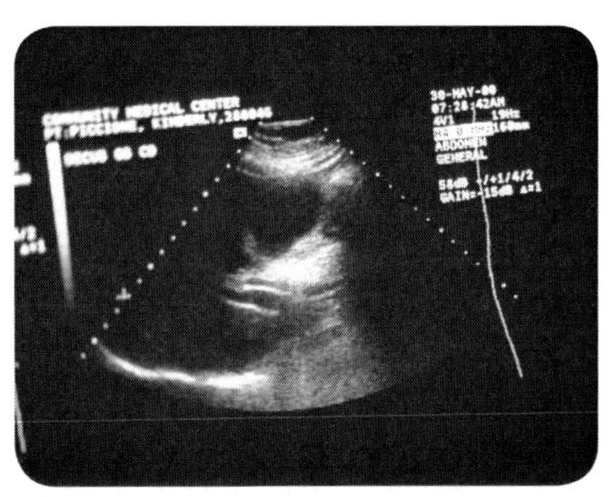

29

아버지는 죽지 않는다

춘삼월이 지나고 춘사월이 되었지만, 아침저녁으로 부는 찬바람이 겨울바람보다도 더욱 시리게 느껴졌다. 그러나 낮이 되면 따스하게 내리 쬐는 햇볕 속을 걷다보면 자연스레 기분이 좋아지곤 했다.

만삭 사진을 찍어야한다면서 시간을 내달라고 경화가 말했다. 만삭 사진을 꼭 찍어야하는 거냐며 퉁명스럽게 말했더니 경화가 서운한 표정을 지으며 찍기 싫으면 혼자 가겠다고 말했다. 만삭 사진을 찍는다는 얘기를 들어보지 못한 나는 별걸 다 찍는다는 생각으로 어쩔 수 없이 시간을 내어 만삭 사진을 찍기 위해 경화와 함께 집을 나섰다.

만삭 사진은 북구 용봉동에 있는 아기 천사라는 스튜디오에서 촬영한다고 했다. 경화가 미리 예약을 해뒀다고 했다. 아침 10시 경에 집을 나서는데 바깥 날씨가 완연한 봄 날씨처럼 느껴졌다. 하늘에서 쏟아져 내리는 햇살이 포근하게 느껴졌다. 하늘에서 쏟아지는 햇살이 대지 위에 온갖 사물들에게 생명력을 불어넣는 것 같았다. 집에서 출발할 때는 기분이 별로 좋지 못하였는데, 막상 밖으로 나와 쏟아지는 햇살을 벗 삼으니 기분이 절로 좋아졌다.

승용차를 타고 스튜디오로 갔다. 스튜디오로 가는 도중 차창 밖으로 보이는 바깥 풍경들이 내 시선을 유혹했다. 여기 저기 꽃 봉우리를 피운 가지각색의 꽃들이 너무도 화려하게 보였다. 노란 개나리에서 매화꽃, 그리고 벚꽃에서 이름을 알 수 없는 꽃들까지, 가지각색의 꽃들이 풍겨내는 아름다움에 절로 취해지는 기분이 들었다.

스튜디오에 도착했다. 차를 주차장에 세워두고 안으로 들어갔다. 현관문을 열고 들어가니 온갖 벽에 걸려 있는 사진들이 내 눈 속으로 빨려 들어왔다. 실내화를 신고 안으로 들어가 벽에 걸려 있는 사진들을 하나하나 살펴보았다. 비록 생면부지(生面不知)하지만 사진 속에 인물들은 친근감을 느낄 수 있을 만큼 표정들이 좋았다. 갓 태어난 아이에서부터 머리가 백발이 되어 버린 노인에 이르기까지, 사진 속에 수많은 사람들의 얼굴을 하나하나 들여다보고 있으니 시간 가는 줄 모를 정도였다.

그런데 사진을 보고 있으니 갑자가 돌아가신 아버지 생각이 나는 것이었다. 돌이켜보니 아버지와 함께 다정하게 찍은 사진 한 장이 없다는 것이 안타깝게 느껴졌다. 아버지가 돌아가신 후 사진첩을 살피며 생전에 아버지가 찍은 사진을 들여다보며 아버지와의 추억을 회상하곤 했지만, 아버지와 함께 찍은 사진 한 장 없다는 것에 대해 통탄했던 기억이 머릿속에 생각이 났다. 아버지와 다정다감하게 찍은 사진이 없다는 것은 아버지와 함께 살아오면서 좋은 기억보단 나쁜 기억이 많다는 이유와도 관련이 있다는 생각이 들었다. 또한 아버지와 다정다감하게 찍은 사진 한 장이 없다는 것은 아버지와 함께 제대로 된 여행 한 번 해보지 못했다는 이유로 다가오기도 했다.

아버지의 인생은 어찌 보면 너무도 무미건조한 삶이 아니었나 생각한다. 오로지 가족을 먹여 살리기 위해 일 중독에 걸린 사람처럼 일만 했던 아버지였다. 제대로 여가 생활도 누려보지 못하고, 그 흔한 해외여행도 가보지 못한 아버지였다. 해외여행은 고사하고 국내여행도 제대로 가보지 못한 삶이 아버지의 삶이었다. 아버지의 삶을 생각하면 너무도 가슴 아프지만, 아버지 생전에 아버지와 함께 제대로 된 여행조차도 가보지 못한 것이 내 가슴을 쓰리게 하고, 아버지와 함께 제대로 된 여행조차도 가보지 못하게끔 아버지를 데려가 버리신 하나님을 향한 원망도 안타까운 일이 아닐 수 없다.

스튜디오에 벽에 걸려 있는 사진들을 보면 볼수록 아버지에 대한 안타까움이 가슴을 사로잡았다. 시간이 흐르면 흐를수록 내 가슴과 영혼을 감싸고 있는 감정과 생각들이 날 힘들게 했다. 그래서 빨리 스튜디오를 빠져 나가고 싶었다.

"안녕하세요. 만삭 사진 찍으러 오셨지요?"

안에서 인기척을 듣고 사진작가와 조수가 밖으로 나오며 환한 얼굴로 인사를 건넸다. 경화가 사진작가와 의자에 앉아 상담을 했다. 나는 함께 의자에 앉지 않고 벽에 걸려 있는 사진들을 구경했다. 사진 속에 그려진 사람들의 모습은 너무도 행복해 보였다. 그러나 사진 속에 그려진 사람들을 바라보는 내 모습은 하나도 행복하지 않았다.

상담이 끝나자 2층으로 올라가자고 사진작가가 자리에서 일어서며 얘기했다. 2층으로 올라가 사진을 찍게 될 스튜디오의 분위기를 살폈다. 나름대로 분위기는 괜찮은 것 같았다. 조수가 갈아입을 옷을 가져다 주며 갈아입을 것을 권했다. 경화는 뭐가 그리 좋은지 헤벌쭉 웃으며 조수의 지시에 잘 따랐다. 그러나 나는 갑자기 밀려든 두통 때문에 자꾸만 이맛살을 찌푸렸다.

"아빠, 좀 웃으세요. 어제 과음하셨어요?"

굳어 있는 내 얼굴을 보더니 사진작가가 말했다. 순간 나도 모르게 멋쩍게 웃고 말았다. 때론 억지로 웃어야할 때에 억지로 웃는 것이 고역일 때가 있다. 특히 사진 찍을 때에 억지로 웃는 일이 상당한 고역인 것을 웨딩포토 찍을 때에 뼈저리게 느껴 잘 알았다.

사진 촬영이 시작되었다. 촬영은 그럭저럭 잘 진행이 되었다. 나는 사진작가가 지시한대로 로봇처럼 움직였다. 자연스런 장면을 연출하기 위해 사진작가가 애를 쓰는 모습에 나 역시 좋은 장면을 연출하기 위해 노력하지 않을 수 없었다.

촬영은 1시간 30분 정도 이루어졌다. 촬영이 끝나고 다시 1층으로 내려왔다. 1층으로 내려오니 벽에 걸린 무수히 많은 사진들이 눈에 빨려 들어왔다. 사진들과 눈을 마주치지 않으려고 했는데, 자꾸만 사진들이 눈 속으로 빨려 들어오는 느낌이었다. 사진을 보면 아버지 생각이 머릿속에 가득해졌다. 아버지를 생각하면 가슴이 아릴 대로 아렸다.

촬영된 사진 모니터링을 해준다고 하면서 우리를 대형 화면이 비치된 장소로 사진작가가 이끌었다. 나는 터벅터벅 무거운 마음으로 장소로 이동했다. 장소에 이르러 문을 열고 들어가는 순간 또 다시 벽에 걸린 사진들이 눈 속으로 빨려들었다. 나도 모르게 보이는 사진들을 보지 않기 위해 눈을 감아버렸다. 사진을 바라보는 것이 고통으로 다가왔다.

"사진이 정말 잘 나왔어요. 맘에 드실 겁니다."

사진작가가 모니터에 사진을 띄우며 얘기했다. 나는 계속해서 눈을 감고 있었다. 눈을 감고 있는 나를 사진작가가 보더니 왜 눈을 감고 있느냐고 물어와 어쩔 수 없이 눈을 떠 촬영된 사진을 하나하나 살펴보았다. 사진작가의 말처럼 사진은 잘나온 편이었다. 사진을 보던 경화가 사진 정말 잘 나왔다고 박수까지 치며 좋아했다.

촬영된 사진 모니터링이 끝이 났다. 모니터링이 끝이 나 자리에서 일어서서 밖으로 나오려는 순간 벽에 걸린 대형사진이 눈에 확 들어왔다. 사진은 어느 이름 모를 가족의 가족사진이었다. 한 가족이 함께 모여 찍은 사진이었다. 아버지와 어머니가 중앙에 앉아 있고, 뒤쪽으로 아들내외가 갓 돌이 지난 것 같은 아이를 안고 서 있고, 옆쪽으로 아들과 딸이 서 있었다. 사진 속에 그려진 가족들의 모습에게서 한동안 눈을 떼지 못했다. 물끄러미 사진을 바라보며 사진 뒤편으로 보이는 장면을 오버랩 해보았다. 사진 뒤편으로 보이는 장면이 제대로 보이지 않았지만, 보이는 장면 속으로 나도 모르게 빠져드는 기분이었다. 나는 눈을 감았다. 제대로 보이지 않은 장면을 제대로 보기 위해 눈을 감았다. 눈을 감고 한동안 마음으로 보이지 않는 장면을 주시했다. 그리고 한참 뒤에 눈을 떠보니 그토록 마음으로 원했던 장면이 눈앞에 펼쳐지는 것이었다.

눈을 떠보니 눈앞에 하얀 는개가 잔득 끼어 있어 앞을 제대로 볼 수가 없었다. 앞을 제대로 볼 수가 없어 나는 좌우를 두리번거리며 보이는 장면들을 톺으려고 했다. 그러나 하얀 는개뿐 아무것도 보이지 않았다.

잠시 후에 어디선가 구두 발자국 소리가 들려왔다. 소리를 찾아 시선을 돌려보니 하얀 는개가 점점 사라지며 누군가 나를 향해 걸어오고 있다는 것을 느낄 수 있었다. 하얀 는개가 걷히고 나를 향해 걸어오는 사람을 향해 시선을 돌려보았다. 검은 정장을 입고 빨간 넥타이를 매고 있는 모습이 상당히 멋져 보였다. 시선을 올려 얼굴을 바라보았다. 얼굴을 바라보는 순간 나는 온 몸이 굳어 버리는 듯 멍하니 서 있었다. 아버지였다. 아버지가 나를 향해 걸어오고 있는 것이었다.

'아버지, 아버지, 아버지.'

나도 모르게 내 입에서 아버지란 소리가 여러 번 흘러 나왔다. 아버지가 한없이 밝은 얼굴로 나를 향해 걸어오고 있는 것이었다. 아버지가 점점 다가오자 갑자기 주체할 수 없을 정도로 눈물이 흘러 내렸다.

"성은아, 아버지다."

아버지가 내 앞에 다가와 내 어깨를 두드리며 말했다. 나는 눈물을 흘리며 아버지의 얼굴을 바라보았다. 아버지가 내 앞에 서 있다는 것이 믿어지지 않았다. 아버지를 살며시 끌어안았다. 그리고 한동안 아버지 품에서 눈물을 흘렸다. 그토록 보고 싶었던 아버지가 내 앞에 서 있다는 것이 믿을 수가 없었다.

"아버지, 사진 찍으러 왔다. 그러고 보니 가족사진 하나 찍지 못한 것이 아버지도 한이 되더구나. 성은이 네가 아버지와 다정다감하게 사진 한 장 찍지 못한 것을 가슴 아파하고 있는 것 같아 오늘 아버지가 가족들과 함께 다정하게 사진을 찍으려고 이렇게 찾아 왔다."

아버지의 말에 나는 눈물을 훔치며 고개를 주억거렸다. 아버지가 내 손을 잡고 어딘가로 걸어갔다. 잠시 아버지를 따라가니 세상에선 결코 볼 수 없었던 너무나도 아름다운 곳에 이르렀다. 눈앞에 펼쳐지는 장면을 보고 있으니 나도 모르게 절로 입이 떡 벌어질 정도였다. 그런데 그곳에 어머니와 동생들, 그리고 경화와 사랑이가 있었다. 또한 얼굴을 알 수 없는 이들도 있었다. 어머니가 내 손을 잡고 한동안 눈을 감고 기도했다. 동생들이 다가와 내게 포옹했다. 내 아내 경화가 다가와 나를 살며시 끌어안았다. 경화가 눈물을 흘리고 있었다. 사랑이가 내게 아빠, 라고 부르며 옹알거렸다. 사랑이를 보는 순간 또 다시 눈물을 흘리고 말았다.

"성은아, 인사해라."

아버지가 얼굴을 알 수 없는 이들을 가리키려 말했다. 얼굴을 알 수 없는 이들이 내게 고개를 숙여 정중히 인사했다.

"머지않아 한 가족이 될 사람들이다. 이쪽은 나의 둘째 며느리, 이쪽은 나의 셋째 며느리, 그리고 여기는 나의 손자손녀들이란다."

아버지의 말을 듣고 앞에 서 있는 이들의 얼굴을 하나하나 살펴보았다. 모두가 행복에 겨운 얼굴로 내 앞에 서 있었다. 그들에게 다가가 하나하나 가슴으로 안아주었다.

아버지와 어머니가 가운데 놓여 있는 의자에 앉았다. 그리고 아버지와 어머니 뒤에 내가 섰다. 그리고 내 옆에 경화가 사랑이를 품에 안고 섰다. 우측에는 둘째 동생 내외가 좌측으론 셋째 동생 내외가 그리고 나의 사랑스런 조카들이 양쪽에 둘러섰다.

"자, 사진 찍습니다. 모두 김치 하세요."

어디선가 누군가의 목소리가 들려왔다. 모두가 들려오는 소리를 향해 김치를 외치며 웃었다. 잠시 후 찰칵 거리는 소리와 함께 사진이 찍혔다. 찍힌 사진이 날아와 아버지 손에 쥐어졌다.

"자, 받아라."

아버지가 내게 사진을 건넸다. 나는 아버지에게서 받은 사진을 들여다보았다. 사진 속을 들여다보고 있으니 살면서 단 한 번도 느껴보지 못한 행복을 느낄 수 있었다. 사진을 들여다보며 행복에 겨워하는 내 모습을 보며 아버진 기쁨의 눈물을 흘렸다.

"무슨 생각을 그리 하세요?"

사진작가의 물음에 나는 온몸을 부르르 떨며 놀란 표정을 지었다. 벽에 걸러 있는 가족사진을 바라보았다. 사진 속에 아버지와 어머니, 그리고 동생들과 미래의 나의 가족들과 함께 찍은 사진이 걸러 있었다. 사진을 보고 나는 피식 웃으며 엷은 미소를 지었다.

집으로 돌아오는 길에 아버지와 함께 찍었던 가족사진을 생각했다.

비록 가족사진이 현실적으로 존재하진 않지만, 내 가슴 깊은 곳에 영원히 자리 잡고 있을 가족사진이 내게 큰 행복을 가져다주리라 생각했다. 가족사진 속에서 한없이 행복한 미소를 짓고 계신 아버지의 모습이 내 가슴에 존재하는 한, 아버지는 영원히 죽지 않을 것이다. 다만 뵐 수 없을 뿐이다. 그러나 언젠간 뵐 수 있을 것이다. 왜냐하면 내 마음 속의 아버지는 영원히 죽지 않기 때문에…

30

작은 우주여, 나에게 오라

　하루하루 시간이 너무도 더디 흘러가는 것만 같았다. 더디 흘러가는 시간 속에서 나는 묵묵히 새로운 만남을 기다렸다. 묵묵히 새로운 만남을 기다리면서 새로운 만남을 위해 기도하고 기도하였다. 세상에서 가장 슬픈 일은 사랑하는 사람과 헤어지는 것이고, 세상에서 가장 기쁜 일은 사랑하는 사람과의 만남이라는 것을 나는 깨달아 가고 있었다. 사랑하는 아버지와의 갑작스런 이별, 그 이별 속에서 겪어야만 했던 모진 고통은 어느덧 인생의 큰 교훈으로 다가왔다. 아버지와의 이별 속에서 느낀 인생의 큰 교훈은 살아오면서 느꼈던 그 어떤 교훈보다도 크고 값진 교훈이었다. 비록 아버지와의 이별은 지독스런 슬픔이었지만, 언젠간 한 번은 경험해야만 한 필연적인 경험이기에 시간이 흘러가면서 겸허한 마음으로 모든 사실과 현실을 받아들였다.

　아버지를 떠나보낸 슬픔이 채 가시지 않은 시점에서 새로운 생명을 얻게 된 것은 우연이라고 말하기엔 너무 극적인 면이 있는 것 같았다. 아버지를 잃은 슬픔을 이겨내라고 하나님께서 새로운 생명을 주신 것 같다는 어머니의 말처럼, 감당할 수 없는 고통 뒤에 찾아온 새로운 만

남의 기쁨은 그 어떤 것보다도 소중하고 감사한 일이 아닐 수 없었다.

태중에 자라고 있는 아이를 위해서 정말 최선을 다했다. 아침에 일어나자마자 아내의 배 위에 손을 얹고 아이를 위해 기도하고, 틈만 나면 아내의 배를 붙잡고 찬양을 부르고, 잠자리에 들기 전에는 꼭 태교를 잊지 않았다. 혹 태중에 자라는 아이에게 어떤 해라도 끼치게 될까봐 가슴 조이며 아이와의 만남을 기다렸던 시간들을 되돌아보면 너무도 행복한 시간이 아닐 수 없었다. 한 아이의 아빠가 된다는 것은 세상 그 어떤 것보다도 행복하고 감사한 일이 아닐 수 없었다. 그러나 점점 출산일이 다가오자 일말의 두려움이 느껴지기도 했다. 두려움이 느껴질 때면 두 눈을 감고 마음으로 하나님께 기도했다. 산모를 위해서, 아이를 위해서 기도를 하고나면 마음이 편안해짐을 느꼈다. 어머니는 모든 것을 하나님께 맡기라고 말씀하셨다. 당신도 세 아들을 낳으실 때에 모든 것을 하나님께 맡기셨다고 말씀하셨다. 어머니의 말처럼 나 역시 모든 것을 하나님께 맡기겠다고 다짐했다.

아침에 일어나 아내의 배 위에 손을 얹고 마음으로 기도했다. 산모를 위해, 아이를 위해 기도했다. 내 기도 소리를 듣기라도 한 듯 뱃속의 아이가 움직였다. 아이의 움직임이 느껴질 때면 한 생명이 아내의 태중에 자라고 있다는 사실이 경이롭게 느껴지기도 했다. 그런데 아이의 움직임이 평소와는 달랐다. 어쩐지 아이가 불편해한다는 느낌이 들었다. 기도를 마치고 아내의 얼굴을 들여다보았다. 그런데 아내의 얼굴도 편치 않아 보였다.

"오빠, 사랑이가 곧 나오려고 그런가봐. 양수가 터진 것 같아."

양수가 터진 것 같다는 아내의 말에 나는 자못 놀랐다.

"병원에 가봐야 하는 거 아냐?"

"아직은 병원에 갈 정도는 아닌 것 같아. 좀 더 지켜봐야 할 것 같아."

아내의 말에 고개를 주억거렸다. 출산 예정일이 며칠 남지 않았기 때문에 곧 아이가 태어날 것이라고 생각하고 마음을 다잡았다. 아내에게 격려의 말을 남기고 출근하기 위해 집을 나섰다. 집을 나서는 몸과 마음이 천근만근 무거웠다. 출근하지 않고 아내 곁을 지키고 싶었지만, 그럴 수 없었다. 어머니에게 전화를 걸어 곧 아이가 태어날 것 같다고 알렸다. 어머니는 마음 편히 아이를 기다리라고 말씀하셨다.

오전에 여러 차례 아내에게 전화를 걸었다. 아내는 계속해서 양수가 흘러내리고 있다고 했다. 양수가 너무 많이 흘러 버리면 마른 아이를 낳게 되어 위험할 수 있다는 어머니의 말이 생각이 나 곧장 어머니에게 전화를 걸었다. 전화를 받은 어머니는 곧 아이가 나오려고 하는 모양이니 곧장 병원에 가봐야 할 것 같다고 말씀하셨다. 어머니와 전화 통화 후 사무실에 얘기를 하고 집으로 달려갔다. 집 앞에 도착하니 어머니가 와 계셨다. 아내가 병원에 갈 준비를 하고 밖에 나와 있었다. 아내와 어머니를 뒷좌석에 태우고 에덴병원으로 향했다. 아내가 아이를 꼭 에덴병원에서 낳고 싶다고 하여 집과는 상당한 거리가 있지만, 에덴병원을 선택했다. 병원으로 향하는 내내 마음으로 기도했다. 산모나 아이에게 아무런 문제가 없게 순산할 수 있게 해달라고 기도했다. 어머니는 아내의 손을 잡고 위로의 말들을 쏟아내셨다. 어머니의 말을 듣고 있으니 34년 전에 나를 낳기 위해 어머니가 느끼셨을 산고가 느껴졌다. 어머니가 느끼셨을 산고를 생각하니 눈시울이 붉어졌다.

병원에 도착했다. 진료실을 찾아 담당 의사를 만났다. 담당 의사는 양수가 이미 터져 버렸으니 입원하여 출산 준비를 해야 된다고 했다. 양수가 터져버린 마당에서는 자연분만은 어렵다고 했다. 양수가 다 흘러 버리기 전에 유도분만을 하는 것이 좋겠다고 했다. 담당 의사의 말에 나도 모르게 깊은 한숨을 내쉬었다. 나는 전적으로 자연분만을 원했다. 아이가 세상에 태어나고 싶을 때에 스스로 세상에 태어날 수 있도록 해달라고 많은 시간 기도했는데, 유도분만을 해야 한다는 담당 의사의 말에 실망감을 감출 수 없었다. 그러나 하나님을 원망하진 않았다. 오히려 하나님을 의지하고 산모나 태아에게 아무런 문제없는 출산이 될 수 있도록 해달라고 마음으로 다시 한 번 기도했다.

입원 수속을 하고 짐을 챙겨 분만실로 들어갔다. 난생 처음 들어가 보는 분만실의 모습은 생각했던 거와는 사뭇 달랐다. 먼저 분만실에 들어와 출산을 준비하는 산모들이 간간이 보였다. 환자복으로 옷을 갈아입은 아내의 모습을 소파에 앉아 지켜보았다. 긴장된 얼굴로 나를 바라보는 아내의 모습은 너무도 안쓰러웠다. 곧 다가올 출산의 고통을 아내가 잘 감당해낼지 걱정이 이만저만이 아니었다. 어머니가 아내의 손을 붙잡고 간절히 기도해주셨다. 아내도 두 눈을 감고 어머니의 기도를 받아들였다. 어머니의 기도는 너무도 따뜻하게 느껴졌다.

남자는 결코 느낄 수 없는 출산의 고통, 그 고통이 얼마나 가혹한 것인지 남자는 절대적으로 느낄 수가 없다. 온 몸을 칼로 써는 듯한 고통이라고 어머니가 출산의 고통을 비유적으로 말씀하셨다. 얼마나 큰 고통이면 온 몸을 칼로 써는 듯한 고통이란 말인가. 온 몸을 칼로 써는 고통은 과연 어떤 고통일까. 출산의 고통이 온 몸을 칼로 써는 듯한 고통이라는 말에 섬뜩한 느낌을 지울 수 없었다.

점점 밤이 깊어지자 아내는 진통을 느끼기 시작했다. 온 몸을 가만히 두지 못하고 뒤척이면서 점점 더해만 가는 고통을 이겨내려고 안간힘을 썼다. 진통을 이겨내려고 안간힘을 쓰는 아내의 모습을 지켜보는 것도 마음의 고통으로 다가왔다. 할 수만 있다면 내가 대신 진통을 겪고 싶었다.

“아무나 엄마가 되는 것이 아니야. 그 누구도 대신 이겨내 줄 수 없어. 본인 스스로가 이겨 내야만 해. 이겨 내야 엄마가 될 수 있는 거야.”

어머니가 진통 때문에 괴로워하는 아내의 손을 잡고 말씀하셨다. 어머니의 말처럼 그 누구도 대신할 수 없는 고통이었다. 아내가 어떻게든 이겨내야만 하는 고통이었다. 아내가 용기를 잃지 않고 모든 고통을 이겨내기를 바랄 뿐이었다.

“선생님, 언제쯤 아이가 나오겠습니까?”

분만실을 찾은 당직의사에게 조심스레 물었다.

“음, 빠르면 새벽에나 나올 것 같습니다. 너무 걱정하지 마시고 차분히 기다리세요.”

아이가 새벽에나 나올 것 같다는 당직의사의 말에 깊은 한숨을 내쉬었다. 새벽까지 기다려야하는 기다림의 시간이 너무도 길게만 느껴졌다. 시간이 빨리 흘러가버렸으면 좋겠다는 생각이 들었다.

자정이 좀 넘은 시간에 아내는 무통주사를 맞았다. 무통주사를 맞으니 5분 간격으로 계속되던 진통이 잦아들기 시작했다. 진통 때문에 오만상을 찌푸리며 괴로워하던 아내는 더 이상 괴로워하지 않고 눈을 감고 잠을 청하였다. 잠든 아내의 얼굴을 내려다보며 두 눈을 감았다. 지난 열 달 동안의 기억이 주마등처럼 스쳐 지나갔다. 스쳐 지나가는 기억들 속에서 느꼈던 기쁨과 행복이 곧 있으면 완성된다는 생각에 가슴이 뭉클해지는 것만 같았다. 잠든 아내의 모습을 지켜보고 있으니 아내가 너무도 안쓰럽게 느껴졌다. 참고, 참고 또 참아내어 순산하기를 마음깊이 기도했다.

새벽까지 나는 잠을 자지 않고 담담한 마음으로 출산을 기다렸다. 새벽이 다가오자 병실에 올라가 잠을 청하셨던 어머니가 분만실로 내려오셨다. 어머니도 걱정이 이만저만이 아니신 모양이었다. 어머니에게 왜 아이가 나올 기미를 보이지 않는 거냐고 물었다.

"나는 너를 낳으려고 3일을 고생했다. 3일 동안 도통 나올 기미를 보이지 않아 시간이 더 흐르면 위험할 것 같아 함박눈이 펄펄 내리던 새벽에 병원으로 옮겨 너를 낳았어. 요즘은 의료기술이 발달되어서 큰 위험 없이 다들 아이 잘 낳으니 너무 걱정하지 말거라."

나를 낳기 위해 3일 동안 고생했다는 어머니의 말이 가슴을 뭉클하게 했다. 34년 전에 열아홉에 어린 나이에 이겨내야만 했던 어머니의 고통이 가슴 속으로 파고들었다.

새벽 5시부터 무통주사를 끊고 힘주기를 시작했다. 자궁을 열기 위한 사투를 벌이기 시작했다. 자궁이 3Cm이상 열려야만 출산을 시도할 수 있다고 했다. 자궁을 3Cm까지 열리게 하는 것은 산모의 몫이라고 했다. 힘주기가 본격적으로 시작되면서부터 아내는 극심한 고통을 느끼기 시작했다. 차마 눈뜨고 지켜볼 수 없는 처참한 모습이었다. 힘주기를 반복하면서 탈진상태가 되어 의식을 잃는 아내의 모습을 차마 지켜볼 수 없어 분만실 문을 박차고 밖으로 나가고 싶었다. 고통스러워하는 아내의 모습이 경이롭게 느껴질 정도였다.

그런데 힘주기가 시작된 지 3시간이 지나도록 자궁이 좀체 열릴 기색을 보이지 않았다. 이미 날을 밝아 아침이 되었고, 당직을 섰던 의료진이 빠져나가고 막 출근한 의료진이 다시 분만실에 투입이 되었다. 어머니가 간간이 분만실을 들여다보며 출산 진행 상태를 확인하셨다. 무덤덤한 얼굴로 분만실을 들여다보는 어머니의 모습이 면구스럽게 느껴지기도 하였다. 어머니는 몇 번이고 걱정하지 말라고 말씀하셨다. 모든 것을 하나님께 맡기고 그 분의 뜻을 기다리라고 말씀하셨다. 어머니가 옆에 계신 것만으로 너무도 큰 힘이 되었다.

3시간 동안 힘주기 한 결과 자중이 2Cm가 열렸다. 자궁을 2Cm 열리게 하기 까지 아내가 겪은 고통은 너무도 참혹했다. 의사와 간호원들은 한 시간 정도만 더 힘주기를 하면 자궁이 3Cm까지 열릴 것이라고 말하며 아내를 독려했다. 아내에게 조금만 더 힘을 내라고 말했다. 아내는 죽을 것만 같다는 말을 여러 차례 내뱉으며 고통스러워했다. 대체 출산의 고통이 얼마나 큰 고통이기에 죽을 것만 같은 고통이란 말인가. 내심 출산의 고통을 느껴보고 싶다는 생각이 들었다. 그러나 남자는 결코 느낄 수 없는 고통이었다.

힘주기 4시간이 되었는데도 자궁은 2.5Cm까지 열리고 더 이상 열리지 않았다. 힘주기 시간이 4시간을 넘어 5시간, 그리고 6시간이 되도록 자궁은 2.5Cm에서 멈추어 더 이상 열리지 않았다. 아내는 탈진 상태가 되어 의식을 잃어갔다. 산모도 태아도 모두 위험한 상태에 이르게 될 것만 같았다.

"대체 언제까지 힘주기만 시킬 겁니까? 어떤 대책을 강구해야 할 것 아닙니까?"

목소리에 힘주어 간호원에게 말했다. 간호원이 이마의 땀을 닦으며 담당 의사를 모시고 오겠다고 하면서 분만실을 빠져 나갔다. 잠시 후 담당 의사가 분만실로 들어왔다. 분만실에 들어온 담당 의사는 비닐장갑을 끼고 아무 거리낌도 없이 아내의 질 속으로 손가락을 집어넣어 자궁이 얼마나 열려 있는지를 확인했다.

"안되겠습니다. 우선 수술실로 옮겨야겠습니다. 너무 시간을 끌면 산모나 태아에게 위험할 수 있으니 수술실로 옮겨 회음부를 절제한 후 흡입기로 아이를 빨아들여 보는 게 좋겠습니다. 흡입기로 빨아 들여도 아이가 나오지 않으면 수술을 할 수 밖에 없습니다."

수술을 할 수도 있다는 의사의 말이 청천벽력으로 다가왔다. 얼마나 자연분만하기를 원했던가. 자연분만 할 수 있도록 도와달라고 얼마나 많은 시간 기도했던가. 그런데 수술을 할 수도 있다는 의사의 말에 나도 모르게 하나님을 원망하기 시작했다.

아내는 탈진된 상태에서 수술실로 옮겨졌다. 분만실 앞에서 기다리고 있던 어머니가 급히 달려왔다. 그리고 무슨 일이냐고 물었다. 어머니에게 나직한 목소리고 모든 상황을 얘기했다.

"너무 걱정하지 마라. 엄마도 너 낳을 때에 3일 동안 나올 기미를 보이지 않아 병원에서 흡입기로 빨아들여 너를 낳았어. 흡입기로 빨아들여 아이를 낳아도 아무 문제가 없으니깐, 너무 걱정하지 마라."

나 역시 흡입기로 빨아들여 낳았다는 어머니의 말이 생경스럽게 다가왔다. 나 역시 세상에 태어날 때에 물리적인 힘에 의해 태어났는데, 사랑이도 물리적인 힘에 의해 세상에 태어나야만 하는 운명이라는 것이 믿어지지 않았다.

수술실에 옮겨진 아내는 이미 이성을 잃은 듯 더 이상은 버틸 수 없으니 수술을 하겠다고 그악스럽게 소리쳤다. 이제 와서 수술을 하겠다고 소리치는 아내에게 나도 모르게 화를 내고 말았다. 아내의 고통을 헤아리지 못하고 뱃속의 아이의 안위만을 생각하는 내 자신이 너무도 부끄러웠다. 더 이상 아내를 바라볼 수가 없어 수술실을 빠져 나와 버렸다. 간호원들이 아내를 설득하기 시작했다. 여기까지 왔는데, 시도도 해보지 않고 수술을 하면 아이가 고통스러워할 수 있으니 시도라도 해 보는 게 어떻겠냐고 간호원들이 아내를 설득했다. 간호원들의 설득에 아내는 마음을 다잡고 다시 한 번 아이를 위해 사력을 다하겠다고 다짐했다. 다시 수술실로 들어갔다. 수술대 위해 누워 있는 아내에게 다가가 손을 잡았다. 아내는 눈물을 흘리고 있었다. 아내의 눈물을 보자 내 눈에서도 소리 없이 눈물이 흘러 내렸다. 잠시 후, 아내의 자궁 속에서 사랑이의 머리가 빠져 나왔다. 아내의 머리맡에서 사랑이의 뒤통수를 내려다보았다. 사랑이의 뒤통수를 보는 순간 온몸에 전율을 느꼈다. 드디어 만나는 구나. 드디어 사랑이 너를 만나는 구나. 사랑이의 어깨가 빠져 나오고, 손이 빠져 나오고, 두 다리가 빠져 나오고… 아내의 자궁을 빌어 세상에 태어나는 아이의 모습은 세상 그 어떤 말로도 형용할 수 없는 경이로움이었다. 아이가 바구니에 놓여졌다. 울음을 터트리는 아이의 모습을 지켜보고 있으니 수개월 전에 세상을 떠나신 아버지의 모습이 눈앞에 그려졌다. 아버진 한평생 살다가 죽음의 문을 열고 세상을 떠나셨고, 반면 아이는 한평생 살기 위해 삶의 문을 열고 세상에 태어난 것이었다. 수술가위를 들고 아이의 탯줄을 잘랐다. 탯줄을 자르는 순간 이를 앙다물고 밀려드는 기쁨의 눈물을 참아냈다.

아이는 너무도 건강했다. 양력 2010년 5월 26일 10시 25분에 아이는 세상에 태어났다. 체중 3880g 신장 52Cm 두위 36Cm 흉위 35.5Cm의 건강한 모습으로 세상에 태어났다. 아이는 신생아실로 옮겨졌다. 아이가 신생아실로 옮겨지는 것을 알고 어머니가 달려들어 아이를 확인했다. 잠시 후에 아내는 다시 분만실로 옮겨졌다. 분만실에서 아이에게 젖을 물려주었다. 아이는 아내의 젖무덤을 찾아 본능적으로 작은 입을 가져다댔다. 아내의 젖꼭지를 물고 힘차게 빠는 아이의 모습이 너무도 신기했다.

어머니를 바라보았다. 아이를 보고 기뻐하시는 어머니의 모습에 가슴이 울컥거렸다. 지독스런 가난 속에서 열아홉의 나이에 이 못난 아들을 세상에 태어나게 하기 위해 겪었을 어머니의 고통을 생각하니 가슴이 터져버릴 것만 같았다.

"어머니, 이 못난 아들을 낳으려고 얼마나 고생 많이 하셨습니까? 어머니, 고맙습니다. 너무너무 고맙습니다."

울먹이는 목소리로 어머니에게 말했다. 웃고 계시지만, 어머니도 눈물을 흘리시는 것 같았다. 어머니는 동생 현우를 혼자 낳으셨다고 말씀하셨다. 동생 현우를 혼자 낳으셨다는 말에 나는 소스라치듯 놀라고 말았다. 그리고 막내 영은이는 산통을 겪고 있을 때에 하남교회 임준태 목사님 내외와 이모가 마침 집에 찾아오셔서 사모님과 이모가 영은이를 받았다고 말씀하셨다. 하나도 아닌 세 아들을 낳으시기 위해 어머니가 겪어야만 했던 고통을 생각하니 고개가 절로 숙여졌다. 또한 낳은 것으로 끝나지 않고 세 아들을 키우시기 위해 고생 하신 것을 생각하니 눈물이 앞을 가렸다.

아버지 생각이 머릿속을 떠나지 않았다. 만약 아버지가 살아계셨으면 아이를 품에 안고 얼마나 기뻐하시겠는가. 그런데 당신의 장손을 품에 안아보시지도 못하고 세상을 떠나버리신 아버지가 너무도 안타깝게 느껴졌다. 그러나 비록 장손을 품에 안아보시지는 못하지만, 아버진 아이를 마음으로 안고 무척이나 기뻐하실 것만 같았다. 아이를 품에 안고 눈물을 흘리시는 아버지의 모습이 눈앞에 그려졌다.

그토록 기다리고 기다렸던 아이를 품에 안았다. 아이를 품에 안고 두 눈을 감고 기도했다. 두 눈을 감고 있으니 저 멀리서 나를 향해 달려오는 아이의 모습이 보였다. 나를 향해 달려오는 아이를 향해 두 팔을 벌렸다. 아장아장 걸어 내 품으로 달려오는 아이를 향해 외쳤다.

'작은 우주여, 어서 내게로 오라.'

아이는 아장아장 걸어와 내 품에 안겼고, 내 품에 안겨 소리 내어 울었다. 아이의 울음소리가 내 영혼 속에서 오랫동안 메아리쳤다.

31

어느덧 일 년이 지나고

오후에 아버지가 생전에 자주 머리를 자르시던 이발소를 찾아갔다. 머리를 자를 때가 되어 평소 자주 찾던 박승철 헤어스튜디오 문 앞까지 갔다가 아버지와 함께 머리 자르러 갔던 이발소가 문득 생각이 나 발길을 돌려 이발소로 향했다. 이발소로 향하던 차 안에서 아버지와 함께 이발소에서 이발을 하던 기억이 머릿속에 떠올랐다. 아버지와 함께 이발하기 위해 이발소를 찾아갔던 기억이 머릿속에 또렷이 기억되었다.

차를 주차장에 주차시킨 후 이발소를 향해갔다. 오랜 만에 찾은 이발소의 모습은 변함이 없는 듯하였다. 비록 고급 헤어 스튜디오에 비하면 볼품없는 이발소의 모습이었지만, 한없이 정겹게 다가오는 이발소의 모습이 마음을 흐뭇하게 만들었다. 막상 이발소 앞에 서니 문을 열고 안으로 들어가는 것이 왠지 머뭇거려졌다. 문을 열고 들어가면 아버지를 향한 가슴 저미는 그리움이 밀려들어 힘들어질 것 같다는 생각이 들었기 때문이었다. 한동안 이발소 안으로 들어가지 못하고 이발소 주위를 서성거렸다.

“왜 안 들어오고 밖에 있는가?”

고개를 숙인 채 이발소 주위를 서성거리고 있는데 어디 선가 누군가의 목소리가 들려왔다. 목소리가 들려오는 쪽으로 고개를 들어 바라보았다. 이발소 아저씨가 문을 반쯤 열고는 나를 향해 함박웃음을 웃고 있었다. 아저씨에게 고개를 숙여 인사를 건넸다. 오랜 만에 만나는 이발소 아저씨의 모습은 많이 변해 있었다. 세월의 흐름을 한 눈에 느낄 수 있을 정도로 아저씨의 모습은 많이 변해 있었다.

“이발하러 온 모양이네?”

“예, 이발하러 왔습니다.”

“그래, 어서 들어와.”

아저씨의 뒤를 따라 이발소 안으로 들어갔다. 이발소 안의 모습은 예전 그대로의 모습이었다. 겉옷을 벗고 거울 앞에 앉았다. 거울 앞에 앉자 거울에 내 모습이 그대로 비쳐졌다. 거울 속에 보이는 내 모습을 한동안 말없이 바라보았다. 한동안 거울 속에 내 모습을 바라보고 있으니 아버지의 모습이 보였다. 아버지가 이발을 하는 모습이 거울 속으로 보였다. 아버지가 엷은 미소를 지으며 이발을 하는 모습이 거울 속에 또렷이 보였다.

“근데, 아버지는 요즘 이발하러 안 오시데? 무슨 일 있는가?”

아저씨의 물음에 나는 대답하지 않고 머뭇거렸다. 아저씨의 물음에 아버지가 돌아가시던 날의 기억이 주마등처럼 스쳐 지나갔다. 아버지가 돌아가시던 날의 기억이 머릿속에 떠오르자 가슴이 뭉클해지면서 금방이라도 눈물이 쏟아질 것만 같았다. 쏟아질 것 같은 눈물을 억지로 참느라 힘이 들었다. 아무런 대답이 없자 아저씨가 거울 속에 비치는 내 모습을 바라보았다. 아저씨와 눈이 마주치자 그제야 나는 마른 기침을 한번 삼킨 뒤에 입을 열어 말했다.

"아버지가 많이 바쁘셔서 어디에 좀 가셨습니다."

"그래, 그랬구나! 통 이발하러 오시지 않으셔서 걱정했는데, 아버지, 건강하시지?"

아저씨가 다시 물었다. 나는 한동안 머뭇거리다가 네, 라고 짧게 대답했다. 아저씨의 물음이 내 귓속을 파고들고, 내 머릿속을 파고들고, 내 가슴 속까지 파고들었다. 아저씨의 물음이 내 가슴 속까지 파고들자 가슴이 뭉클해지면서 눈물이 쏟아질 것만 같았다. 금방이라도 쏟아질 것 같은 눈물을 억지로 참으로 이발을 했다. 이발하는 동안 거울 속에 비치는 내 모습을 바라보며 거울 앞에 앉아 이발하시던 아버지의 모습을 눈앞에 떠올려보았다. 이발하는 동안 한편으로 아버지를 향한 그리움이 가슴 가득 채워져 마음이 따뜻해짐을 느끼기도 하였지만, 그 따뜻함 뒤로는 지독스런 마음의 고통이 자리 잡고 있었다. 지독스런 고통이 지독스럽게 싫었다.

이발을 마치고 개수대 앞에 앉아 머리를 감는 도중에 참았던 눈물이 흘러 내렸다. 흐르는 눈물은 비눗물에 씻겨 흘러 내려갔다. 괜히 이발소에 이발하러 왔다는 후회가 밀려들었다. 머리를 감고, 머리를 말리고, 커피 한잔 하면서 이발소 아저씨와 이런저런 얘기를 나누다가 돌아왔다. 아저씨에게 또 이발하러 오겠다고 말했지만, 다시는 이발하러 오고 싶지 않았다. 아저씨에게 정중하게 인사를 건네고 집으로 돌아왔다. 집으로 돌아오는 길에 거울 앞에 앉아 이발하는 아버지의 모습을 생각하며 눈시울을 붉혔다. 거울 앞에 앉아 이발하는 아버지의 모습은 한없이 편안해 보였다.

아버지가 돌아가신 후, 하루라도 아버지를 떠나보낸 슬픔을 이겨내기 위해서는 시간이 훌쩍 흘러가버려야 한다는 생각을 하면서 정신없이 하루하루를 보내려고 노력했었다. 그러나 정신없이 하루하루를 보내면 보낼수록 시간은 더디 흘러간 것 같은 생각이 들곤 했었다. 하지만 시간은 흐르고 흘러 세상을 바꾸고 사람을 바꾸어 놓는 것 같다. 시간은 흘러 세월이 되고, 세월은 흘러 역사가 되는 것처럼, 한 개인의 역사가 되었든, 한 나라의 역사가 되었든, 온 인류의 역사가 되었든, 모든 역사는 시간에서부터 시작된다는 사실에 자못 놀라움을 감출 수가 없다.

아버지가 돌아가신 일은 시간이 흘러 한 개인의 역사로 바뀌었고, 한 개인의 역사는 남은 자들에겐 추억으로 변하였다. 시간은 흐르고 흘러 아버지가 세상을 떠나신 날로부터 어느덧 일 년의 세월이 흘러갔다. 지나간 일 년을 돌이켜 보면 어떤 정신으로, 어떤 마음으로 살아왔는지 기억조차 되지 않는 고통 속에서 살아온 것 같다. 육신의 고통이 아니고 정신적 고통도 아닌, 영혼의 고통 속에서 살아온 듯한 마음을 지을 수가 없다. 시간이 흐르면 흐를수록 아버지의 빈자리가 너무도 크게 느껴지고, 그 빈자리가 내 어깨와 가슴과 영혼을 짓눌러 올 때면 때론 피하고 싶은 생각이 간절해지곤 한다. 피할 수만 있다면 피하고 싶지만, 피할 수 없는 현실 앞에서 피할 수 없다면 즐기자는 말처럼 모든 현실을 즐기고 싶지만, 도통 즐겨지지 않는 이유는 또 어디에 있는지, 참으로 궁금하기도 하다.

새벽에 일어나 눈을 지그시 감고 마음으로 보이는 하나하나의 모습들을 펼쳐보았다. 일 년 전에 너무도 큰 슬픔을 가족들에게 안겨주고 세상을 떠나시던 아버지의 모습과, 슬픔 속에서 하루하루 보내야만 했던 가족들의 모습이 보였다. 그리고 또한 나의 작은 우주인 사랑이의 모습도 보였다. 아버지의 모습, 가족들의 모습, 그리고 사랑이의 모습이 내 눈에서 눈물을 흘리게 만들었다. 아버지를 위해 기도하고, 어머니를 위해 기도하고, 동생들을 위해 기도하고, 그리고 사랑하는 아내를 위해 기도하고, 나의 작은 우주인 사랑이를 위해 기도했다. 기도하는 동안 흘러내리는 눈물을 닦지 않고 그대로 두었다. 온 얼굴이 눈물로 범벅이 되었을 때에 마음으로 찾아오신 아버지가 내 눈물을 닦아주셨다. 그리고 나는 아버지의 눈물을 닦아드렸다.

오전에 아버지가 계시는 선산을 다녀왔다. 아버지의 무덤 앞에서 한동안 무릎을 꿇고 아무런 생각도 하지 않고 앉아 있었다. 그러나 아무런 생각도 하지 않으려 했지만, 생각은 생각을 끌어들여 무수히 많은 생각들을 만들어 내었다. 아버지의 무덤 앞은 참으로 따뜻했다. 여러 차례 아버지의 무덤을 찾아왔었지만, 아버지의 무덤은 늘 차갑게 느껴졌었다. 그런데 아버지의 무덤 앞이 따뜻하게 느껴지는 이유는 무엇인지, 가만히 생각해 보면 일 년이라는 세월 앞에서 모든 과거와 현실이 자연의 순리를 따라가고 있다는 사실을 깨닫게 되어 아버지의 무덤 앞이 더 이상 차가움이 아닌 따뜻함으로 다가오는 것이라는 생각이 들었다.

하늘을 올려다보니 곧 비라도 쏟아질 것 같은 우울한 하늘이었지만, 하늘은 더 이상 슬픔을 안겨주는 것이 아닌 세상을 바라보는 남다른 시선과 자연의 순리를 따르게 하는 겸허한 마음을 안겨주는 것 같았다. 하늘 위로 날아가는 이름을 알 수 없는 새들은 나의 이런 깨달음을 축하라도 하는 듯 내 머리 위에 오랫동안 머물렀다.

아버지의 죽음과 작은 우주의 탄생을 통하여 나는 삶과 죽음에 대해 철저하게 통찰하게 되었고, 삶과 죽음이 자연의 한 조각이라는 사실을 뼈저리게 깨닫게 되었다. 세월은 흐르고 흘러 나 역시 아버지의 뒤를 따라 삶을 마무리해야 될 것이며, 나의 아들인 작은 우주는 나의 죽음을 슬퍼하며 삶과 죽음 사이에서 고통당하다 삶과 죽음이 자연의 한 조각이라는 사실을 깨닫게 될 것이다.

저녁에 아버지 추도 예배를 드렸다. 추도 예배 시간에 나는 눈을 감고 아버지의 평안을 기원하고 기원했다. 추도 예배를 마치고 오랜 만에 아버지의 영정사진을 꺼내 가슴에 안고 한동안 말없이 사진 속의 아버지의 모습을 들여다보았다. 아버지의 영정사진을 바라보고 있으니 만감이 교차했다. 밀려드는 만감 속에 한동안 머물러 있으니 아버지가 사랑이를 품에 안으시고 기뻐하시는 모습이 눈앞에 그려졌다. 아버지의 품에 사랑이가 안겨 있는 모습을 바라보고 있으니 마음이 한없이 편안해지는 것 같았다. 나는 아버지의 아들이고, 사랑이는 나의 아들이다. 아버지와 아들이라는 그 사이에서 내가 느끼는 무수히 많은 감정들은 앞으로 살아가는데 있어서 큰 힘이 되어줄 것 같았다.

밤이 되니 비가 추적추적 내리기 시작했다. 밤새도록 잠들지 못하고 창가에 앉아 내리는 빗물을 바라보며 홀로 시간을 보냈다. 자정을 넘기고 새벽이 가깝도록 내리는 빗물을 벗 삼아 시간을 보냈다. 비가 그치면 새로운 일 년이 시작될 것이다. 일 년이 지난 후엔 또 무슨 생각을 하게 될지, 그리고 또 일 년이 지난 후엔 무슨 생각을 하게 될지, 일 년이 지나고 지나고 지나고 지나고 지나고 지나고 지나고 지나고 지나고, 또 일 년이 지나 십 년이 되었을 때엔 또 무슨 생각을 하게 될지 벌써부터 궁금해진다.

32

나 살아가는 동안

　올해는 작년과 달리 장마기간 동안 그다지 비가 많이 내리지 않았다. 작년 장마 땐 하루가 멀다 하고 비가 내렸는데, 올해 장마는 비다운 비는 내리지 않고 간헐적으로 비가 내릴 뿐이었다. 대신 장마기간 동안 후덥지근한 날씨가 지속되어 불쾌지수가 높아지곤 했다. 장마 땐 장마다운 비가 내려야한다는 생각을 갖고 있지만, 올해 장마만큼은 비가 많이 내리지 않았으면 좋겠다는 생각을 갖고 있었는데, 생각했던 것처럼 올해 장마엔 비가 많이 내리지 않았다. 사실 나는 화창하게 맑은 날보다는 비가 오는 날을 더 좋아했다. 비가 내리기 전 고즈넉해지는 분위기를 좋아했다. 가끔 비가 내리는 날이면 늦은 밤에 우산을 쓰고 무턱대고 거리를 배회하곤 했었다. 거리를 배회하며 머릿속에 떠오르는 이런저런 생각을 벗 삼아 우산을 쓰고 거리를 거닐다보면 시간이 금방 지나가곤 했다. 밤새도록 비가 내리던 날, 자정 즈음에 우산을 들고 집을 나서서 비오는 거리를 거닐다가 동이 틀 무렵에 집으로 돌아온 적도 있었다. 학창시절부터 비를 무척이나 좋아했던 나는 비 내리는 풍경이 가져다주는 운치를 무척이나 좋아했다. 그러나 언제부

턴가 비 내리는 풍경이, 더더욱 비가 내리기 전에 고즈넉해지는 풍경이 가져다주는 마음의 고통이 너무도 가슴 아프게 다가오곤 했다.

비가 추적추적 내리는 날이면 멍하니 창밖으로 보이는 비 내리는 풍경을 하염없이 바라보곤 했다. 차를 타고 도로를 달리다가도 갑작스레 비가 내리면 차를 도로가에 세워두고 오랜 시간 동안 비 내리는 풍경을 물끄러미 바라볼 때도 많았다. 비가 오는 날이면 지독스럽게 느껴지는 그리움이 뼈에 사무칠 정도로 밀려들곤 했다. 아버지를 향한 그리움이 온 마음을 사로잡을 때마다 나는 하염없이 눈물을 흘리곤 했다. 평소 눈물이 많은 것도 아니고, 마음이 그다지 여린 것도 아니지만, 비가 오는 날이면 어김없이 찾아드는 아버지를 향한 그리움 때문에 가슴이 아리곤 했다.

올해 장마가 시작되면서부터 나는 내심 걱정을 많이 했다. 올해 장마기간 동안에 폭우가 여러 차례가 쏟아지고, 예년과 달리 국지성 호우가 기승을 부릴 것이라고 했는데, 기상청에 예고와는 달리 큰 피해를 주는 폭우도 많지 않았고, 국지성 호우도 그다지 기승을 부리지 않았다. 다행이 비가 많이 내리지 않아, 비가 올 때마다 밀려드는 아버지를 향한 그리움이 뼈에 사무칠 정도는 아니었지만, 일 년 전에 아버지가 세상을 떠나시던 날의 기억들과, 아버지 사후에 몰아닥친 마음의 고통과 육신의 고통, 그리고 환경의 고통들이 하나둘 머릿속에 떠올라 힘겨운 시간들을 보낼 수밖에 없었다. 하지만 어느덧 일 년의 세월이 흘러 아버지를 떠나보내던 날의 기억도 이젠 점점 추억으로 다가오기 시작했다. 제 아무리 큰 고통이라도 시간이 흐르고 세월이 흐르다보면 모든 것이 아름다운 추억으로 변하게 된다는 것을 점점 마음으로 깨달아가게 되었다. 시간은 멈추지 않고 흐르고, 시간이 쌓이고 쌓이다보면 세월이 되고, 세월이 흐르다보면 세상은 변하게 되고, 세상이 변하면 사람도 변하게 된다는 것을 깨닫게 되었다. 비록 일 년 전에 아버지를 떠나보내 드리는 고통을 겪으며 인생의 큰 교훈을 얻게 되었지만, 달리 생각해보면 먼 훗날 아버지를 다시 만나게 될 날이 점점 가까워지고 있다는 사실도 깨닫게 되었다. 아버지를 떠나보내 드린 날로부터 일 년이 지나면, 아버지를 만날 날이 일 년 가까워지는 것이고, 아버지를 떠나보내 드린 날로부터 십 년이 지나면, 아버지를 만날 날이 십 년 가까워지게 된다는 계산이 나오게 된다. 반면 아버지를 떠나보내 드린 날로부터 일 년이 지나면 내 아들과의 이별이 일 년이 가까워지는 것이고, 아버지를 떠나보내 드린 날로부터 십 년이 지나면 내 아들과의 이별이 십 년 가까워지게 된다는 계산이 나오게 된다. 아버지를 다시 만나게 되는 것은 큰 기쁨이지만, 내 아들과 언젠간 이별을 해야 한다는 것은 큰 슬픔이 아닐 수 없다.

그러나 사람의 운명은 흐르는 세월과 함께 변하는 법, 아버지를 다시 만나게 되는 것도, 내 아들과 언젠간 이별을 하게 되는 것도 하나님이 만들어 놓은 법칙이니, 그 불변의 법칙을 따를 수밖에 없다는 것 또한 마음으로 절실하게 느끼게 된다.

거리를 거닐다가, 때론 차를 타고 도로를 달리다가, 나이가 지긋하게 든 노부부가 어린 손자손녀를 품에 안고 함박웃음을 웃으며 거리를 거니는 모습을 지켜볼 때면, 눈으로 빨려 들어오는 모습이 아름답고 행복하게 느껴지지만, 때론 내 아버지는 당신의 아들이 낳은, 당신의 손자를 품에 안아보지 못하고 세상을 떠나셨다는 사실이 믿어지지 않고, 아버지에게 아들이 낳은 손자를 품에 안아볼 수 있도록 기회조차 허락하지 않으신 하나님을 원망하곤 했다.

오래전부터 아버지에게 이런 말을 자주 했었다.

"아버진 오래 사셔야 됩니다. 아들들이 낳을 손자손녀, 모두 품에 안 아보셔야 합니다. 언젠간 태어날 손자손녀에게 할아버지의 모습을 영영 보지 못하는 슬픔을 안겨주셔서는 안됩니다."

아버진 내 말에 엷은 미소를 지으며 고개를 끄덕이셨다. 아버지의 아들로서, 아버지의 아버지인, 아버지의 어머니인 할아버지와 할머니의 모습조차도 보지 못했던 유년시절의 슬픔을 내 아들에게 안겨주고 싶지 않았다. 그러나 할아버지와 할머니가 당신의 손자들에게 모습조차 보이시지 않았던 것처럼 아버지 역시 당신의 손자에게 모습조차 보이시지 않았다. 그래도 빛바랜 사진으로나마 아버지의 모습을 아들에게 보여줄 수 있어 그나마 다행이라는 생각이 들곤 한다.

아들을 품에 안고 곤히 잠든 아들의 모습을 하염없이 내려다볼 때면 세상을 떠나신 아버지의 모습이 아들의 얼굴 위에 오버랩 되곤 했다. 아들의 얼굴에서 아버지의 얼굴을 보게 되고, 아버지의 얼굴에서 아들의 얼굴을 보게 되었다. 결혼식장에서 아버지 없이 결혼식을 올려야했던 슬픔은 결혼식장을 빠져 나오면서 산산이 흩어져버렸지만, 아버지에게 내 아들을 안겨주지 못한 것과 내 아들을 할아버지의 품에 안겨주지 못한 것이 너무도 큰 슬픔으로 다가왔다. 아들을 품에 안고 있을 때마다 떠오르는 아버지의 모습 속에서 또 다른 슬픔이 내 어깨를 짓눌러오는 듯했다. 아마도 이 슬픔은 내 아들과 함께 살아가면서 평생토록 느껴야 될 슬픔이라 생각이 되었다. 그래도 할머니의 품은 아들에게 안겨줄 수 있어 그나마 다행이라는 생각이 들기도 했다.

예배시간, 아버지와 어머니가 나란히 앉아 예배드리는 뒷모습을 뒷좌석에서 바라보며 흐뭇해하던 기억이 머릿속에 떠올랐다. 30년 넘게 그토록 바라던 모습을 두 눈으로 바라보며 내심 하나님에게 감사했던 기억이 머릿속에 떠올랐다. 그러나 더 이상 아버지와 어머니가 나란히 앉아 예배드리는 모습을 지켜볼 수 없게 되었을 때에 마음으로 울었던 기억이 머릿속에 떠올랐다. 한없이 쓸쓸한 모습으로 홀로 앉아 예배드리는 어머니의 뒷모습을 바라보며 마음으로 하나님을 원망했던 기억도 머릿속에 떠올랐다. 그러나 아버지가 세상을 떠나신지 10개월 만에 아버지의 빈자리를 내 아들이 대신하게 되었을 때에 만감이 교차하기도 하였다. 예배시간, 어머니의 품에 곤히 잠들어 있는 아들의 모습이 아버지의 모습처럼 느껴지기도 하였다. 아버지와 결혼 후 어머니는 아버지를 전도하기 위해 무척이나 노력하고, 노력하고 노력했지만, 결혼한 지 30년이 넘어서야 아버지를 전도하고 가슴으로 아버지를 품에 안았던 것처럼, 세상에 태어나 돌아가신 아버지의 빈자리를 대신하게 된 아들을 가슴에 품고 있는 어머니의 모습이 안타까움으로 다가왔다. 세월이 흐르고 흐르면 언젠가는 어머니의 자리도 빈자리가 될 것이다. 아버지와 어머니의 빈자리를 언젠간 내가 대신 채워야 한다는 생각에 눈시울이 붉어졌다. 내가 아버지와 어머니가 나란히 앉아 예배를 드리는 모습을 지켜보며 흐뭇해하고, 아버지가 남기신 빈자리를 바라보며 가슴 아파하고, 한없이 쓸쓸한 모습으로 홀로 예배를 드리는 어머니의 모습을 지켜보며 눈물을 훔쳤듯, 내 아들 역시 나와 내 아내가 예배시간에 나란히 앉아 예배를 드리는 모습을 지켜보며 흐뭇해할 것이고, 하나님이 이제 오라하시어 내가 세상을 떠나게 되었을 때에 남겨진 내 빈자리를 바라보며 가슴 아파할 것이며, 한없이 쓸쓸한 모습으로 홀로 예배를 드리는 아내의 모습을 지켜보며 눈물을 훔치게 될 것이다.

아버지를 떠나보낸 뒤 100일이 지나면서 느꼈던 감정과 아들이 태어난 지 100일이 되었을 때에 느꼈던 감정은 너무도 다르지만, 또 한편으로는 인생의 큰 교훈으로 남게 된 점에서는 일말의 상통하는 점도 없지 않는 것 같다.

아버지가 세상을 떠나시던 날, 비가 추적추적 내렸던 것처럼 아들이 백일이 되던 날에도 비가 추적추적 내렸다. 아들을 품에 안고 비 내리는 창밖을 바라보며 앞으로 살아갈 날들에 대해서 깊이 생각해 보았다. 살아왔던 날보다, 앞으로 살아가야할 날들이 더 많다는 사실에 자못 놀라게 되고, 살아갈 날이 많다는 것은 내 아들과 함께할 시간이 많이 남아 있다는 의미이다.

세월이 흐르고 흐르면 아버지가 세상을 떠났던 것처럼 나 역시 세상을 떠나게 될 것이다. 내가 세상을 떠나게 되었을 때에 내가 아버지를 떠나보내고 지독스런 슬픔 속에서 눈물을 흘렸던 것과는 달리 내 아들에게 큰 슬픔을 안겨주지 않도록 최선의 노력을 다해 아들을 키워낼 것이다. 돌아가신 아버지가 보여주신 삶의 교훈을 가슴에 새기고 내게 맡겨진 내 아들을 위해 최선을 다하는 아버지가 되도록 노력하련다.

나 살아가는 동안, 나 살아가는 동안, 나 살아가는 동안, 돌아가신 아버지와 이제 갓 세상에 태어난 아들을 내 영혼 속에 늘 간직하련다. 나를 향해 환한 미소를 짓는 아버지의 모습과 아들의 모습이 오랫동안 눈앞에서 사라지지 않는다.

에·필·로·그

아버지가 세상을 떠나시던 날에 비가 내렸던 것처럼 이 글을 마무리 짓는 이 순간에도 비가 내리고 있다. 비 내리는 바깥풍경을 창을 통해 물끄러미 바라보다가 시선을 하늘을 향해보니 돌아가신 아버지의 모습이 하늘 위에 그려진다. 한없이 인자한 모습으로 아들을 바라보시는 아버지의 모습이 더 이상 슬픔으로 다가오지 않는다. 세월이 흐르고 흐르다보면 언젠간 다시 아버지를 만날 수 있다는 소망을 마음에 품어본다.

아들을 품에 안을 때마다 떠오르는 아버지의 얼굴, 아버지의 얼굴을 생각하며 아들의 얼굴을 바라보고 있으면 눈시울이 붉어지곤 하는데, 눈시울이 붉어짐 뒤로 이어지는 눈물을 훔치며 10개월 전에 지독스런 슬픔으로 시작했던 글쓰기를 이제 마무리하게 되었다는 사실에 자못 놀람을 감출 수 없다.

지독스런 슬픔을 이겨내기 위해 '아버지와 아들' 이란 제목으로 써내려가기 시작했던 글쓰기를 어언간 10개월 만에 끝낼 수 있게 되었다는 사실이 믿어지지 않는다. 글을 쓰는 동안 미쳐버릴 것 같은 슬픔과 고통이 온 몸을 엄습해올 때마다 더욱 글쓰기에 매진했고, 글을 쓰기 시작할 당시에 느껴졌던 마음의 슬픔과 고통이 글을 써내려가면서 점점 슬픔과 고통이 희석되어가는 것을 느끼게 되었다. 글을 마치는 지금 이 순간은 마음의 슬픔과 고통이 삶에 큰 교훈으로 다가온다. 아버지를 향한 그리움으로 모든 슬픔과 고통이 변하게 되었다.

아버지의 죽음 뒤에 찾아온 아들의 탄생은 삶과 죽음에 대해서 성찰하게 만드는 계기가 되었다. 아들의 탄생을 지켜보며 삶에 대한 숭고함을 느끼게 되었고, 또한 죽음에 대한 겸허함을 느끼게 되었다. 사람이 살고, 사람이 죽는 것이 하나님이 만들어 놓으신 법칙에 달려있다는 것을 뼈저리게 실감하게 되었다. 아버지가 세상을 떠나셨던 것처럼, 언젠간 나 역시 세상을 떠나게 될 것이다. 언젠간 세상을 떠나게 되면 돌아가신 아버지를 다시 만날 수 있다는 소망이 가슴 한 구석에 자리 잡게 되기까지 많은 시간이 걸린 것도 사실이다. 언젠간 아버지를 다시 만날 수 있다는 진리를 깨닫게 되었을 때에 더 이상 슬픔과 고통이 내게 머물지 않고 기쁨과 소망이 내게 머물기 시작했다.

세상엔 무수히 많은 관계가 설정되어 있다. 그 무수히 많은 관계들 속에서 아버지와 아들과의 관계만큼 사람의 마음을 숙연하게 만드는 관계도 없지 않나 생각하게 된다. 아버지와 내가 아버지와 아들이라는 관계를 맺었던 것처럼, 내가 내 아들과 아버지와 아들이라는 관계를 맺게 되었다. 아버지가 내게 보여주신 아버지로서의 모습을 늘 가슴에 기억하며 내 아들에게 좋은 아버지가 되도록 노력하련다. 좋은 아버지가 되도록 노력하다보면 내 아들 역시 좋은 아들이 될 것이고, 먼 훗날 좋은 아버지가 될 것이다. 내 아들이 좋은 아버지가 되는 날까지 묵묵히 나의 길을 걸어가련다.

- 끝 -

작·가·의·말

글을 쓰기 시작하면서 언젠간 아버지를 위해 글을 써야겠다고 다짐했었는데, 그 다짐을 아버지가 돌아가신 후에 지키게 된 것이 못내 아쉬움으로 남는다. 아버지 생전에 아버지를 위해 글을 썼다면 더 좋았을 것이라는 생각도 든다. 그러나 아들로서 아버지를 위해 글을 쓰고, 그 글을 마무리 짓게 되었다는 사실에 고무될 수밖에 없다. 이 글이 얼마나 많은 사람들에게 읽혀지고, 이 글을 읽는 사람들이 얼마나 큰 감동을 받게 되는지는 내 알바가 아니다. 다만 이 글이 이 글을 읽는 이들로 하여금 아버지와 아들에 대해서, 아버지와 아들을 뛰어 넘어 부모와 자식 간에, 그리고 형제자매간에, 또한 많은 사람들과의 관계에 대해서 깊이 생각하게 만드는 계기가 되었으면 한다. 또한 하나님과의 관계에 대해서도 깊이 생각하는 계기가 되었으면 한다. 이것이 이 글을 쓴 작가의 마음이다.

사랑하는 아버지!! 먼 훗날 꼭 다시 찾아뵙겠습니다.
다시 찾아뵐 때까지 주님 품안에서 늘 평안하소서.

이 글을 아버지 영전에 바칩니다.

2010년 8월 20일
이 성 은